Norbert Klugmann

RIVER – DIE TOTEN UND DIE LEBENDEN

Norbert Klugmann

Klaas Jarchow

RIVER

DIE TOTEN UND DIE LEBENDEN

Roman

KJM Buchverlag

Mit Dank und Grüßen an Thomas und Jochen

August 2020

Simrockstr. 9a, 22587 Hamburg
www.kjm-buchverlag.de
ISBN 978-3-96194-111-7

Satz, Gestaltung: Svenja Wiese, Hamburg
Cover und Umschlaggestaltung: Rothfos & Gabler, Hamburg
Cover unter Verwendung von Fotos von Thomas Kunadt und Klaas Jarchow
Lektorat: Brigitte Helbling, Hamburg
Mitarbeit: Katrin Köhler und Graciana Petersen, beide Hamburg,
sowie Bernd Schwibs, Frankfurt a. M.
Korrektorat: Andrea Wolf, Hamburg
Herstellung: Eberhard Delius, Berlin
Druck & Bindung: CPI, Leck

Many moons and many Junes have passed since we made land

Prolog

Es ist der Abend, an dem alles beginnt. Karl Mohr macht einen seiner Besuche bei Leonie. Seit gestern ist unerwartet aus Zürich ihr Sohn da, Amor. Karl spricht ihn auf das Darlehen an. Er ist erzürnt, wenn der Schuldner sich nicht an Vereinbarungen hält. Er schätzt es nicht, wenn der Schuldner nicht darüber spricht, was er plant, und nicht erklärt, warum er nicht zahlt. Amors Kunstgalerie mag es schlecht gehen, das kann passieren, wenn man unternehmerisch aktiv ist, nicht alles gelingt auf Anhieb. Aber Karl kann es auf den Tod nicht ausstehen, wenn Schuldner mauern, am Telefon nicht erreichbar sind und Informationen zurückhalten. Amor öffnet die Haustür – und weiß sofort, dass er das besser unterlassen hätte, aber das Licht vor der Eingangstür ist schummrig, er hat den Besucher nicht erkannt.

Teil I

1

Zwei große Containerschiffe begegnen sich auf dem Fluss. Der Kreuzfahrtsegler SEA CLOUD fährt in den Hafen ein. Die Spitzen seiner hohen, nur scheinbar dünnen Masten reichen nicht einmal bis zur Höhe der Kommandobrücke der Containergiganten. Der Luxussegler mutet an wie ein Gruß aus vergangener Zeit. Dem Fluss ist es egal, wer kommt. Er hat schon viele Schiffe gesehen. Sonnenversengte Piratenschaluppen aus morschen Hölzern, vom Sturm gebeutelt, zerschossen von den hoheitlichen Häschern. Zehntausende solcher Gefährte hätten Platz auf ihren stählernen Nachfolgern. Die Neigung der Betreiber zum höchstmöglichen Erwerb ist geblieben, daran hat sich gar nichts geändert. Der Fluss trägt alles, Jahrhunderttausende schon. Er wird ausgebaggert, damit die Schiffe kommen und die Geschäfte laufen. Ohne das Baggern wäre es immer noch der Fluss der alten Piraten. Mit dem Baggern ist es der Fluss der modernen Piraten.

Mehrmals täglich stoppt sein Fließen für kurze Zeit. Für Momente kehrt Stillstand an der Oberfläche des Flusses ein und manchmal auch Ruhe. Kurz darauf beginnt er wieder zu fließen, wird das Wasser wieder weggezogen. Hinaus Richtung Nordsee und Atlantischen Ozean. In die Ferne, zum Meer; um Stunden später wiederzukehren. Über Hunderte von Kilometern kommt das Wasser heran. Von zwei Seiten, aus dem Landesinnern und von weit draußen, vom Meer. Das Wunderelement Wasser, Ursprung unserer Art.

Die Menschen an den Ufern des Flusses sehen seinem Treiben Tag für Tag zu. Dem fließenden Wasser, den Schiffen, den Wettern. Der Fluss fließt. Hält täglich ein-, zweimal, manchmal dreimal still. Macht Pause, sammelt sich, beruhigt sich kurz. Die Pause ist länger als ein Schuss, aber kürzer als manches Sterben. Auf dem Fluss und in ihm sind viele gestorben – und noch mehr an seinen Ufern, wo sich immer mehr Menschen niederließen.

2

Sie war fast still zu nennen. Scheu, zurückgezogen, sensibel. Natürlich ging sie zur Schule, hatte den Konfirmationsunterricht und die Kirchenfreizeiten mitgemacht. Das war auch gut gewesen, sie hatte sich gefreut, in der Natur zu sein, umherzustreifen. Einmal waren sie mit der Jungen Gemeinde in ein Landheim an der Schlei gefahren. Beinahe sah es dort aus wie zu Hause am Fluss, aber das täuschte, die Schlei war in Wahrheit eine sehr lange, meist schmale Bucht, ein Fjord, er war nicht dem täglichen Rhythmus der Gezeiten unterworfen. Hier drückte nur der Wind das Wasser in die eine oder andere Richtung. Und es war weniger rau.

Vielleicht war es in dieser Bucht insgesamt kühler als zu Hause, die Ufer sahen aus, als würden sie im Winter vom Eis bearbeitet, abgeschabt. Aber damals, im Sommer, war es herrlich warm und milde, und das Wasser hatte eine Temperatur, in der alle baden konnten. Besonders im Flachen war es aufgewärmt. Almut genoss das Draußensein, und als eine von wenigen beschäftigte sie auch das, was die Pastorin ihnen erzählte und nahelegte zu glauben. Dass es einen allmächtigen Gott gebe. Und dass man tiefer als in seine Hand nicht würde fallen können, was auch immer geschehe. Er sei anwesend und bleibe es, auch wenn er nicht zu sehen sei. Auch wenn der Lauf der Welt manchmal an ihm zweifeln ließ und auch dann, wenn man darüber tatsächlich verzweifeln konnte.

Almut hörte die Worte der Pastorin und verstand Verheißung und Tröstung. Doch die Worte hatten bei ihr zugleich den gegenteiligen Effekt, sie wurde misstrauisch gegenüber dem, was Gott wirklich wollte, was er bewirken konnte, und vor allem: was er mit den Menschen vorhat. Man hörte so vieles aus der Welt, aus Griechenland, aus Spanien, aus Afrika. Überall Aufruhr und Tote. Es gab so viele Gründe, an der Entschlossenheit Gottes zu zweifeln und daran, dass er die Dinge wirklich richten wollte.

Ihr steckte noch der Schrecken ihrer Eltern in den Gliedern, als der große Hoffnungsträger Kennedy plötzlich tot war. Ein ihr bis dahin unbekanntes Entsetzen war zu spüren gewesen, und weder Mutter noch Vater hatten erklären können, was diesen Schock für sie so groß machte. Damals war sie acht Jahre alt, seitdem hatte sie der nächtliche Schrecken begleitet. Pavor nocturnus. *Konnte Gott wirklich helfen? Oder war Beistand von ihm nicht zu erwarten, musste Hilfe von woanders kommen? Ging es vielleicht gar nicht um Gottes Hilfe, sondern darum, selbst etwas zum Besseren zu verändern? So wie es die Mutter der Zwillinge sagte, auf die sie manchmal aufpasste. Einmal war sie mit dieser Familie nach Sylt gefahren, auch dort brauchten die Kinder Aufsicht. Dabei hatte sie Auseinandersetzungen der Eheleute miterlebt, wie sie sie von zu Hause nicht kannte. Politische Diskussionen, die ihre Eltern nicht führten. Die meiste Zeit war sie mit den Zwillingen in den Lister Sanddünen herumgeklettert. Die letzten Wanderdünen der Insel, auf dem Weg vom Meer über die Insel zurück ins Meer. Abgeholt wurde Almut damals von Karl, dem Nachbarn von der Flusstreppe, einem Freund ihrer Mutter.*

3

Es ist leicht für John, das Boot bis zum Saum zu ziehen, das Wasser des Flusses steht hoch. Er schiebt die *Motte* tiefer hinein und schwingt sich an Bord. *Motten* sind Jollen. Wasser ist nur die Startbahn für diese Fahrzeuge. Passender als *Jolle* und *an Bord* schwingen hieße es: *Gerät* und *auf das Gerät*.

Wenn die Geschwindigkeit ausreicht, erhebt sich das Sportgerät auf seinen *Foils* in die Luft. Foils sind kleine Flügel, Minitragflächen, Schwingen im Wasser. Fast alles, was man bisher mit Segeln verbunden hat, kann man bei diesen Fahrzeugen getrost vergessen. John schätzt den Klassennamen seiner Jolle nicht: Motten flattern eher plump. Das tut dieses Sportgerät ganz und gar nicht. Es ist viel eher so: Abheben, Gleiten, Fliegen. Reine Konzentration und Geschwindigkeit. Ein Zustand, der auch implodieren kann, innerhalb einer Sekunde in sich zusammenfallen. Ein Fehler, ein Versteuern, und die *Motte* gleicht einer im Flug getroffenen Ente. Wenn die Kugel des Jägers aber nicht trifft, entschweben John und seine *Motte*, und niemand kann sie aufhalten. Meisterschaft, Balance und Technik sind Bedingungen. Höchste körperliche und mentale Präsenz sind elementare Voraussetzungen für den Flug.

John verfügt über diese Fähigkeiten, er ist ein Meister. Viele haben das Zeug zur Meisterschaft, aber sie haben keine Lehrer. Er hatte ihn. Segeln ist der kleinste Teil der Fertigkeiten, in die John sein Wissen investiert. Wichtig ist, es ist vorhanden. Und einsatzbereit. Wie die Fähigkeit eines Schläfers, der jederzeit geweckt werden kann.

4

John liegt an der Spitze der kleinen Gruppe aus sechs Seglern. Mit drei Windstärken weht es warm von Süden her über die Bucht. Die Wellen bleiben flach, nur die gelegentlich hereinrollenden Ausläufer von Schleppern und kleinen Zubringerschiffen sind zu beachten. Das Licht der Sonne scheint von Westen auf die Szenerie, nicht verhüllt von Wolken oder Dunst.

1962 noch hatte hier eine Wasserverbindung zu den südlichen Stadtgebieten bestanden, nach der opferreichen Flut im Februar des Jahres wurde der Flusslauf nach Süden versiegelt. Ein hoher Deich sichert nun Obstanbaugebiete und Flugzeugwerft. Als Bewahrung und Rettung vor den nächsten Fluten, die höher und höher kommen werden. Unter dem Strich bleibt: Es ist eine Sünde, wie gegen den Fluss, gegen seine Verläufe, gegen seine natürliche Bewegung gedacht und gehandelt wird. Als würden sich Natur und Geologie aufhalten lassen.

Für die Wassersportler ist das Areal überschaubar geworden, nicht viel mehr als eine Übungsfläche. Gerade für die pfeilschnelle Flotte der *Motten* ist es eine Herausforderung, hier zu segeln. Fast ohne Geschwindigkeitsverlust gelingt John eine langgezogene Wende, die anderen fünf bleiben hinter ihm. Die Abendsonne taucht die Oberfläche des Flusses in ein wunderschönes warmes und kitschiges Orange.

Über die Wellen steuern sie zurück nach Nordwesten und geradewegs der Sonne entgegen. Hinterher! Immerhin entfernt sich die Sonne jedes Jahr 15 Zentimeter von der Erde! Es sind die Tage, an denen der Sonnenball direkt in der Verlängerung des Flusslaufs untergeht. Als wäre man schon am Meer; doch bis dahin sind es gut 90 Kilometer. Erst dann weitet sich der Fluss, ist das Delta erreicht, der Trichter der Flussmündung zur offenen See.

Für die Passanten am nördlichen Ufer wirkt die Gruppe der pfeilschnellen Segler wie ein lautlos einfallender Schwarm von Invasoren. Schnell, zielgerichtet und effektiv. Wären sie nicht unbewaffnet und wäre dieser Anblick nicht vielen schon vertraut, würde man jetzt mutmaßen müssen, wem die Invasion gelten soll. Eine Entführung neuen Stils und mit neuer Methodik? Nicht mehr mit dem gestohlenen Pkw hinter der Villa vorfahren, das Opfer mit einem Sack über dem Kopf durch den Park führen und mit quietschenden Reifen davonrasen. Wer sind die Segler, was wollen sie nach ihrer Anlandung? Land erobern, Beute machen? Wie es seit Jahrhunderten am Fluss geschieht?

John fliegt voran. Die Häuser am Ufer beherbergen diese und jene Multimillionäre und Milliardäre, deren Zahl sich prozentual so schnell erhöht wie die Zahl der wirklich Armen. Prozentual ist eine Betrachtungsweise, eine andere wäre ein Vergleich der wirklichen Zahlen, der Menschen. Die Wohlhabenden sind hier in erhöhter Quote ansässig. River. Ein Fluss des Geldes. Das schwimmende Förderband des globalen Kapitalismus. Unaufhörlich ist es in Betrieb, permanent hier zu besichtigen. Auch wenn der Peak der Globalisierung überwunden ist, werden immer noch Zigtausende Container den Fluss hinaufgeschafft, entladen und verteilt. 20.000 Container eines einzigen Schiffes sind 20.000 Lkws.

Es gibt nichts, was hier nicht vorbeigebracht wird. Schweröl und seltene Erden, Kohlenstoffe und Chemikalien, Gold und Waffen, Bananen und Elektroautos. Ein globaler Mix. Geschützte Tiere, ihre teuren Zähne und ihr geschütztes Fleisch. Ebenso wie überlebenssichernde Gerätschaften, Operationstische, wichtige Basisstoffe zur Medikamentenherstellung, Koks und Flüchtlinge. Wer kann die tägliche Flut der Container kontrollieren? Der Zoll kann der Menge, Masse und Umschlaggeschwindigkeit des Hafens wenig entgegensetzen. Am Fluss zu leben heißt, Anschauungsunterricht in Kapitalismus zu erhalten.

Seit Jahrhunderten ist die Schifffahrt die wichtigste Säule des Reichtums in der Stadt. Der Stadt und ihrer Menschen. Der Menschen und der Betreiber der Schiffe. Präzise betrachtet, steht jedes aufkommende vollbeladene Schiff für eine neue Null hinter den schon vorhandenen Ziffern auf den Konten der Reeder und Finanziers. Sie besitzen hier ihre Villen, und sie sehen von ihren Fenstern aus die Schiffe, die ihnen Reichtum bringen. Das uralte Fischer- und Handwerkerdorf im Westen der Großstadt bietet Flair, Lage und Ansehen, wenngleich es für einen Reeder wie Karl Mohr nur ein Wohnort unter vielen ist.

5

Die Touristen kommen auch, wenn es grau ist und der Wind um die Hausecken zieht. Wenn sich die Bäume freuen, an eine geschützte Stelle gesetzt worden zu sein. Die Touristen kommen bei jedem Wetter. Mit seinem Unterland am Flussufer, den eng gesetzten Häusern und den vielen Treppen und Wegen zum Oberland mit der Einkaufsstraße wirkt der Stadtteil italienisch oder portugiesisch oder mediterran. Eigentlich eher dänisch, denn dazu zählte der Landstrich ein Jahrhundert lang.

Hier im Norden ging es hin und her zwischen den Mächten: Preußen, Dänen, Schweden, einmal die Franzosen. Letztere stellten nur wenige Jahre ihre Pferde in die nicht katholischen Kirchen. Und nur kurze Zeit brachten sie eine Ahnung von Revolution in die Stadt. 1918 wurde dieses Gefühl noch einmal konkret. Richtig Revolution machten erst die Faschisten. Oder eher umgekehrt? Das ist lange her, und heute ist italienisches Wetter. Die Abendsonne schafft es durch Lücken in der eng gesetzten Bebauung und spiegelt sich in manchem Fensterglas. Gelb/Orange/Glutrot.

Amor kommt mit zwei Einkaufstüten zurück. Brot, Butter, Aufschnitt, Käse, Milch, Eier. Die Grundverpflegung, der Ersteinkauf für einen vielleicht nur kurzen Zeitraum. Er weiß noch nicht, wie lange er hierbleiben wird, die Situation ist noch nicht klar. Im Gegenteil, sie ist rätselhaft, und er ist hier, weil er auf der Flucht ist, wegmusste, bevor der Pulverdampf sich zeigte. Sein Gefühl sagt ihm, dass es diesen Dampf inzwischen gibt, rund um seine verlassene Galerie in Zürich. Ob sein Rückzugsort glücklich gewählt ist, steht dahin.

Drei steinerne Stufen führen zur doppelflügeligen Haustür. »1908« steht in Stein gehauen über dem Eingang, als Chronik und Schmuck und Beschwörung von Dauer. Oder pragmatisch: 1908 haben wir es geschafft! Das kann nicht jeder sagen. Wer es geschafft hatte, gab sein Haus nicht mehr freiwillig her. Anders als heute, da die Häuser sich in Juwelen im Immobilien-Marktmonitoring verwandelt haben, die neue Aufgabe und Ausgabe stets in Sichtweite.

Wie bei fast allen Häusern im Hanggebiet ordnen sich die Etagen des Hauses je nach Blickwinkel neu zueinander. Das scheinbare Souterrain führt zum Garten im kleinen Tal hinter dem Haus. Das Erdgeschoss, vor dem Amor jetzt steht, schwebt von diesem Garten aus betrachtet wie eine Beletage über dem Rasen. An der rechten Seite des Hauses führt vom Seitenweg eine kleine steinerne Brücke zu einer weiteren Etage. Die Räume haben lichte Höhen von fast drei Metern.

In der Umgebung gibt es keine Häuserblocks, keine Straßenzüge. Hier war einst alles individuell und dem hügeligen, steilen Gelände angepasst. Davon lebt der Ort bis heute. Dies ist das ehemals schroffe Ufer des Urstromtals und des Schmelzwassers der Gletscher aus der letzten Eiszeit. Den wirklich großen Fluss, den gab es früher. Der Fluss, wie er heute fließt, ist demgegenüber ein Rinnsal. Mancher Findling, der das Umgraben in den Gärten erschwert, hat lange Wegstrecken hinter sich. Er kam angerollt, wurde angeschwemmt, wanderte eingefroren im Gletschereis aus Skandinavien mit. Wahrscheinlich lag der Bereich, in dem Amors Elternhaus steht, in jener menschenlosen Zeit unter Wasser. Tief im eiskalten Strom.

Es ist ein solides und stabil gemauertes Haus. Ein historisches Stadthaus. Gediegen, stilvoll, ohne Schnörkel. Eine alte Villa ohne jede Modernität.

Hier ist Amor aufgewachsen, mit den Eltern und der älteren Schwester. Jetzt leben nur noch seine Mutter und die flämische Pflegekraft auf den drei Etagen. Und seit gestern Abend auch wieder er, Amor Bleul.

6

Die Invasoren landen. John steigt von seiner *Motte* und setzt die Füße in den Flusssand. Die hohen Geschwindigkeiten sorgen für große Meterabstände, aber geringe Zeitdifferenzen. Die anderen folgen Sekunden später. Einer nach dem anderen kippt sein Sportgerät im flachen Wasser auf die Seite und verschnauft erst einmal. Die körperliche Anstrengung ist auszuhalten, doch die mentale Beanspruchung ist hoch. Alle gehen etablierten Berufen nach und sind mindestens Partner, wenn nicht Alleineigentümer ihrer Firma. Sie sind das, was die Stadt braucht: die Werbung, den Einzelhändler, den Arzt. Und natürlich die rechtliche Vertretung.

Nur einer arbeitet anders, steht in einem Surfshop in der Stadt hinterm Tresen. Oliver hat beste Beziehungen zu Tauwerk und Segeln und zum Zubehör. Es sind die mühelosen Zugänglichkeiten, das Vermeiden von langem Suchen, die einfachen Wege, die das Leben leichter machen. Die Olivers dieser Welt zu kennen hilft viel. Außerdem ist er sehr cool. »Einfach großartig«, sagen manche.

Er ist nicht in die väterliche Firma gegangen, er klapperte die Hotspots der Surfszene ab, die Tarifas der Erde. Auch für den Laden ist solche Umtriebigkeit ein Gewinn. Spätestens im November, eher im Oktober, ist er wieder in Portugal und kehrt auf seinen Hochsee-Katamaran zurück. Ab und zu nach Marokko ablegen gehört dann dazu. Von Portimao nach Tanger ist es ein Klacks, zu den Kanaren sind es bei passender Windrichtung fünf Tage. Sein Kat ist ein großes Biest, zehn Knoten sind Durchschnittsgeschwindigkeit. 17,95 Knoten, fast 18!, war die Spitzengeschwindigkeit auf der letzten Tour.

Der Lohn ist Taschengeld. Die jährlichen Ausschüttungen aus dem väterlichen Zulieferbetrieb zur großen Industrie würden Oliver reichen. Der versorgt Auto- und Aeromobile mit Teilen für alles, was sich bewegt und zusammengehalten werden muss. Hier wohnt für Oliver der Euro. Aber er findet den Job im Surfladen entspannt und macht ihn genau deshalb. Lifestyle geht vor Lebensunterhalt, zumal der Lebensunterhalt ja schon gegeben ist.

Apropos Marokko: Mit Manfred, dem Arzt, teilt er die Ansicht, dass der Genuss von Dope durchaus sinnvoll ist. Es entspannt und tut auch medizinisch gut. Manfred empfiehlt und verschreibt seinen Patienten gern und oft Cannabis. Was seinen eigenen Eltern in den Sechzigern und Siebzigern nicht geschadet hat, wird ja heutzutage nicht plötzlich falsch sein, oder? Außerdem gibt es jetzt die legalen Pillen. Die Sundowner sind: John, Sven, Karl, Wolfgang, Manfred und Oliver. Ein Rechtsanwalt, ein Kaufmann, ein Werber, ein Arzt und ein Surfer. Plus John. Die sechs treffen sich fast täglich am Fluss, abends, wenn der Wasserstand es gerade erlaubt, ausnahmsweise auch morgens, zum Beispiel am Wochenende. Die Sundowner bleiben sie trotzdem. Es muss nicht direkt Hochwasser sein, nur nicht absolutes Niedrigwasser. Bei Niedrigwasser wird der Weg zum Wasser mit den *Motten* weit. Die Flächen auf dem Wasser sind dann noch mehr eingeschränkt. Der große Fluss wird endgültig zum kleineren Fluss.

An diesem Abend haben sie annähernd optimale Bedingungen gehabt. John hat den Trockenanzug ausgezogen, hüllt sich in seine Trainingshose und einen weiten Pullover.

Der Flug auf der *Motte* ist fiebrig, sensorisch, geschieht in schnellem Energiefluss.

Die Wärme der Kleidung und die Entspannung von Muskeln und Gehirn sind wie ein Nachhausekommen.

John fühlt sich gut.

7

***Sidney ist** sehr jung, höchstens zwei Jahre alt. Im Haus ist niemand. Sie ist allein, alle sind vor der Tür. Irgendetwas ist geschehen. Sidney weiß nicht, was. Vater, Mutter und einige Nachbarn sind vor das Haus gegangen. Sidney ist aus dem ersten Schlaf erwacht.*

Sie ist aufgestanden und mühsam auf die Fensterbank geklettert, denn draußen ist Licht, und draußen sind die Eltern. Sidney kann sie hören. Man unterhält sich. Was gesprochen wird, ist nichts, was sie schon versteht. Sidney ruft, aber sie wird nicht gehört. Sie sieht viele Menschen auf dem schmalen Weg vor dem Haus. Beim Haus gegenüber ist alles erleuchtet.

Was sie versteht: Sie ist allein. Mama und Papa sind nicht da. Nicht im Zimmer. Nicht bei ihr.

Sidney läuft in den Flur und klettert die hohen Treppenstufen hinunter.

Sie rutscht aus und kullert über die letzte Stufe hin zur Eingangstür. Zum Glück nicht weiter die Treppe hinunter in den Keller.

Die Tür ist angelehnt, sie steckt ihre Hände durch den Spalt und ruft.

Ihre Mutter dreht sich um, macht die Tür weiter auf und nimmt sie auf den Arm.

Sidney hat geweint und lässt sich trösten.

Draußen ist es seltsam. So viele Menschen sind da.

8

Das Haus, in dem die Liebermanns eine Wohnung gemietet haben, liegt nicht weit von den Jollenplätzen entfernt, von denen aus John abends auf den Fluss startet. Die Wohnung liegt in einem Gebäude, das zuvor ein Hotel war. Es wurde umgebaut und in seniorengerechte Apartments unterteilt. Im Prinzip beschränkt sich die Maßnahme auf Schwellenfreiheit und einen großen Fahrstuhl, in dem zur Not ein Krankenbett Platz findet. Viel mehr Seniorengerechtigkeit ist nicht auszumachen.

Sidneys Eltern genießen vor allem die Lage, die Ruhe und die Haltestelle für den kleinen Bus vor der Tür. Aus ihren Zimmern blicken sie auf den Fluss. In 50 Meter Entfernung befindet sich eine Bank am Uferweg, von der das Treiben am Strand zu beobachten ist. Die Hundegänger, die Läufer, die Spaziergänger. Ein paar Schwimmer. Mütter und Väter mit ihren Kindern. Die Grillgruppen. Die Jugendlichen, die Feuermacher. Und der verrückte Optiker, der jetzt auch noch Bootcamps veranstaltet: Traktorreifen ziehen, Klettern und Hangeln. Er bringt alle erforderlichen Utensilien mit hinunter zum Strand. Ein Wahnsinn.

Herbert Liebermann ist 90 Jahre alt, seine Frau Margret 80. Seit 45 Jahren sind sie verheiratet. Sidney kam Ende 1972 zur Welt. Sie ist ihr einziges gemeinsames Kind. Sidney erinnert sich nicht an die allerersten Jahre, die sie noch hier verbrachte. Sie erinnert sich an ihre Kindheit in Missouri, der Heimat ihrer Mutter. Dort wuchs sie auf.

Für Herbert Liebermann bedeutet dieser Alterssitz eine Rückkehr an den Ort seiner Kindheit. An diesem Fluss ist er groß geworden, an ihm und auf ihm hat er viel erlebt. Margret hat eingewilligt, für die letzte Etappe mitzugehen, die amerikanische Heimat zu verlassen. Zum einen wegen der besseren medizinischen Versorgung. Und dann ist Amerika ein unfriedliches Land geworden, die Spannungen nehmen weiter zu, gerade in einem Staat wie Missouri mit einer so langen Sklaventradition.

Das alles wäre für Margret kein Grund zum Weggehen gewesen, sie ist Patriotin, aber sie folgt ihrem Mann, begleitet ihn auf seinem letzten Weg. Sie hat eingewilligt. Auch wenn die Rückkehr zahlreiche Seiten hat, weder für Herbert noch für sie nur solche, die sich behaglich anfühlen. Beide hoffen sie, am Fluss ihren Frieden zu finden. Für sich und für ihre Familie.

Margret ist eine schöne Frau, ihre Falten liegen attraktiv, vermutlich ein genetisches Geschenk ihrer Mutter. Ihre leichten Herzrhythmusstörungen sind gut eingestellt, die Arthrose galoppiert nicht. Margret kann mobil bleiben. Herbert ist gezeichnet von Parkinson und einer zunehmenden Krümmung der Wirbelsäule. Weiterhin seine einst so auffallend aufrechte Haltung einzunehmen, fällt ihm jetzt außerordentlich schwer. In Missouri ging er auf die Jagd, immer noch ist er Mitglied eines Schützenvereins in der NRA, der National Rifle Association. Ein Vorstand der NRA heißt immer noch Oliver North und ist der berühmte Agent und Militärberater aus der Iran-Contra-Affäre. Margret zieht Herbert manchmal mit seinem NRA-Kollegen auf: »Call the general!«, sagt sie, wenn er in einer wichtigen Sache nicht vorankommt. Tatsächlich hatten Oliver North und Herbert einmal direkten Kontakt. Herbert stellte eine Frage wegen einer nahen Verwandten, die verschwunden war. Und North hatte damals noch gute Verbindungen zu allen Diensten.

Das Bedürfnis, Oliver North zu kontaktieren, wird am Fluss weniger werden. Wie so vieles weniger wird, wenn das Leben überwiegend hinter einem liegt. Wie oft hat Margret sich gewundert, dass Herbert es schaffte, seine Kraftreserven immer wieder aufzufüllen! Es war eine stete Wellenbewegung aus Anstrengung, Erschöpfung und Erholung. Doch nun fällt die Amplitude deutlich geringer aus. Die nächste Amplitude erreicht nur selten die Höhe, die sie verlassen hat. Es gibt Tage, an denen schafft Herbert es kaum noch aufzustehen.

Ebbe und Flut, noch gibt es für ihn die Beständigkeit des Hin- und Herströmens, des Herein und des Heraus. Doch das Intervall wird sich weiter verringern. Herbert wird schwächer. Er wird dem Sog des Meeres, der die Lebenden von den Toten scheidet, nicht mehr lange standhalten können.

Und wie seit Jahrhunderten und Jahrtausenden wird sich der Fluss erneut verändern. Der Mond entfernt sich von der Erde, die Fluten sind andere.

Der Klimawandel wird für einiges sorgen, das sich noch keiner recht vorstellen kann. Oder mag.

Margret und Herbert sind vor 40 Jahren fortgegangen. Seit einem Jahr sind sie wieder hier.

Der Fluss, der sie erwartet, ist nicht mehr derselbe.

9

»**Ich habe** gehört, Amor Bleul ist zurück?« »Wer ist das?« »Sein Elternhaus liegt eurem Haus an der Flusstreppe gegenüber. Er führt seit zehn Jahren in Zürich eine Galerie. Der soll es aber nicht so gut gehen.«

Sven ist Anwalt und Sportwagenfahrer. John ordnet ihn der männlichen Subspezies Frauenjäger zu. Intelligent, das ist das eine, libidinös getrieben das andere. Es ist unklar, bis in welches Lebensalter er so bleiben wird. Bei manchen hört es nie auf. Noch 94-Jährige sollen ihrem Pflegepersonal an den Kittel gehen. Einige lassen sich für diese Aktivitäten besonders medikamentieren.

John antwortet: »Okej. Ich werde ihn sicherlich kennenlernen. Ist er umgänglich?« Das »Okej« von John hat diesen speziellen kurzen Singsang, er spricht es in hoher Tonlage. Sven hat sich an den asiatischen Ton bei dem Amerikaner gewöhnt. Als sie sich kennenlernten, hatte er sich darüber sehr gewundert. John gehört ja noch nicht lange zu den Sundownern.

»Umgänglich?« »*Kind* im Amerikanischen ... Ist er ein guter Nachbar ...?« »Er war immer speziell. Oder *strange*. Nicht uninteressant, das überhaupt nicht. Du wirst einen spannenden Gesprächspartner haben. Und Sidney auch.«

Bei der letzten Bemerkung klingt etwas mit, John sieht Erwartung in Svens Gesichtszügen. Der schiebt die Frage nach: »Alles in Ordnung mit Sidney und dir?« »Warum fragst du?« »Nur so ...«

Anwalt Sven und ein »nur so« ... Es ist unnötig, das zu glauben. Es ist eine klitzekleine strategische Intervention, ein kaum bedingter Reflex. Was Sven gerade macht, ist ein Klassiker. Er hat eine Information, dropt einen Namen, fügt eine einordnende Bemerkung dazu und setzt die Spitze.

Als einer der Ersten hatte er ein Auge auf Sidney geworfen, als sie, John und Warren herzogen. Ein gutes Jahr ist das her. Svens unverhohlenes Interesse an Sidney war weder zu überhören noch zu übersehen, ebenso wie sein bekanntes und anhaltendes Interesse an weiteren weiblichen Personen. Das hatte nicht zu Verstimmung zwischen Sven und ihm geführt. Im Gegenteil hatte es John einen einfachen Zugang zu Sven eröffnet. Es ist gut, wenn man weiß, wie die anderen ticken. Es ist gut, ihr Denken und ihre Schlagrichtungen zu kennen.

Sven hatte von Sidney keine Abfuhr erhalten. Es war schlicht ein Begehren, das ins Leere gelaufen war. Aber Sven ist nicht der Typ, der An und Aus kennt, er ist immer bereit. Vermutlich mit einem natürlichen Testosteronwert nah an 10. John weiß das, er bleibt auf der Hut. Seine Aufgabe ist es, Sidney und Warren zu schützen.

Amor, der neue Nachbar, bringt etwas mit, das Sven offenbar sehr interessiert. Ob im Hinblick auf Sidney oder auf John oder auf ihn selbst, bleibt offen. John hat keine Eile, das zu klären. Die Dinge werden ans Licht kommen. Fast nichts bleibt für immer verborgen. Sven ist für ihn eine befreundete Ratte. Ratten sind schlau. Er wird das nicht vergessen.

»Morgen kommen wir abends schon in die Dunkelheit, wir sollten nicht zu spät starten …« Sven verabschiedet sich. »Ich bin rechtzeitig da«, sagt John. »Vielleicht hast du bis dahin Amor kennengelernt.« »Ist das hier ein üblicher Name?« »Nicht wirklich. Sein Vater hatte die Drogerie oben im Dorf. Und offenbar ein Faible für besondere Namen.« »Ich bin gespannt.« John grinst.

»Mach es gut, bis morgen!« »So long, John! War *cool* heute.«

Sven in seinem alten Triumph mit Rechtssteuerung gibt Gas. Er liebt den blubbernden Motorensound. Nicht das elektronisch gesteuerte Surren der SUVs. Den fährt Svens Frau, schließlich hat sie den Part der Hockey Mom übernommen und braucht Platz im Wagen für die Schlägertaschen und die Kinder.

John besteigt sein Rennrad und macht sich in entgegengesetzte Richtung auf den Heimweg. Die Häuser, der Belag der Straße, der helle Sand am Strand und der Fluss, die untergehende Sonne lässt alle Farben kräftig hervortreten. Das Grau des Asphalts, das Grün der Gräser und des Schilfs, das helle Beige des Sands, das Rot der Fahrwassertonne, das Gelb, das irgendwie in der Luft hängt. Das Blau des Himmels.

Nur halb beladen strebt ein mittelgroßes, orangefarbenes Containerschiff dem offenen Meer und anderen Ufern entgegen. Etwa 10.000 Container hätten Platz, vielleicht 6000 sind gelascht.

John gleitet über die Straße nach Osten.

Es tut ihm gut, andere Muskeln als beim Segeln zu bewegen.

10

Warren ist Warren. Sidney ist Sidney. Nach Hamburg sind sie gezogen, weil Warrens Großeltern nach Hause wollten. Sidney hatte Warren gefragt, ob sie die beiden begleiten wollen. Er hatte Ja gesagt und sich darauf gefreut. Auch wenn er bedauerte, dass es die Ankündigung des endgültigen Abschieds war.

Auf den Stationen ihrer Reise hat Warren bereits einige Schulen und Internate besucht. Diesmal wollte er eine Schule in direkter Nähe haben, daher wurde es das normale Gymnasium, zehn Minuten Fußweg den Hügel hinauf. Zur Internationalen Schule hätte er jeden Tag fahren müssen, das wollte er nicht. Sein Großvater sprach während der langen Ferienaufenthalte in Missouri mit ihm Deutsch, Sidney spricht in der Regel Englisch, manchmal aber auch Deutsch.

Gelebt haben sie schon in New York, Singapur und Maskat im Oman. Sidney und Warren folgten den Hauptarbeitsorten von Warrens Vater. Charles Fabianski betreut vor Ort seine vermögenden Kunden, unter anderem einen Bruder des Sultans von Oman. Die beiden hätten irgendwo leben können. Charles war weltweit unterwegs, ob sie nun in New York oder Abu Dhabi auf ihn warteten, spielte keine Rolle, meistens war er ja doch nicht da. Warrens Vater-Sohn-Leben war eines mit Skype, jetzt mit Facetime und mit gelegentlichen, zeitlich begrenzten Begegnungen. Warren mag seinen Vater. Charles ist ein warmherziger Mann. Und Basketballfan. »Golf is for losers« ist einer seiner Lieblingssprüche. Beruflich ist Charles eine *Heuschrecke*. Ein Investor, der mit dem Geld vermögender Menschen und Banken in Unternehmen hineingeht, deren Performance eine Delle nach unten aufweist. Denen er und seine Analysten aber die Gegenbewegung zutrauen. Meistens nach einer Sanierung, das hieß in der Regel neben Neuausrichtungen und Umstrukturierungen auch: nach Entlassungen. Für diesen künftigen Aufschwung investieren sie, um dann den richtigen Zeitpunkt für den Wiederverkauf zu finden und dadurch einzucashen.

Würde sich Warrens Vater im Bild der *Heuschrecke* wiedererkennen? Sicherlich nicht. Das Bild passt nicht, dafür sind es viel zu wenige Akteure. Aber bei genauerem Hinsehen passt es dann doch: Es sind Schwärme von Geld, mit denen sie über Unternehmen herfallen und herausholen, was herauszuholen ist. Der größte jemals gesehene Heuschreckenschwarm hatte das Ausmaß von ganz Kalifornien. Eine unvorstellbar riesige Fresswolke, die kahle Landschaften zurückließ. Der Begriff der *Heuschrecke* ist einem Einfall des alten sauerländischen Sozialdemokraten Franz Müntefering zu verdanken. Das Bild, das er gefunden hat, trifft einen Kern von Charles' Business. Charles geht eben nicht so nachhaltig vor wie das große Kapitalisten-Vorbild Warren Buffett. Und er war in jungen Jahren noch deutlich heuschreckiger. Irgendwie musste es ja mal losgehen. Immerhin hat Buffett wohl die Wahl des Vornamens seines Sohnes beeinflusst.

Schon der junge Warren kannte etliche Transaktionen seines Vaters und von dessen Firmen. Charles hatte ihm Material und Zugänge zur Welt der Wirtschaft und der Zahlen verschafft, Warren wollte wissen, wie das funktioniert. Alle Informationen, die sonst kein Gleichaltriger bekam, hatte Warren begierig aufgenommen. Ohne sich mit Hornbrille und selten gewaschenen Haaren ausweisen zu müssen, besitzt er mit seinen 15 Jahren die Fähigkeiten eines Computer-Nerds. Er ist ein *digital native.* Spezialgebiete? Eigentlich keine. Er folgt den Datenflüssen, legt seine Netze aus, wenn ihn etwas interessiert. Auf Fang und Beifang. Oder wenn John etwas wissen möchte.

John ist John. Er begleitet sie seit dem Anfang, seit New York.

Sidney, Warren, John und Charles sind eine besondere Familie.

11

John ist die Flusstreppe heraufgekommen. Er schiebt sein Rennrad über den Weg zum Haus und lehnt es an die Außenmauer. Wie häufig am Abend ist es trocken, oft reißen die Wolken noch einmal auf, und der Himmel öffnet sich auch nach einem Regentag der Sonne.

Das Haus, in dem Sidney, Warren und er wohnen, ist von anderer Machart als das Haus gegenüber. Die Gefache im hölzernen Ständerwerk füllen rote Ziegel, Backsteine genannt. Das Haus ist deutlich älter als die gegenüberliegende Villa der Familie Bleul. Und es ist Teil weiterer Bauten, drei Häuser stehen im Mauerwerk eng aneinander und verbilligten so einst die Baukosten. Gebaut und weitergebaut wurde, wenn wieder Baumaterial vorhanden war oder Geld, welches zu kaufen. Die ältesten Balken im Inneren sind 500 Jahre alt.

John öffnet erst die obere Hälfte der Holztür, danach die untere. Sie hängt in schmiedeeisernen Angeln, manche Stalltüren im Mittleren Westen der USA sind ebenso unterteilt, im Landstrich, in dem Sidney ihre Wurzeln hat und den John einmal besuchte. Die geteilte Tür führt direkt in die steingeflieste Küche, auch die Wände sind gefliest. Die Holzeinrichtung ist dunkel von Alter und von Rauch.

Dass Sidney sich für so ein Gebäude entschied, hat John überrascht. Normalerweise zieht es sie zu klaren Formen, zu Übersichtlichkeit und Helligkeit. Nicht zu Modernität um der Modernität willen. Dieses Haus ist das Gegenteil dessen, was sie sonst aussucht. Es ist verwinkelt, gefüllt mit Geräuschen. Licht kann sehr schlecht einfluten, dafür ragt das Dach zu tief hinunter. Die Fenster sind klein, Schutz vor Wetter war früher wichtiger als heute. Touristen bleiben oft vor dem Haus stehen und fotografieren es. John war von der Wahl nicht begeistert, das Haus ist schlecht zu sichern. Allenfalls dient in diesem Viertel seine Versteckheit als Schutz. Das Haus selbst beschützt nicht. Die Fenster haben Holzrahmen. Die Räume sind niedrig, daher ist auch das erste Geschoss leicht von außen zu erreichen. Die Eingangstür ist mühelos zu öffnen oder zu durchstoßen.

Zudem fehlt es an Platz, für jeden gibt es gerade einen eigenen Raum. Dazu die Diele oben und die Diele unten, das Bad oben und die Toilette unten, die Speisekammer und eine Art Erker zum Westen. Und natürlich die Küche. Es gibt einen Kriechkeller, keine komplette Unterkellerung. Draußen steht ein kleiner Schuppen für die Gartengerätschaften. Die technische Installation aber ist auf dem neuesten Stand, darum hat sich John gekümmert. Von der Küche über das WLAN bis zu den Störsendern.

Warum hat Sidney dieses Haus gewählt? Bei ersten Besichtigungen war sie durch Häuser geschwebt, in die sie hineingehörte. Fensterfronten mit freiem Blick auf den Fluss. Einige mehr auf Strandhöhe, andere oben am Hang. Überall stand Sidney im Licht und wirkte passend. Als sie dieses Haus betrat, veränderte sie sich. Als würde es ihr nicht um das Wohnen gehen, sondern um den Ort. Als wäre sie mit etwas in Kontakt getreten.

Mehr weiß John darüber nicht. Was ihm auffiel, war Margrets Unbehagen, als sie erfuhr, wo ihre Tochter hinziehen würde. Ihr ging

Sidneys Wahl gegen den Strich, warum auch immer. John hätte dem nachgehen können, das war sein Job. Gleichzeitig wussten alle, dass Sidney von ihrer Entscheidung nicht abrücken würde. Sidney ist Sidney. Daran hatte sich Margret früh gewöhnt. Mütter und Töchter, denkt John, der ohne Schwestern und lange auch ohne Mutter aufwuchs. Eine besondere Dynamik, die ihm fremd bleibt, er wahrt da gern Abstand.

»Sidney, ich bin wieder da!« Er hört keine Antwort, aber er spürt, dass sie im Haus ist. Es klopft an der Eingangstür, John öffnet. Davor steht ein etwa gleichaltriger Mann. John weiß sofort Bescheid. Der Mann hält eine Flasche Champagner in der Hand. »Hallo. Ich hörte, Sie sind Amerikaner? Sprechen Sie Deutsch?« »Doch, doch. Wir sprechen Deutsch. Mit wem habe ich das Vergnügen?« »Amor Bleul. Ihr Nachbar von gegenüber.« »Dort wohnt doch nur eine alte Dame mit ihrer Pflegerin …« Bislang hat John den Weg ins Haus nicht freigegeben. Der Mann vor ihm ist hochgewachsen, sogar größer als er. Er hat etwas Charmantes, sein Haar fällt sehr gepflegt und leicht gewellt fast bis auf die Schultern. Die Haarlänge ist keine Nachlässigkeit, sondern Stil. Amor strahlt Charisma aus, Sven hat recht. Schön ist er nicht, aber war David Bowie schön? Nicht wirklich. Hatte er Stil? Wenn nicht er, wer dann? War er charismatisch? Wenn nicht er, wer dann? Hatte Amor etwas von David Bowie? Wir wollen nicht zu hoch greifen, aber ein bisschen schon.

»Und Sie sind also …?« »Ich bin ihr Sohn.« »Von Ihnen hatte ich noch nicht gehört, pardon … Kommen Sie herein!« John öffnet die Holztür und reicht Amor seine Hand: »Ich bin John Cohen.

Sagen Sie einfach John.« Amor bewegt sich entspannt, ohne besondere Absichten. Wäre es anders, wäre er ein Meister der Verstellung. John kennt Verhalten solcher Art. Amor trägt grobe Cordhosen und einen hellen, weichen Pullover, er kam ohne Mantel herüber. Es ist Kleidung von guter Qualität, seine Schuhe halten den hohen Standard.

»Mögen Sie einen Schluck Champagner? Er ist gekühlt.« Amor setzt die Flasche auf dem hölzernen Tisch in der Küche ab. Er stellt sie nicht hin, er setzt sie ab. »Ich trinke kaum Alkohol, aber ja, warum nicht? Wenn der neue Nachbar kommt! Es ist ja auch schon Abend. Vielleicht mag auch Sidney dazukommen.« John ruft nach oben. Man hört, dass ein Stuhl auf den Dielen in ihrem Zimmer zurückgesetzt wird. Danach das Geräusch einer sich öffnenden Tür. Schuhe betreten die Stufen der Treppe.

Sidney trägt eine hellgraue Jogginghose und ebenfalls einen schlichten, einfarbigen Pullover. Ihr volles Haar ist zurückgebunden. Amor sieht sie zum ersten Mal. Sie hat große Füße, denkt er. Ein Detail unter vielen. Er ist sofort von ihr fasziniert, ihr Händedruck ist verbindlich. »Guten Tag, mit wem habe ich die Ehre?« »Amor. Von gegenüber.« »Amor von gegenüber, das klingt nett«, sagt Sidney und lächelt. »Ich bin Sidney Liebermann.« »Er ist der Sohn der alten Dame«, sagt John. »Oh, wie geht es ihr? Sie ist krank, nicht wahr?« »Ja. Und sie ist alt und schwach.« »Sie besuchen sie?« »Ja, für einige Zeit.« »Bleiben Sie länger?« »Das weiß ich noch nicht, aber es kann sein. Eine Weile sicherlich.«

»Amor hat gekühlten Champagner mitgebracht, den er mit uns trinken möchte«, sagt John. »Das ist sehr zuvorkommend. Wollen wir einen Schluck nehmen?« »Gerne. Nur, vergiss nicht den

Skype-Termin mit Charles«, sagt John. »Charles ist mein Mann«, sagt Sidney zu Amor. »Dann lassen Sie uns doch Ihren gut ausgesuchten Champagner trinken. Ambrosia! Damit die Götter zueinander finden …« Amor ist verblüfft. Sidney kennt Amor und Psyche, die Geschichte seines Namens. Er trifft nicht oft Menschen, die mit seinem Namen mehr anfangen können. »Es muss ja nicht gleich zur Wolllust führen …« Sidney weiß also auch, wozu der Ambrosia-Drink einst bei den Göttern Griechenlands führte!

Amor entkorkt die Flasche, John nimmt Gläser aus der Vitrine. Die drei Nachbarn prosten sich zu. »Cheers!« »Prost!« Amor fügt hinzu: »Stillem Wasser und schweigendem Wasser ist nicht zu trauen!« »Was bedeutet das?« »Ach, das ist nur ein alter Trinkspruch.« »Dann halte ich mit«, sagt Sidney. »Trinke nur, wenn du glücklich bist.« Und: »Sie sind glücklich, Amor?« Amor stutzt: »Eine sehr persönliche Frage.« »Ja. Mir scheint, belangloses Geplauder gibt es genug, darin bin ich wohl eher unamerikanisch.« Und Amor antwortet: »Im Kern bin ich glücklich. Aktuell bin ich unglücklich. Aber ersparen Sie mir weitere Erläuterungen.« Sidney sieht ihn an: »Natürlich, Amor. Ich freue mich, dass Sie zu uns gekommen sind. Darf ich Du sagen?« »Mit Vergnügen!« Sie prosten sich abermals zu. Sidney trinkt einen Schluck und denkt nach. »Du erinnerst mich an jemanden aus New York, Amor. Einen Sänger und Maler.« »Mit Kunst kenne ich mich aus, mit New York auch, ein wenig …«

Johns Gedanken gehen zu Svens scheinbar achtlosen, gar nicht achtlosen Bemerkungen.

Wer ist dieser Amor? Und was macht er hier wirklich?

Das gilt es, zügig zu klären.

12

»**Er hat** eine Galerie in Zürich auf seinen Namen: Galerie Bläul. Ich weiß nicht, warum er den Namen so schreibt, besonders schweizerisch scheint mir das nicht zu sein. Sein Teilhaber ist ein Kaspar Conradi. Sie sind spezialisiert auf zeitgenössische Kunst, geben dazu eine internationale Zeitschrift heraus: ›Moiré‹. Zürich, Tokio, New York. Sie beliefern bedeutende Sammler, aber nicht die ganz großen. Die Galerie hat vor Kurzem zehnjähriges Jubiläum gefeiert. Umsatz im letzten Jahr: vier Millionen Schweizer Franken. Das ist nicht schlecht, aber bei Weitem nicht Spitze im Ranking derartiger Galerien. Eine knappe Million Gewinn könnte es gewesen sein. Allerdings steht da nicht, was die Zeitschrift kostet. Es kann im Ergebnis also auch sehr viel knapper zugehen.« Warren sitzt vor seinem Laptop, John verharrt neben ihm oder wandert im Raum herum.

»Besondere Vorfälle in letzter Zeit?« »Seit letzter Woche wird gerätselt, wo der Kompagnon ist.« »Was heißt das?« »Conradi sollte an mehreren Veranstaltungen teilnehmen und ist nicht erschienen. Bleul konnte dazu keine Erklärung abgeben. Die Galerie ist seit einer Woche geschlossen, auf unbestimmte Zeit, wie es heißt. Dass Bleul in Hamburg ist, scheint noch nicht bekannt zu sein.«

Warum war der Kompagnon verschwunden? Ist er überhaupt ›verschwunden‹? Und warum hat sich auch Amor abgesetzt? Flucht? Die kranke Mutter? »Lass uns dranbleiben, Warren! Was ist mit dem Geldfluss, kommst du an Konten der Galerie ran? Dort erfährt man in der Regel, um was es geht.« »Ich versuch's. Aber es kann dauern.« »Schon klar. Aber bleib bitte dran. Ich möchte wissen, wen wir da zum neuen Nachbarn haben. Zumal Sid sich für ihn interessiert.« »Mama weiß schon, was sie tut.« »Sicher. Nur ist es besser, wir wissen es auch.« »Ja, klar.« »Und mach nicht mehr so lange. Morgen ist Schule.« »Hack die Konten der Galerie, mach nicht so lange, morgen ist Schule. Was davon ist dir am wichtigsten?« Warren grinst John an, ahmt ihn nach, der zeigt ihm den Mittelfinger. »Das macht man nicht, John«, sagt Warren und dreht sich zum blauen Licht des Bildschirms.

Über knarrende Dielen geht John ins nächste Zimmer. Sidney sitzt an ihrem Schreibtisch ebenfalls vor dem Laptop. John fragt: »Wie geht es Charles?« »Er ist dem Giving Pledge beigetreten, der Initiative von Gates und Buffett. Das finde ich gut.« »Das heißt, mindestens die Hälfte seines Vermögens wird er stiften.« »Ja. Buffett hat über 90 Prozent gegeben. Bei Gates weiß ich es nicht genau. Inzwischen sind es weltweit über 200 Milliardäre, die mitmachen.«

»Das ist gut, und das ist nicht gut.« »Wie meinst du das?« »Wo kommt dieses Geld her? Wie viel kommt aus der Waffenindustrie, wie viel aus der Ausbeutung der Erde? Wieso befindet sich so viel Geld in der Hand von so wenigen Menschen? Gut ist, dass sie darüber nachdenken, was sie mit dem Geld machen und auch danach handeln. Dass sie es nicht einfach den Banken geben. Schlecht ist, dass die überwiegende Zahl der Menschheit nicht ein Promille dieser Reichtümer für ihr eigenes Auskommen und Überleben zur Verfügung hat. Schlecht ist, dass diese Geldanhäufungen überhaupt entstehen.«

»Ja, da hast du recht, John. Irdisches Glück vor kosmischem Glück?« Sidney sieht ihn nachdenklich an. »Wir sind hier in einem Haus, in dem schon einmal versucht wurde, dieses Missverhältnis zu ändern.« »Was meinst du? Was ist hier geschehen?« »Es hat ein Attentat gegeben.« »Hier? Auf wen?« »Auf den damaligen Besitzer. Einen Hamburger Bankier.« »Woher hast du das?« »Eine der älteren Frauen beim Yoga ... es war ein politisches Attentat.« »Ein revolutionärer Akt also?« »Ja. So wie wir sie auch kennen. Nur anders. Vielleicht auch nicht.« »Bist du deshalb in dieses Haus gezogen?« »Keine Ahnung. Vielleicht.« »Du hast etwas gespürt.« »Es war, als warte etwas auf mich. Oder als werde etwas von mir erwartet? Frieden, John.«

Das bedeutet, dass sie nicht weiterreden will. John sieht ihr an, dass da noch mehr ist, etwas, worüber sie noch nicht reden kann. Oder mag. Sie ist anwesend und zugleich in sich versunken.

Sie greift nach seiner Hand: »Schläfst du heute bei mir?« »Ja, Sid.«

»Dann komm, lass uns ins Bett gehen.«

13

Wer ist Amor Bleul? Über Warrens Bildschirm laufen Zahlenkolonnen, Möglichkeiten von Passwörtern, die ihm Zugang zu den Bankdaten der Galerie schaffen sollen. Sein Vater hat ihm einige Wege gezeigt. Über die Mails gelangt er an Basisinformationen: zur Bank, zu Konten und zu den Passwörtern. Bleul und Conradi benutzen persönliche Daten, Namen von Künstlern plus Symbole. Ihre Lebenswelten spiegeln sich in ihren Passwörtern, ihre kulturellen Kenntnisse und Vorlieben, ihre Mystik. Dieser und jener Joke findet sich auch, sie sind intelligent. Die Kombinationen sind kein Zufall, die Passwörter werden herauszufinden sein.

Warren hat die Variablen voreingestellt, die Computer lassen die Varianten durchlaufen. Warren ist für den Einsatz von Technik, die den Menschen Abläufe abnehmen oder erleichtern. Die Frage des Nutzens muss allerdings vor der ökonomischen Optimierung stehen, so sein Credo. Warren ist klar in diesen Dingen. Sein Vater dagegen holt raus, was rauszuholen ist. Erst wenn er seine Konten gefüllt hat, denkt er über die Verwendung nach. In der Bereitschaft, Maschinenintelligenz zu nutzen, unterscheiden sich die beiden kaum.

Dreimal stoppen die Zahlenkolonnen, dreimal lagern sich Passwörter in die Abfrageframes. Die Konten der Galerie Bläul in Zürich sind jetzt lesbar. Es handelt sich um Schweizer Franken in ganz unterschiedlichen Höhen. Um Mieten, Büromaterialien, Taxifahrten, Gehälter und Löhne, Versicherungen, Bewirtungen. Und um Einnahmen aus Bilderverkäufen.

Vor zehn Tagen gab es einen Eingang einer Technologiefirma aus den USA in Höhe von umgerechnet 100 Millionen Schweizer Franken. Warren zählt die Ziffern nach, es bleibt dabei: 100.000.000 Sfr. Im Betreff sind auf Englisch »Anteile aus Verkauf« und eine Chiffre angegeben. Keine Stunde später hat Kaspar Conradi diese Summe auf ein Konto überwiesen, das nicht zu den Galeriekonten gehört. Warren speichert den Vorgang und klappt den Laptop zu.

Er legt sich auf das amerikanische Boxspringbett, das sein Zimmer dominiert. Ein bisschen Heimat muss sein. Morgen ist Schule. Er überlegt, ob er John noch berichten soll. Die Summe von 100 Millionen wird ihn interessieren. Aber von nebenan sind die helle Stimme seiner Mutter und die tiefere von John zu hören. Sie lassen es sich gegenseitig gut gehen.

Es klingt ruhig und relativ entspannt.

Tantra-Sex, vermutet Warren und schläft ein.

14

Die untergehende Sonne bescheint die Westseite des Ätnas. Rauchwolken steigen aus ihm auf, kleine rotglühende Lavafontänen sind zu erkennen. Conradi sitzt auf der Terrasse des Ristorante Mirage am Rand von Taormina, auf einem Platz an der Mauer. Tief unter ihm liegen die Küstenstraße und die Bucht von Naxos. Das Meer ist leicht bewegt, eine Nuance heller als der Küstenstreifen. Die Nachstrahlen der untergegangenen Sonne spiegeln sich auf seiner Oberfläche, bis das Dunkel des Himmels und das der Tiefen des Meeres sich verbinden. Ein Kreuzfahrtschiff schiebt sich hell erleuchtet am Horizont entlang. Einige Containerfrachter verteilen sich auf dem Rund des Mittelmeers und hinterlassen schwach leuchtende Streifen ihres Schraubenwassers. Eine große Yacht zieht nah am Ufer vorbei, nach Osten, in die Nacht. Sind die Eigner an Bord oder wird das Schiff dahin gebracht, wo sie das nächste Mal einsteigen werden?

Die hellen, orangefarbenen Lavawürfe des Ätnas strahlen in den Abendhimmel. Eine prachtvolle Illumination! Conradi ist beeindruckt von der Ästhetik dieser urwüchsigen Gestalt. Kein Lavaflug gleicht dem vorangegangenen. Immer neue Bilder werden gemalt, das Erdinnere dringt glühend nach außen. Geld ist dem Element Feuer am nächsten. Geld ist ein Aggregatzustand von Energie. Geld ist Hitze. Was kann man nicht alles mit Geld in Bewegung setzen?! Im Gegensatz zu Kaufleuten und Investoren gibt es nur wenige Künstler, die im Medium Geld denken. Andy Warhol tat es, Jeff Koons tut es sicherlich. Ihr provokanter Umgang mit dem Medium ist zugleich ein Statement: Was ihr könnt, können wir auch. Wir machen dazu noch Kunst und müssen keine Schrauben, Dübel und praktischen Dinge fertigen, um an Geld zu kommen. Wir verbinden das Schöne und das Geld, die Aussage und das Geld, das Motiv und das Geld, die Farbe und das Geld. Zugunsten unserer Bankkonten. Kunst ist Business, unser Business ist Kunst.

Bislang hatten Conradi und Amor nur begleitend an diesen Ansichten teil, praktisch zweigten sie hier und da etwas aus den Taschen der Vermögenden in die eigenen Plastiktüten ab, für sich selbst und die Künstler ihrer Galerie. Jetzt war eine andere Situation entstanden. 100 Millionen Franken sind ein Wort – und zugleich eben auch nicht. Wenn Conradi ernst nimmt, was er selbst immer gedacht hat, dann ist Geld auch nur Energie und Feuer. Ein Feuer, mit dem die Gesellschaft spielt. Ein Maß für Ungleichheit. Ein Fetisch. Und als Fetisch nah an Kunst. Früher war es etwas, womit man Buße tat und Opfer darbrachte. Heute nennt man diesen Vorgang Charity oder Sponsorship. Alles Goodwill. Ist es aber im Kern nicht so, dass Geld etwas ist, das die ganze Gesellschaft verbrennt, Glutnest neben Glutnest? Wenn erst mal in Geld gedacht wird, wo bleiben dann die Inhalte, die Ethik, der Schutz der Leben?

Conradi sieht hinauf zur Lavaglut am Kopf des Ätnas. Was sind 100 Millionen in großen Scheinen gegen die Gewalt eines aktiven Vulkans? Nicht mehr als ein Vogelschiss. Gepackt in zwei oder drei Taschen würden sich 100 Millionen in wenigen Sekunden ins Nichts auflösen. Ein Aufflackern, Entzünden, Verbrennen, Verglühen und Verwehen. Ein wenig Rauch und nichts mehr wäre von den gebündelten Scheinen zu sehen. Asche zu Asche. 100 Millionen wären in 1000 Grad Celsius aufgegangen. Das war eine Möglichkeit, mit Geld umzugehen. Es gibt viele Möglichkeiten. 1000 Varianten. 100 Millionen durch 1000 Varianten. Oder 100 Millionen mal 1000 Varianten. Geld kann die Fantasie beflügeln. Immerhin das.

Conradi ist in den letzten Wochen so sehr mit dem Coup beschäftigt gewesen, dass er zu weiterer Planung und Fantasie gar nicht kam. Jetzt aber muss er handeln, viel Zeit für Überlegungen wird er nicht bekommen. Sizilien ist für so manchen Zufluchtsort gewesen, Versteck und Zwischenstation. Hier sind sogar die Kinder von Ulrike Meinhof in Baracken versteckt worden. Weiter südlich, auf Lampedusa, landen täglich Flüchtlinge aus Afrika. Wenn sie es bis dahin schaffen! Conradi muss sich entscheiden zwischen Kunst und Verbrechen. Vielleicht auch zwischen Politik, Kunst und Verbrechen. Eine Kunstaktion bleibt ein Scherz, wenn sie nicht wirklich gut ist. Ein ausreichend versorgtes Leben mit dem eroberten Geld ist wirklich ein Verbrechen. Und Politik? Würden 100 Millionen den Flüchtlingen von Lampedusa helfen?

Conradi fühlt sich in die Situation der Multimilliardäre versetzt, denen es unmöglich ist, ihre Milliarden selbst sinnvoll zu verwalten oder gar einzusetzen. Es hat einen Grund, warum Bill Gates seine Hilfsaktionen über andere Hilfsorganisationen abwickelt!

Noch etwas kommt hinzu: Der Eigentümer des Geldes ist kein Unmensch, sondern ein hoch angesehener, erfolgreicher Unternehmer, der obendrein mit einer Stiftung außerordentlich aktiv ist, dabei sozialen Grundsätzen folgt und sich sehr effektiv im Umweltschutz engagiert. Die Flüsse dieser Erde sind sein Thema. Die Sicherung der Quellen. Die Renaturierung ihrer Verläufe und Ufer. Ganze Kanäle hat er rückbauen lassen. Und das weltweit.

Er tut wirklich etwas, und das unter der Maßgabe der Giving-Pledge-Initiative von Gates und Buffett. Die Hälfte seines Vermögens von 10 Milliarden Schweizer Franken setzt er für diese Zwecke ein. Auch ihm gegenüber muss eine Haltung eingenommen werden. Was Conradi vor der Brust hat, ist komplexer, als er sich vorgestellt hat. Denn was kann er besser mit dem Geld machen, als dieser Schweizer Gönner es selbst täte?

Wie immer sich Conradi entscheiden wird, er braucht Beratung, und er braucht einen guten Anwalt. Am besten den besten. Aber schon da stellt sich wieder die Frage: Kann er ihn bezahlen? Das hängt davon ab, was er mit dem Geld machen wird, wie er es verwendet. Amor hat er in den Coup nicht eingeweiht. Amor ist deshalb jetzt auf der Flucht, genau wie er, wenn auch ungewollt, durch Conradi verursacht. Aber sie haben beide nicht viel Zeit. Es gibt keinen Ort auf der Erde, wo man ihn nicht finden wird.

Wenn es langfristig nicht zu verhindern ist, sollte das Gefundenwerden Teil seines Plans werden.

Für Amor sieht es schlechter aus. Er ist nicht Akteur und nicht Entscheider. Er ist der Situation ausgeliefert. Amor ist nicht vorbereitet und verfügt über keine finanziellen Mittel, denn die Galeriekonten wurden mit Sicherheit inzwischen gesperrt. Wohin mag er geflohen sein? Vielleicht hat er sich nach Hamburg zurückgezogen. Auch wenn er dort leicht zu finden wäre. Aber erst einmal mag es ihm helfen. Conradi gefällt es nicht, was er Amor gerade antut. Ein weiterer Grund, zügig einen richtigen Plan zu entwickeln.

Er winkt dem Kellner und bezahlt mit Geld von seinem gut gefüllten privaten Konto. Danach macht er sich auf den Weg hinunter zu seinem Apartment, es liegt auf halber Höhe über der Bucht. Unten liegt die Isola Bella, 1998 wurde sie vom WWF erworben und zum Naturschutzgebiet erklärt. Soll er in der Spur von Peter Bläul handeln, die Insel kaufen und die Verpflichtung zum Naturschutz übernehmen? Mit ein paar kleinen Ausnahmen … Man braucht ja nicht viel …

Es ist schwer, sich keine Gedanken über die Möglichkeiten zu machen, die einem 100 Millionen Franken auf dem Konto verschaffen. Und die Probleme, die zugleich damit entstehen.

Vielleicht sollte er Amor doch einweihen. Vielleicht kennt Amor jemanden, der über Dinge dieser Art Bescheid weiß.

Bisher war Conradi für die Kunst zuständig – und Amor für die Finanzen.

Vielleicht haben sie gerade getauscht?

Es gibt viele Fragen zu beantworten.

15

Der Mann ist sehr alt, ein Greis. Auch wenn er auf den ersten Blick nicht so wirkt. Seinen Reichtum verdankt er dem Goldenen Eimer, wie er ihn nennt. Immer wieder hat er ihn in den Fluss getaucht – und gefüllt wieder herausgezogen. Mit jedem Schiff, das den Fluss heraufkam. Denn es sind seine Schiffe. Der Mann ist einer der bedeutendsten Reeder der Stadt und damit des Landes und somit von ganz Europa.

Jetzt liegt der Kopf des Greises auf dem grobkörnigen Betonboden des Heizungskellers, kurz vor der Sicherheitswanne unter dem Brennofen. Seine Beine sind seltsam gekreuzt und angezogen, unnatürlich, könnte man sagen, wüsste man nicht, dass er tot ist. Das Blut des Reeders hat sich zu einer roten Lache geweitet. Die Form erinnert an eine Insel – wie die Autoaufkleber von Sylt, dem Darß oder anderer Inseln und Halbinseln. Diese rote Insel aber ist kompakter, nicht so zerfasert. Die Mainau im Bodensee! Ein schmales Rinnsal führt vom Kopf des Reeders zur großen Insel – wie zur Mainau: dort mit Kräutergarten, Café Vergissmeinnicht, Schmetterlingshaus, Schwedenschenke und -turm.

Amor wundert sich über seine konkrete Fantasie. Zur Mainau ist er oft von der Schweiz herübergekommen, zu Kunden, professionellen Sammlern oder Liebhabern besonderer Stilrichtungen. Ganz in der Nähe der Mainau hat er dann und wann einen Fan der Landschaftsbilder Franz Hofers besucht. Hofer, Sohn armer Müllersleut, hatte für die Entwicklung eines eigenen Stils nicht viel Zeit gehabt – das Talent besaß er ohne Zweifel. 29 Jahre jung war Hofer im Ersten Weltkrieg gestorben. In jenen Jahren wurde der Reeder geboren: 1915. Zwei Jahre vor John Fitzgerald Kennedy, Kunstfliegerin Beate Rotermund, später Beate Uhse, Nelson Mandela und Helmut Schmidt, zwei Jahre auch vor seiner Reederkollegin Lore Berggrün. Er hat sie alle weit überlebt. Jetzt liegt er hier.

Hinübergegangen würden die einen seinen Zustand nennen. Gestorben die anderen, und sie würden meinen: vergangen, gewesen. Der Tod nimmt das Leben, so ist es nun einmal. Das Leben ist eine Abschiedstournee, mal länger, mal kürzer oder auch sehr lang. Wie in diesem Fall. Milliarden von Jahren hat es gedauert, bis Leben entstand, jetzt ist dieses vergangen.

Die Metalltür zum Treppenhaus ist geschlossen, es ist still im Heizungskeller. Amor steht neben dem Reeder. Diese Lage war nicht seine Absicht. Sie verkomplizierte auch einiges. Anderes allerdings erleichterte sie. Letzte Raten werden wohl nicht mehr so schnell fällig.

Die Situation, eine Leiche im Haus zu haben, ist neu für Amor. Weder ist dies sein Haus, noch ist dies eigentlich seine Leiche. Vielleicht ist es noch nicht einmal eine Leiche, sondern immer noch ein Verwundeter, Sterbender. Um das zu überprüfen, müsste Amor näher an ihn herantreten. Das kann er nicht, das will er nicht.

Amor ist in eine Starre verfallen. Ist der Reeder tot oder noch lebendig? Der Kunsthändler macht die Kunst nicht selbst, er verkauft sie nur. Amor fühlt sich leer. Er will sich schon jetzt nicht mehr erinnern, wie es dazu kam.

Es ist der falsche Film, es sind die falschen Protagonisten, einfach alles ist falsch.

Was sich vor Amor gerade ausbreitet, erscheint ihm aufgefunden, Objet trouvé.

Doch es ist menschengemacht.

Von ihm.

Teil II

16

Allererste Dämmerung. Es ist windstill. Die Lichter der COSTA PACIFICA spiegeln sich im glatten Wasser des Flusses. Tiefschwarz liegt er da, die Strömung zieht ihn wie eine große zusammenhängende Masse Richtung Meer. Was macht eigentlich Land zu Land und Wasser zu Wasser?

COSTA – der gelbe Schornstein mit dem C ragt hoch über das Schiff. Inzwischen ein Mahnzeichen, ist doch ein Schiff der Reederei in Italien auf einen Felsen gefahren, während der Kapitän sich mit seiner Favoritin vergnügte. Eine vollkommen unnötige Sache, selbst nach der Havarie war es noch nicht unausweichlich, dass auch nur ein einziger Mensch starb; doch es starben viele.

17

Hinter vorgehaltenen Händen hat Sidney ihren Namen weg: die Gwyn Paltrow der Flussvororte. Als würde jemand Gwyneth Paltrow wirklich kennen. Es ist Sidneys Erscheinung. Sie ist von klarer Schönheit, gut trainiert wie fast alle ihres Alters hier und auf eine spezielle Art ebenso unnahbar wie vollkommen ansprechbar – vielleicht wie Gwyneth. Oder ist sie doch eher die Nicole Kidman der Elbvororte? Nein, Kidman ist fünf Jahre zu alt. Es ist Paltrow.

Die Frauen des Viertels entdeckten sie schnell. Eine Akteurin mehr auf dem lokalen Spielfeld. Schönheiten pflegen einen wachen Umgang untereinander und mit dem Personal im gemeinsamen Gebiet. Selbst enge Freundschaften dienen der besseren Kontrolle der Mitbewerberin. John würde sagen: »Es ist ein Spiel mit vielen Ebenen. Es geht nicht um die Vernichtung der Gegner, im Gegenteil, sie sollen ja weiterleben. Sie sind geschlagen, sollen aber weiterhin mitspielen. Alle sollen stark bleiben. Die Frauen und die Männer. Sonst macht das Spiel keinen Spaß mehr.« Sidney weiß, dass der Vergleich für diese Beschreibung das Go ist. Ein Spiel, das Meditation und Kunst zugleich sein kann. Sidney sagt: Wie die Liebe.

Den meisten Männern ist Sidney erst nach und nach aufgefallen. Der Grund ist schlicht: Sie sind seltener im Viertel anwesend. Morgens rauschen sie in die Büros der Innenstadt oder zum Flughafen und kehren abends zurück, nach 20 Uhr, manchmal um Mitternacht. Oder sie übernachten gleich in den Büros. Sagen sie. Viele der verheirateten Frauen aber sind hier und bleiben tagsüber hier. Nach der Abfahrt der Männer und dem Schulbeginn der Kinder gehen sie laufen, fahren zu den Pferden oder sperren ihre Einzelhandelsgeschäfte vor Ort auf. Erst der Smoothie, dann der Latte, dann der Chai. Sidney nimmt an den Tagesabläufen der Geschäftsfrauen nicht teil, sie ist geschäftlich nicht aktiv. Sie hat keine Verpflichtungen, keine äußerlichen Nöte. Ihre Begegnungen sind frei gewählt. Sogar das Zusammensein mit Warren, ihrem Sohn, empfindet sie so.

Zeitgleich mit dem Aufbruch von Warren Richtung Schule steigt Sidney die wenigen Stufen zur Straße und im dritten Haus rechts weiter die Stufen ins oberste Stockwerk hinauf. Das Studio schwebt über dem Viertel, weit unten fließt der Fluss. River. Die vielen Häuser liegen wie hingewürfelt an den steilen Hängen. Hier wird Kundalini-Yoga in einer sanften Form praktiziert. Für Sidney könnte das Yoga fordernder sein, aber sie ist einverstanden, mit geringerer Intensität zu üben. Yogalehrer neigen dazu, ihren Kunden ihr persönliches Vorgehen als richtigen Weg zur Erlangung kosmischen Glücks weiterzuempfehlen. Es ist wirksamer, dem zu folgen.

Sidney hat nichts gegen dieses Ziel, es liegt auf ihrer Linie. Über die Wege dahin ist sie mit sich in einem langen Dialog. Der höchste Ausdruck des Lebens ist für sie die Liebe. Ist das Leben das Wunder, ist die Liebe sein Sinn. »Geliebte in Jesus« – Sidney hat Kontakt zu einem christlichen Kreis, der sich auf der anderen Seite des Flusses trifft, einmal im Monat kommen die Frauen zur Einkehr zusammen. Ihrem Verständnis nach ist Gott nichts anderes als die Liebe. Anders gesagt: Das, was Gott genannt wird, ist Zuneigung, Verbindung, Schöpfung. Bei Sidney kommt ein libertärer Pragmatismus hinzu, der nicht wirklich zu den Auslegungen der Schwestern im Kloster auf der Insel passt. Obwohl die Protagonisten der Love-and-Peace-Bewegung alle 30 Jahre älter sind als sie selbst, ist deren Erbe auf verschlungenen Wegen zu ihr gelangt. Und wird aktuell zu Begegnungen ›in Jesus‹. Auch so ein langhaariger Freak.

John kommt ihr auf dem Rückweg vom Männeryoga bereits entgegen. Es ist das Ende seines Morgenprogramms, das an einigen Tagen um vier Uhr morgens beginnt.

Als sie aneinander vorbeigehen, sagt Sidney: »Irdisches Glück vor kosmischem Glück?« »Deal!«, antwortet John.

Ihre Fingerkuppen berühren sich im Vorübergehen.

Sidney steigt hinauf zu den Übungen weit über dem Fluss.

River.

18

Das Haus, in dem Sidney, John und Warren wohnen, liegt an einer Weggabelung. Links führt die Treppe hinab zum Fluss, nach oben ins Dorf, wie alle hier sagen. Gequert wird die Flusstreppe von zwei weiteren Wegen, einer führt geschwungen hinein in den Hang, der andere, kürzere, hinauf zur schmalen Straße.

Sidney ist auf dem Weg zum Wochenmarkt und in ein Café. Fast jeden Tag gibt es hier einen Markt, denn hier wohnt der Euro. Also stehen die Marketender früh auf. Heute ist es der Markt mit den überwiegend regionalen Anbietern und ökologischen Waren. Es gibt Obst- und Gemüsestände, Fleischereien, Blumenhändler. Dazwischen mediterrane Angebote oder Wurstwaren aus Südtirol und vom Gallowayrind.

Sidney hat lange weiße Lilien gekauft, etwas Obst und Gemüse. Fleisch muss nicht sein. Jetzt sitzt sie im Café gegenüber vom Markt draußen in der Sonne. Kaffee und Tee, Müsli, Obstsalat, Bagels, die warme Quiche – das Angebot ist schmackhaft. Sidney legt sich eine Decke über die Knie, ein kühler Wind zieht durch die Straße. Sie hat sich eine Lokalzeitung geholt.

Eine Ausstellung zur Geschichte der Juden im Stadtteil wurde eröffnet. Ein Reeder wird vermisst. Eine Bank wurde überfallen. Der Kommentator rätselt über die Hintergründe dieser Tat, die wie aus der Zeit gefallen zu sein scheint. In den letzten Jahren gab es weit und breit keinen einzigen Banküberfall mehr. Geldtransporter werden noch überfallen, das ja. Aber Banküberfälle? Sidney sagen diese Erörterungen wenig. Der Kommentator fährt fort: Geld besorgt sich das Milieu inzwischen auf andere Weise. Über Cyberkriminalität, Scheingeschäfte, Aktienleerkäufe, Wetten, Bitcoins – der Möglichkeiten gibt es viele. Vielleicht ging es gar nicht um dieses Milieu, sondern um andere Täter. Es folgt ein Schlenker in die Historie terroristischer Vereinigungen.

Sidney berührt, dass die Zeit, von der berichtet wird, die Jahre ihrer frühesten Kindheit sind. Und dass der Journalist auf das Viertel zu sprechen kommt, in dem sie gerade ihren Ingwertee trinkt: »Ulrike Meinhof hatte das Viertel schon lange verlassen, dann erst kam der Terrorismus, der sich mit ihrem Namen verband, hier an.« Die Geschichte vom tödlichen Attentat auf den Bankier Rudolph wird nicht im Detail wiederholt, offenbar handelt es sich um etwas, das im kollektiven Gedächtnis der lokalen Historie präsent ist … Ein Nachschein legt sich auf Sidneys Wahrnehmung, eine diffuse Erinnerungswolke.

»Darf ich mich dazusetzen?« Sidney hebt den Kopf, weiß aber

schon vorher, dass Amor gefragt hat. Sie spricht nicht sofort, lächelt ihn an. »Du darfst.« Amor setzt sich. »Brauchst du eine Decke?«, fragt Sidney. »Ich nehme gern eine.« Sidney winkt der Bedienung.

Amor sitzt Sidney leicht zugewendet. Die Frau hat für ihn eine sehr gegenwärtige, mentale, körperliche Magie. Vermutlich trifft es, dies einfach eine besondere Sinnlichkeit zu nennen. Davon abgesehen, tut es ihm gut, hier mit ihr zu sitzen, in seinem Schlamassel.

»Du nimmst einen kräftigen Tee, nicht wahr?«

Amor nickt.

19

Ein Schiffsunglück hat sich ereignet. Einer der ganz großen Containerfrachter, ein 400-Meter-Schiff, ist offenbar schlecht gesteuert worden, zu nah an den Anleger mit den Restaurants, und wurde von einer Sturmböe gegen die dort liegende Fähre und die Befestigungspfähle gedrückt. Schon oft haben die Lotsen das hier nötige Kursmanöver etwas zu spät eingeleitet, lange ist alles glimpflich verlaufen. Bis heute. In dieser Form gab es noch keinen vergleichbaren Vorfall.

Die veröffentlichten Fotos offenbaren groteske Größenverhältnisse: Ein riesenhafter Stahlkoloss zieht vorüber, 20, 30 Meter ragt er auf, die winzig kleine Anlegestelle, zwei, drei Meter aus dem Wasser ragend, bleibt verbeult zurück. Auf den ersten Blick erkennt man die Anlegestelle auf den Fotos überhaupt nicht, sondern nur den Koloss. Das Verhältnis der Größen ist absurd. Man muss seine Augen scharf stellen, um es optisch zu verstehen. Ein Wahnsinn, dass Schiffe dieser Größe so nah vorüberfahren.

Der Schaden geht in die Hunderttausende, wenn nicht Millionen. Die Anwälte haben sofort zu tun – war es technisches oder menschliches Versagen oder war es höhere Gewalt? War es also der Wind? Das 400-Meter-Schiff muss weiterfahren, auf dem Fluss gibt es für Schiffe dieser Größe keine Möglichkeit anzuhalten, festzumachen, zu stoppen. Sie fahren in der tiefen, gebaggerten Rinne mitten im Fluss. Wo sollten sie anhalten? Ans Ufer können sie nicht, dort ist es flach. Und sie ragen bis zu 15 Meter in die Tiefe.

Warren sitzt am PC und schaut den Film des Unglücks. John sieht ihm über die Schulter. »So eindrücklich war die Absurdität der Situation am Fluss schon lange nicht mehr«, sagt er. »Was meinst du?«, fragt Warren. »Was soll dieses Riesenschiff auf einem Fluss wie diesem? Außer der ökonomischen Notwendigkeit, dass das globale Förderband laufen soll, gibt es keinen Grund. Brauchen wir all diese Dinge, die gebracht werden?« »Die Sache hätte ziemlich schiefgehen können!« »Ja. Hat es Verletzte gegeben? Tote?« »Der Kapitän der Fähre ist im Krankenhaus. Mehr wird nicht berichtet.« Sie sehen sich das kurze Video noch einmal an und staunen weiter. »Wenn da eine Yacht gelegen hätte, die hätte es komplett zerlegt!« »Inklusive Besatzung.«

John fragt Warren: »Hast du mehr über diesen Conradi herausbekommen?« »Er ist noch auf Sizilien, meldet sich aber nicht mehr. – Ich habe noch etwas anderes herausgefunden. Der Unternehmer, von dem das Geld abgezogen wurde, heißt Bläul. Also hat er den gleichen Namen wie die Galerie. Vielleicht ist das der Grund, warum es überhaupt geklappt hat?!« »Eine Verwechslung?« »Wohl kaum. Eher eine Chance für Conradis Transaktionen, vielleicht hat er einen kleinen Zeitpuffer genutzt, bis die Sache aufflog.« »Ist die Sache denn aufgeflogen?« »Schwer zu sagen. Die Konten der Galerie und sein anderes Konto sind jedenfalls zügig gesperrt worden. Aber da hatte Conradi das Geld bereits weitertransferiert – auf geschickte Weise, über mehrere Konten, andere Namen und so weiter. Das dauert etwas, bis die Fahnder das nachverfolgt haben.« »Aber sicherlich nicht lange.« »Nicht sehr lange, da hast du recht.« »Vielleicht hätte Conradi das Geld innerhalb der Schweiz transferieren sollen und nicht ins Ausland. In der Schweiz hätte es doch wohl Möglichkeiten gegeben…« »Wenn er schlau gewesen wäre!« »Vielleicht ist er ja schlau!« »Was wären dann seine nächsten Schritte?« »Geld ist verfolgbar, solange es nur in Gestalt von Zahlen in den digitalen Systemen existiert. Vorhanden und zugleich nicht vorhanden. Wenn er das Geld inzwischen in Scheine ausgezahlt bekommen hat, ist es raus aus den Systemen. Dafür hat er dann aber das Problem, Papiergeld am Hals zu haben. Er muss es transportieren, verstecken oder bewachen. Das macht es zugleich leichter und schwerer auffindbar. Es ist dann jedenfalls etwas ganz anderes. Hat er es schon abgehoben?« »Das weiß ich nicht. Es ist eine sehr verzweigte Sache, und ich komme natürlich nur unter großem Aufwand und mit viel Zeit in die Sicherheitssysteme.«

»Bleib auf jeden Fall dran! Taucht Amors Name irgendwo auf?« »Nein, bisher nicht.«

»Bleib dran, Warren!« »Klar.«

John nimmt Warren in den Arm und gibt ihm einen Kuss auf die Stirn.

20

»**Darf** ich dich etwas fragen?« »Versuch macht kluch.« Amor sagt: »Wenn du aus Versehen einen Menschen getötet hättest, was würdest du tun?« Sidney antwortet nicht sofort. Dann: »Bei der Jagd? Oder wie tötet man versehentlich einen Menschen?«

»Stell dir vor, der Mann ist alt, sehr alt. Und während einer Unterredung mit ihm oder während einer kleinen Auseinandersetzung, auch einer körperlichen, stürzt er. Du hast ihn dabei berührt, vielleicht hast du ihn etwas gestoßen. Er liegt verletzt vor dir, vielleicht ist er schwer verletzt und stirbt. Vermutlich ist er tot.«

»Was heißt denn immerzu vielleicht? Weißt du, was mit ihm ist? Hast du versucht zu helfen?« Amor zögert. »Du warst das doch selber!« Soll er das so stehen lassen? »Ich habe nicht geholfen. Ich habe ihn fallen lassen, so, wie er fiel. Ich habe ihn liegen lassen, so, wie er lag.« »Du sprichst wie ein Kind, dem gerade eine teure chinesische Vase heruntergefallen ist. Und nun ist sie kaputt. Das ist amoralisch.«

Vermutlich ist es keine gute Idee gewesen, Sidney so offen zu fragen. Aber Amors Gefühl sagt ihm, dass sie ihn nicht in die Pfanne hauen wird. Sidney wiederholt ihre Bemerkung: »Amoralisch. Amor!«

Sie strahlt eine eigentümliche Intensität und Klarheit aus, für die er noch keine Worte gefunden hat. Ohne sich anzubiedern und ohne standpunktlos zu agieren, spricht Sidney rein von den Dingen. Und erzeugt eine Nähe, die für ihn betörend ist. Dass sie den Vergleich mit dem Kind und der Vase gewählt hat, kommt nicht von ungefähr. Dieser Gedanke ist ihr vermutlich nah. Sie ist von einer Direktheit und Ernsthaftigkeit, wie sie sonst Kinder haben.

»Amor?« Sidneys Stimme holt ihn aus seinen Überlegungen. Zu seiner Überraschung sagt sie: »Die Toten und die Lebenden. Ich habe selbst eine Erinnerung an einen Tod, aber vage, sehr vage. Es ist wie eine taube Stelle in meinem Kopf. Seit ich in dem Haus an der Flusstreppe bin, lässt sie nach und nach einige Bilder durch.« Sie macht eine Handbewegung, als würde sie die Bilder verscheuchen wollen.

Amor ist froh, dass Sidney seine Frage nicht weiterverfolgt.

»Ich habe Ingwer vergessen, ich will mir zu Hause einen Tee machen. Kommst du mit?«

»Gern, Sidney.«

21

***Die junge** Frau trägt Jeans und einen schlichten Pullover. Sie hat Blumen in der rechten Hand. Sie öffnet die alte Gartenpforte und geht über den kurzen gepflasterten Weg bis zur Klöndör, wie man im Norden die in der Mitte geteilten Holztüren nennt. Zumeist führten sie in die Diele oder in die Küche der alten Fachwerkhäuser.*

Jetzt steht die Frau vor der Tür, auf dem Balken rechts ist ein Klingelknopf aufgeschraubt.

Sie drückt auf den Knopf und hört hinten im Haus die Klingel anschlagen.

Schritte, die sich nähern.

Die Tür wird geöffnet und macht dabei ein Geräusch in den geschmiedeten, eisernen Angeln – es quietscht leise.

»Ja, bitte, was möchten Sie?« Dann Erstaunen. »Almut? Bist du es?« »Ja, Tante Ingrid. Ich bin es.«

Mehr Unterhaltung ist nicht möglich. Sowohl Almut als auch ihre Tante werden von drei schwarz gekleideten Personen zur Seite geschoben, die die Frauen ins Haus drängen und die Tür hinter sich schließen.

»Wo ist Ihr Mann?« Ingrid Rudolph antwortet nicht.

Die drei Personen sind bewaffnet, sie stoßen Ingrid Rudolph voran. Sie tragen Motorradmasken über dem Kopf. Almut Renger hält sich im Hintergrund.

»Mein Mann ist nicht da.« »Wo ist er?« »Das weiß ich nicht.«

»Rufen Sie ihn an. Fragen Sie ihn, wo er ist und ob er gleich kommt. Stellen Sie dabei auf laut.«

Ingrid Rudolph tippt Ziffern auf der Tastatur des festen Telefons, das auf einer Anrichte im Wohnzimmer steht. Der Anrufton ist zu hören, dann wird abgenommen.

»Sekretariat Rudolph, Schlichting…« »Hallo Frau Schlichting, ich bin's. Wo ist wohl mein Mann gerade?« »Er ist unterwegs zu Ihnen, er müsste bald kommen, ist hier vor einer halben Stunde losgefahren.« »Gut, Frau Schlichting, ich danke für die Auskunft. … Wir fahren morgen in die Lombardei…« »Lombardei?« »Ja, Lombardei!«

Auf der anderen Seite, im Vorzimmer des Bankiers, entsteht eine klitzekleine Pause. Dann sagt die Sekretärin: »Lombardei. Ich verstehe.« »Auf Wiederhören, Frau Schlichting.« »Auf Wiederhören, Frau Rudolph. Ich hinterlege es, dass Sie morgen in die Lombardei fahren.« Die Bankiersgattin legt den Hörer auf.

Die Maskierten sind beunruhigt. »Was soll das mit der Lombardei? Ist das ein Code?«

Frau Rudolph antwortet nicht. »Setzen Sie sich auf das Sofa!«, weisen die Maskierten sie an.

Einer bleibt bei ihr im Zimmer, diese Person ist ziemlich sicher eine Frau. Die anderen beiden, vermutlich Männer, gehen zurück in den Flur, schließen dabei die Tür. Almut Renger hält sich ebenfalls im Flur auf.

Nach kaum zehn Minuten hört man die Geräusche der Gartentür, kurz danach wird die Klinke an der Klöntür gedrückt. Das blau lackierte Holz schwingt nach innen auf, ein Mann im Anzug tritt ein. Die beiden Männer schießen auf ihn, ohne zu zögern, ohne Zuruf. Schallgedämpft. Der Bankier fällt durch die Schüsse nach hinten. Hinter ihm ist niemand zu sehen, kein Personenschutz. Nur der Vorgarten in dunklem Abendlicht. Aus den Fenstern des Hauses gegenüber scheint elektrisches Licht.

Almut Renger klopft an die Tür zum Wohnzimmer, die maskierte Frau kommt heraus, mit den beiden Männern verlassen alle vier Attentäter das Haus, gehen zügig, aber beherrschten Schrittes durch den Vorgarten. Erst jetzt stecken die Männer ihre Pistolen ein.

In der offenen Tür hinter ihnen liegt der Bankier, seine Frau beugt sich über ihn.

Die vier Attentäter gehen die kurze Treppe zur Straße hinauf, überqueren sie und steigen auf der gegenüberliegenden nächsten Treppe weiter den Hang hinauf. Sie bewegen sich schnell, ohne überhastet zu wirken. Kurze Zeit später, noch etwas höher, werden sie die nächste Straße erreicht haben, an der vermutlich ihr Auto steht. Wer sich hier auskennt, verfügt über ideale Fluchtmöglichkeiten.

Die Polizei muss unten an der Straße halten und zum Haus des Bankiers laufen.

Bis dahin sind die Attentäter längst weg.

22

Multiple Sklerose ist in Mitteleuropa die am weitesten verbreitete chronisch-entzündliche Erkrankung des Zentralnervensystems. Frauen sind doppelt so häufig betroffen wie Männer. Leonie Bleul hat ihre Diagnose erst lange nach dem Einzug in das Haus an der Flusstreppe erhalten. Vielleicht wäre sie aber auch mit diesem Befund und trotz der schweren Zugänglichkeit des Hauses eingezogen, mit ihrem Mann und den beiden Kindern.

Es war ein Umzug innerhalb des Viertels gewesen, sie hatten auf der anderen Seite der Landstraße gewohnt, die etwa 500 Meter entfernt ist und von wo sich der Ort noch weiter die Hügel hinaufzieht. Man muss sich diesen Ort wie ein kleines Gebirgsdorf in einem ansonsten niedrigen Gelände vorstellen. Die Hügeligkeit betrifft nur das eine Ufer des Flusses, an dem der sogenannte Geestrücken liegt. Das gegenüberliegende Ufer grenzt an das Obstanbaugebiet und ist flach. Die andere Seite des Urstromtals liegt zehn Kilometer weiter südlich. Bei kalter Luft ist die südliche Hügelkette gut zu sehen. Meist aber verschwindet sie im Dunst der Stadt und in der Feuchtigkeit.

Dass es hier nicht nach einem Gebirgsdorf aussieht, liegt daran, dass der Ort Teil einer Millionenmetropole ist. So wie es hügelige Stadtviertel auch in Lissabon oder San Francisco gibt. Oder, anders, in Stockholm, wo die Bebauung im südlichen und nördlichen Teil der Stadt ebenfalls starke Höhenunterschiede aufweist. Wenn man 80 Meter als starken Höhenunterschied bezeichnen darf.

Für den Alltag alter und kranker Menschen ist der Anstieg der Gassen und Wege eine Herausforderung. Für eine Frau, die mit fortgeschrittener MS zu kämpfen hat und die schon im Haus im Rollstuhl gefahren wird, sind die Wege unüberwindbar – gäbe es nicht technische Hilfsmittel, die es der flämischen Pflegerin und ihrer Patientin erlauben, zu zweit die Wege doch zu schaffen. Wie manche Häuser besitzt auch das Haus der Bleuls nach hinten hinaus einen Transportlift, der ins Tal führt. Nur werden hier keine Bierkisten transportiert, sondern Leonie Bleul. Sie wird in den

Sitz des Lifts gesetzt und angeschnallt, im Garten angekommen geht es dann mit dem Rollstuhl weiter.

Fahrten zu den Ärzten finden so statt, aber Frau Bleul möchte ab und zu auch an den Fluss gefahren werden. Dort stellt Helena den Rollstuhl an den mit Schlackesteinen befestigten Saum des Flusses. Frau Bleul ist je nach Wetter mehr oder weniger dick eingepackt. Das Wetter bestimmt die Länge des Aufenthalts, bis zu einer Stunde verfolgt Frau Bleul das Treiben auf dem Fluss. Die fast Bewegungslose sieht dem Kommen und Gehen der großen Schiffe zu, den kleinen und größeren Seglern, den schnellen Schlauchbooten. Dann und wann paradiert ein Oldtimer vorbei, unter Segeln oder noch von Dampfmaschinen angetrieben. Frau Bleul beobachtet lange, bis sie mit einer kleinen Bewegung Helena zum Aufbruch drängt. Ihr ist klar, dass dies die Endphase ihrer Abschiedstournee vom Leben ist.

Der Gartenlift war teuer, aber das Geld fand sich in der Hinterlassenschaft ihres Mannes, besonders nach dem Verkauf der Orts-Drogerie. Die Käufer der Drogerie sehen den Deal inzwischen mit tränenden Augen. Es war genau ein Jahr zu spät für den Preis, den sie gezahlt haben. Parallel zur Übernahme eröffneten bereits moderne Drogeriemärkte im Viertel.

Die Ressourcen, die beim Verkauf an Frau Bleul übergegangen sind, erschöpfen sich zusehends. Die langjährige Krankheit hat die Bestände mehr und mehr verringert. Amor und seine Schwester haben sich nicht eingemischt und nichts zurückgehalten, es wurde ja notwendig lebenserhaltend eingesetzt. »Wir haben es auch nicht erwirtschaftet«, hatte seine Schwester nicht nur einmal zu Amor gesagt. Er hatte nicht widersprochen. Amor hat sich die

Kontostände angesehen, mit jedem Jahr kamen sie der Situation näher, dass sie selbst für Helena, das Haus und die Mutter sorgen mussten. Das Ende der finanziellen Möglichkeiten der Mutter war absehbar. Es war eine große Erleichterung, als der befreundete Reeder ihnen einen Kredit gewährte. Allerdings haben sie die vereinbarten Zinstermine schleifen lassen, dafür hätten Amor und seine Schwester bereits zahlen müssen.

Der Reeder hatte Amor noch in Zürich eine Notiz zukommen lassen: »Was mir nicht gefällt, Amor, ist, dass Ihr Euch dazu gar nicht äußert!« Das war kurz vor dem Zeitpunkt, als Amor Zürich Hals über Kopf verlassen hatte. Weil sein Kompagnon nun mit einem Mal im Geld schwamm. Illegal oder betrügerisch oder gar räuberisch erworben. Jedenfalls abgezweigt. Was da genau war, versteht Amor nicht, aber ihm schien es sicherer, die Konten erst mal zu sperren, nachdem er die rätselhaften Summen gesehen hatte und seinen Kompagnon nicht erreichte.

Die Vereinbarung mit dem Reeder war Amors Sache. Seine Mutter weiß wenig davon oder nimmt es nicht mehr wahr. Der Reeder und sie hatten sich kurz nach dem Krieg kennen- und lieben gelernt. Sie war damals ein sehr junges und sehr schönes Mädchen. Er war ein noch halb junger, verheirateter Reedertycoon, zeitgeschichtlich außer Dienst gestellt, auf Halde gewissermaßen, da gerade ohne eigene Schiffe. Denn die waren allesamt von den Besatzungsmächten konfisziert worden. In dieser Zeit hatte er Kinder mit seiner Frau gezeugt und sich zugleich mit schönen Mädchen abgelenkt. Er hatte damals kein Schiff, aber ungewohnt viel freie Zeit.

Der Reeder und das sehr schöne Mädchen waren auf dem Fluss

mit seinem rasanten Jollenkreuzer gesegelt. Am schönsten war es, wenn sie bei ablaufendem Wasser auf die Sände fuhren, das Boot trockenfallen ließen und viel Zeit bis zur nächsten Flut hatten. Bei jeder Ebbe erhob sich eine Urlandschaft aus den Fluten. Die Bewegung der Wellen war im Sandboden zu sehen und zu fühlen. Die Friedlichkeit und Ruhe der warmen Sände waren anregend. Sie hatten sich an der Böschung der nahen Insel weiche Stellen gesucht. Sie war irritiert und begeistert von seinen Aufmerksamkeiten, das Erlebnis mit einem erwachsenen Mann war etwas anderes als die aufgeregte, unerfahrene Knutscherei mit Jungs ihres Alters. Ihre Entjungferung war damals rechtlich ein strafbewehrter Akt. Eng aneinander waren sie im Sand liegen geblieben, bis erste wässrige Zungen an ihren Füßen leckten. Halb an Land und halb im Wasser.

Der auf Zeit mit Schiffen »trockengefallene« Reeder hatte bei den Ausflügen vieles für einige Stunden vergessen können, vor allem, wie man den Fluss wieder zum Fluss des Geldes machen könnte und zwar zugunsten der eigenen Taschen. Das war nicht einfach zu bewerkstelligen, dafür brauchte es gute Kontakte, nicht nur alte Bekanntschaften, sondern neue Verbindungen zu den neuen Machthabern. Langsam kam das wirtschaftliche und gesellschaftliche Kuchenbacken wieder in Gang. Für die bevorstehenden Jahrzehnte wurden neue Weichen gestellt.

Wie die Fliegen kleben die Toten an den Wänden dieses Jahrhunderts. Schluss damit.

Schluss mit dem Töten und Getötetwerden. Wir wollen wieder leben.

Und Geld verdienen am Fluss. River!

23

Einzug der Bulker. GREAT NAVIGATOR bringt Erz, OCEANIS Kohle. Der erste kommt mit einem ungewöhnlichen, modernen Bugprofil – um große Wellen zu durchfahren. Der Nordwind treibt die Rauchwolke des Kraftwerks quer über den Fluss.

24

»**Conradi** bereitet etwas vor.« Warren schickt John eine Telegram-Nachricht. Sie sind keine Whatsapper, sondern nutzen den Messengerdienst des russischen Unternehmers Pawel Durow. Warren findet das spacige Herangehen von Pawel gut. John gefällt, wie sich Durow gegen die Geheimdienste zur Wehr setzte und wie er Hunderte Millionen US-Dollar von amerikanischen Investoren in seine Kryptowährungen umgetauscht hat. »Er führt kein ungefährliches Leben«, hat John gesagt. »Er ist cool«, hat Warren bestätigt.

Als Warren einmal mit Charles über den Russen sprach, zog sein Vater die Augenbrauen hoch und sagte: »Und du glaubst, dass Putin das nicht im Griff hat?« Warren und John kommunizieren trotzdem über Telegram. Inzwischen überlegen sie, weiterzuziehen zu Signal. Erst kürzlich war eine neue Version vorgestellt worden, im letzten Jahr hatte Edward Snowden den Messengerdienst gelobt. Warren hält sich in diesen Dingen auf dem Laufenden.

»Weißt du mehr zu Conradi?« »Im Moment lässt er Papierflieger aus seinem Hotelzimmer schweben, die aus Dollarscheinen gebastelt sind.« »Klingt ein wenig unkontrolliert und übermütig. Oder will er entdeckt werden?« »Ich glaube, das ist ein Spiel. Er zeigt sich dabei nicht. Es finden keine Massenaufläufe statt!« »Was kommt als Nächstes, was meinst du?« »Ich weiß es nicht, aber wenn er sich jetzt so outet, wird er öffentlich …« »Oder die Filmchen sind nicht live, er will die Truppen in Bewegung setzen und ist selbst schon woanders.« »Ich bleib dran, John.« »Ja, mach das bitte. Ich geh kurz aufs Wasser.« »Okej.« Warren ahmt den Okej-Singsang von John nach. Der zeigt ihm wieder den Finger.

»Wo ist Sidney?« »Ich glaube, sie will sich mit dem neuen Nachbarn treffen. Ich glaube, sogar drüben bei denen.« John antwortet nicht sofort. Er überlegt. »Okej, Warren. Ich komm nachher zu dir hoch. Hast du schon gegessen?« »Noch nicht. Ich mach mir aber gleich was.« »Lass es dir schmecken! Bis nachher.«

»Bis nachher. Viel Spaß, John! Lass die *Motte* fliegen …«

»River!«

25

Amor gefällt ihr, und Sidney gefällt ihm. Sie ist direkt, lässt überflüssige Dinge beiseite, ohne dabei schroff zu sein. Allerdings kann ihre Beschränkung auf das, was sie für wesentlich hält, auch sehr eigensinnig wirken, sperrig oder versponnen. Amor nimmt dieses Verhalten als irritierend, beinahe abstoßend und zugleich sehr anziehend wahr. Er fragt sich, woher sie diese Eigenschaft hat. Vielleicht bringt ihn die Frage weiter, die Sidney ihm gerade stellt: »Hast du dem Dalai Lama schon einmal zugehört?« »Ja, sicher, man findet die Lectures und Interviews im Netz.« »Aber warst du schon einmal in seiner Gegenwart, hast du mit ihm gesprochen?« »Nein, die Gelegenheit hatte ich noch nicht. Obwohl er relativ häufig in der Schweiz ist. Es gibt eine Partnerschaft zwischen den beiden Bergvölkern.« Sidney will auf etwas anderes hinaus: »Wenn du mit ihm sprichst, bekommst du immer eine Antwort, die dich berührt, egal, zu welchem Thema, und zugleich ist die Antwort recht unkonkret.« »Was willst du mir damit sagen?« »Er ist nicht auf das Machen ausgerichtet, dem heute fast alle fast immer verhaftet sind.« Amor ist nicht sicher, ob er den Sinn dieser Gedanken voll erfasst. Ist es die Rechtfertigung einer Frau, die sich offenbar um Geld nicht kümmern muss? Die Gedanken selbst sind ihm natürlich aus der Kunstszene geläufig, ein Freund aus dem Berner Oberland bringt es gern auf den Punkt: »Thun ist schön – nichts thun ist schöner …« Ein Sprachspiel mit seinem Wohnort. Und dann lacht er jedes Mal schallend, am liebsten vom Berggrat ins Tal hinab: »Nichts thun ist schöner …« Ganz unschweizerisch.

Amor und Sidney sitzen im obersten Geschoss der Bleul-Villa in Polstersesseln. Schwere Teppiche bedecken den Boden, Gemälde hängen an den Wänden, der Blick fällt durch das Tal auf das Ufer des Flusses. Kein Vergleich zu Schweizer Verhältnissen, hier in der eng stehenden Bebauung ist es ein kleines Tal, in das man hineinblickt und auf der anderen Seite wieder hinauf. Nach rechts aber, nach Süden führt es zum Fluss. Die untergehende Sonne taucht das Tal und einzelne Flächen der Wände in warmes, rötliches Licht.

Sidney hat es in dieses Haus gezogen und auch zu Amor, als sie nach dem Einkauf vom Markt zurückkamen. Das Haus fühlt sich alt und auch eigentümlich vertraut an. »Seit wann besitzt deine Familie das Haus?« »Wir sind mit mir als kleinem Jungen eingezogen. Als ich geboren wurde, beschlossen meine Eltern, umzuziehen, vielleicht war es in unserem vorherigen Haus mit zwei Kindern zu eng? Ich weiß nicht genau. Ich kann mich nur an dieses Haus erinnern.« »Wann war das?« »Mitte der 1970er, soweit ich weiß.«

Sidney empfindet die Raumgrößen als angenehm, die Decken sind hoch, Licht kommt von allen Seiten herein. Allerdings hat es auch etwas von einer Trutzburg, so wie es im Hang thront. Schön und schrecklich zugleich. Man könnte es erhaben nennen.

»Deine Mutter lebt in der Etage unter uns?« »Genau. Helena, die Pflegerin, auf derselben Etage. Sie haben eine dieser altmodischen Klingelanlagen zur Verständigung. Mutter kann bei sich an einer Kordel ziehen, dann schellt es bei Helena. Für sie, in ihrem Zustand, ist die Einrichtung perfekt.« »Ich habe deine Mutter noch nie richtig gesehen. Wenn sie draußen gefahren wird, ist sie sehr verhüllt.« »Ja, sie muss gegen Infektionen geschützt werden, deshalb packt Helena sie immer gut ein.«

Amor hat Sidney den Garten gezeigt, der versteckt hinter dem Haus liegt. Dann sind sie durch die Stockwerke nach oben gestiegen. Im Salon haben sie haltgemacht. »Magst du mit rüberkommen zu uns? Dort haben wir es etwas gemütlicher.« Amor versteht, dass der Raum hier nicht einladend ist. Vielleicht ist es auch das gesamte Haus, mit seinem leisen Geruch nach Krankenpflege. Er geht auf ihren Vorschlag ein und reicht ihr die Hand, um ihr aus dem tiefen Sessel zu helfen.

Die Handreichung ist nicht wirklich nötig, aber Sidney nimmt sie gern an.

26

Sundowner's hour. John hat seine *Motte* bereits geriggt und klargemacht, sie liegt unten am Strand. Sven hat es auch schon geschafft. Es ist fast Stauwasser, sie sollten lossegeln, bevor die Ebbe einsetzt.

»Hast du gehört, dass Karl Mohr abgängig ist?«, sagt Sven. »Wer ist das denn?« »Du kennst ihn nicht? Ihm gehört das Haus bei euch gegenüber – mehr oder weniger. Einer der großen Reeder.« »Nein, den Namen habe ich noch nie gehört.« »Aber du bist ihm sicherlich schon begegnet. Bewundernswert, wie der Mann sich gehalten hat. Er ist fast hundert!« »Das ist beachtlich, ein erstaunliches Alter.« »Karl Mohr ist eine Institution und nicht nur hier. Bis vor Kurzem fuhr er noch täglich in sein Büro in der Innenstadt…« »Aber wieso gehört ihm das Haus gegenüber? Das gehört doch der Familie Bleul?« »Im Grundbuch sind sie als Eigentümer eingetragen, aber finanziell sieht das wohl anders aus. Viele Häuser haben hier Geschichten, und die Menschen haben Geschichten miteinander… Karl Mohr war übrigens ein guter Freund vom Bankier Rudolph, dem das Haus gehörte, in dem ihr jetzt wohnt.« »Rudolph? Der Verkäufer hieß anders, meine ich.« »Natürlich. Rudolph gibt es schon lange nicht mehr. Er ist einem Attentat zum Opfer gefallen, damals, als es in Deutschland eine ganze Serie von Terroranschlägen gab. Gut 40 Jahre ist das her, aber die Älteren hier erinnern sich natürlich noch daran. Die Familie zog dann weg, in die USA, soweit ich weiß.« Rudolph, denkt John, und merkt sich den Namen. Sprach nicht auch Sidney von einem Attentat? »Und wohin in den USA sind sie gezogen?«, fragt er noch, aber Sven interessiert sich schon nicht mehr für die Nachkommen eines ermordeten Bankers. Ohnehin ging es ihm ja um Mohr, der sein Klient ist, wie er gern beiläufig erwähnt.

Beide haben ihre Boote jetzt fertig. »Kommen die anderen noch?« »Ja, aber lass uns schon mal loslegen. Sie können ja nachkommen.«

Für Ortsfremde sieht das Wasser des Flusses unappetitlich aus, braun, manchmal gelblich oder leicht grünlich. Die Bodensedimente sorgen für geringe Sichttiefe und wenig Klarheit, sie werden von Wellen und Wind aufgewühlt, vom Schraubenwasser der großen und kleinen Schiffe, von Ebbe und Flut. Seit die Industriewerke in Tschechien und der ehemaligen DDR nachgerüstet oder geschlossen wurden, hat sich die Wasserqualität erheblich verbessert. Auch auf altem bundesdeutschen Gebiet musste einiges geändert werden, damit das Wasser nun wieder schwimmbar ist. Wer jetzt darin schwimmt, schmeckt kaum noch anderes als Wasser. Sogar Fische sind zurückgekehrt, Stör und Zander. Selbst Seehunde. Alle zehn Jahre kommen ein verirrter oder verwirrter Wal oder Delfin vom Meer heraufgeschwommen. Alle sind dann froh, wenn die Tiere den Fluss und seinen dichten Schiffsverkehr überleben.

Für Sven und John wie für die anderen Sundowner ist der Fluss eine Sportfläche, eine Startbahn zum Abheben. Das tun ihre *Motten* jetzt, gehen auf die Foils und fangen an zu fliegen. Die beiden reiten in den Sonnenuntergang. Heute geht es runter bis vor das benachbarte Wedel. Der Wind steht gut, hinter den Inseln ist das Wasser glatt, der Schiffsverkehr hält sich zurück. Schon bald folgt der zweite Teil der kleinen Armada, sie sind vollständig da: Manfred, Karl, Wolfgang und Oliver. Die Abendpatrouille. Die Wedeler Bevölkerung ist ihren Anflug nicht so gewohnt wie die Menschen am Hang. Vielleicht werden die Invasoren dort für Aufsehen sorgen. Die Zweierpatrouille fliegt vorweg wie Scouts, die Viererformation folgt, und sicherlich werden sie in schnellen Pirouetten eine kleine Show für das Publikum aufführen.

Wenn der Wind es zulässt, kehren sie auf der anderen Seite der Inseln zurück. Mit der untergehenden Sonne im Rücken.

Ein richtig geiler Flight.

River!

27

Conradi hat das Handy auf einem Stativ verschraubt. Er sieht sich den Ausschnitt an, den das Objektiv aufzeichnet. So kann er es machen! Es scheint dann so, als wäre die rot-orangefarbene Lava des Ätnas gefährlich nah. In Wirklichkeit ist sie weit genug weg, um die Temperatur des Vulkans an dieser Stelle auszuhalten. »Ein wenig Perspektive hilft.« Conradi übt schon das Sprechen, er will live streamen. Dafür hat er sich nah an den Kraterrand begeben, aber auch weit genug entfernt.

Er wird Geldscheine in Feuer und Rauch aufgehen lassen. Es wird brennen: »Feuer, lodernde Flammen …« Nero lässt grüßen. Italien inspiriert eben. Sowieso blieb das Prinzip seit dem römischen Reich dasselbe: Man plündert fremde Leistungen, etwa in Syrakus, bemächtigt sich der jeweiligen Werte und macht daraus eigenes Geld. Aus Silber etwa den Denar. Die Soldaten, die Syrakus eingenommen hatten, bekamen vermutlich noch Bronzemünzen, denn die gab es schon früher. Davor bezahlte man zum Beispiel mit Vieh. Die Erfindung Geld ist eine Zivilisationserscheinung. Die Scheine, die Conradi in einer lächerlichen Sporttasche bei sich hat, sind selbst lächerlich. Papier, das wir Geld nennen. Und das unsere Leben bestimmt. MONEY. Was für eine Absurdität!

»Gott, was hast du gemacht, als das Geld erfunden wurde? Gepennt? Warst du abgelenkt, hattest du gerade Sex? Mit welchem deiner Co-Götter? Jedenfalls musst du unaufmerksam geworden sein … Was erlaubst du dir mit dieser Erfindung! … Oder ist das Geld eine der sagenhaften Prüfungen, die du uns Menschen auferlegst?« Conradi übt fürs Livestreaming. »Welche Prüfung kann das sein? Dass wir die Folgen der Erfindung des Geldes durchleiden, dass das Leben auf der Erde aus seinen Fugen gerät und du zuschaust, was wir mit dieser Epoche des Kapitalozäns anfangen? … Wir sollen da durchgehen und uns dabei selbst abschaffen? Mit dem Rest, der übrigbleibt, reparierst du dann die Erfindung des Menschen. Als wären wir der Fehler und nicht deine Unaufmerksamkeit. Warum lässt du uns an Geld ersticken? Ist das der Sinn der Schöpfung, der Geldschöpfung, Gott? Bist du überhaupt der richtige Ansprechpartner, oder soll ich lieber andere fragen? Aber wen? Du bist doch für alles zuständig, also auch für das Geld und für uns ja sowieso. Wir sind aus deinen Rippen, nicht wahr?« Conradi redet sich in Rage, befeuert sich selbst. Feuer, lodernde Flammen!

Den Abstieg zum geparkten Auto wird er mithilfe einer Lampe bestreiten müssen, dabei wird ihm der Schein der Lava nicht helfen. Er setzt sein Gottesgespräch fort, obwohl Gott für ihn nur eine literarische Figur ist: »Denk an eine arme Sau wie Bill Gates und all die anderen von Giving Pledge – die Menge Geld, über die sie verfügen, ist so ungeheuer groß, aber selbst damit können sie nicht wirklich Gutes tun, selbst wenn sie es wollten. Wie soll man auch Milliarden sinnvoll ausgeben? An wen? Wie? Mit Barspenden sicher nicht. Man brauchte eine Geldausgebe-Industrie für Gutestun. An sich wäre das der Staat, er hat genau diese Aufgabe. Aber wir sind ja privatwirtschaftlich organisiert, und ich verstehe das Misstrauen angesichts der Machthaber in vielen Ländern. Lieber Gott, Geld ist eine Fehlerfindung. Himmel, vergib uns! Wir korrigieren diesen Fehler. Fort damit!«

Conradi wirft Hunderttausende auf eine Weise in den Schein der Lava, dass es aussieht, als würden sie in Feuer und Rauch aufgehen. Er hat die Kamera des Handys so eingestellt, dass das Rot-Orange alle konkreten Gegenstände verzeichnet und in Farben auflöst. In das große Rot-Orange der Lava und des Feuers.

»*Heute back ich, morgen brau ich, übermorgen hol ich der Königin ihr Kind!*« Wie Rumpelstilzchen fängt er an zu hüpfen. »Erinnert ihr euch?! Die Geschichte vom König, der den Hals nicht voll bekommen konnte: Mehr. Mehr! Mehr Gold. Mehr Geld! Wie sagte Lloyd Blankfein von Goldman Sachs: *Ich bin nur ein Banker, der Gottes Werk verrichtet.* In diesem Sinne! Wir sehen uns!«

Conradi beendet seinen Dreh. Der Film ist in diverse Verteiler gegangen: an Newsportale, er steht auf Youtube und Vimeo.

Er sammelt das verstreute Papier ein, legt es zurück in die Sporttasche.

Dann beginnt er über die vor Jahren erkaltete Lava den Abstieg am dunklen Hang des Vulkans.

28

Sidney hat ihn gleich nach oben in ihr Zimmer geführt, biss ihn heftig in die Lippe, zog sich aus und legte sich aufs Bett. Amor hat sich ebenfalls ausgezogen und zu ihr gelegt. Eine altersuntypische Aufgeregtheit hat sich seiner bemächtigt. Der harte Auftakt des Lippenbisses befreit ihn von Konventionen. Sidney hält ihn sich etwas vom Leib, lässt seinen Schwanz Schwanz sein, so hart er auch geworden ist, berührt ihn nur wie zufällig bei den zarten Erkundungen seines Körpers. Das ist schwer für ihn auszuhalten und steigert zugleich seine Lust.

Was, wenn jetzt John oder Warren kommen? Die Frage hat aktuell wenig Bedeutung für Sidney. Allmählich entspannt sich auch Amor. Er lässt, was geschieht, mit sich geschehen und versucht, sich dem Rhythmus anzupassen. Sie liegen dicht beieinander und trennen sich immer wieder leicht. Ihre Hände bleiben aktiv, immer wieder stößt sie ihn sanft zurück. Sie schwitzen. Ihr süßlicher

Körperduft kandiert die Luft. »Ich wusste, dass ich deinen Körper mag«, sagt Sidney. »Ich sehe gern, wie du dich bewegst.«

Ihren Biss wiederholt sie an anderen Stellen seines Körpers. Er macht es ihr nach. An den gleichen oder anderen Stellen bei ihr. Sie gibt das Tempo vor, das Beschleunigen, das Verlangsamen. Immer wieder holt sie ihn aus zu viel Beschleunigung zurück. Zeit ist nicht mehr existent, es gibt nichts als Gegenwart.

Er zieht sich etwas zurück und schaut, er will sie nicht nur fühlen, sondern die Spalten und Wülste auch sehen. Braun und dunkelbraun, dazwischen die helle rote und rosa Haut zum Eingang in Sidneys Innenwelt. *Drinnen ist es dunkel.* Er muss lächeln. »Was grinst du?« »Es ist komisch. Und schön.« »Möchtest du in mich hinein?« »Ja.« »Aber lass dir viel Zeit. Genieße es, in mir zu sein.« Sie greift seinen Schwanz, zart und bestimmend, zieht ihn zu sich heran, führt ihn ein. »Schieb ihn langsam rein. Sehr langsam. So langsam wie ein Stein, der hineinwächst.« Es ist höchste Beherrschung und Erwartung, Meditation und Kunst. Bis sich ihre Schambeine berührten. Dann liegen sie still. Sie bewegen sich sanft zueinander. Ihre Bewegung ist seine Bewegung. Wärme breitet sich aus. Schweiß fließt zwischen ihnen. »Bleib in mir. Kannst du ihn steifhalten?« Amor antwortet nicht. Sie merkt, dass es geht.

Dann schiebt sie ihn abrupt aus sich heraus. Sie greift sich seinen Schwanz und lässt ihn explodieren. Er will es verhindern, aber sein Samen fliegt ins Zimmer. Sie liegen ohne Decken. »Leck mich«, sagt Sidney. Amor lässt seine Zunge durch ihre Spalten gleiten, hart und weich, und seine Zungenspitze um ihre glatte Klitoris kreisen. »Weiter außen«, sagt sie, hält seinen Hinterkopf in ihren Händen. Er tut, was sie sagt. Sidney bäumt sich auf, krallt sich in seine Schulter. Danach dreht sie sich schnell zur Seite und schließt sich eng in eine Bettdecke ein. Amor legt sich auch eine Decke über und betrachtet sie. »Ich will nicht sterben«, sagt sie. »Noch nicht. Das Leben ist schön.« Der Moment hat etwas Klares und Reines, er ärgert sich, dass er ihm zugleich irreal vorkommt. Gern hätte er diesen Gedanken ausgelassen. »Scheiße«, sagt er.

»Postkoitale Depression?«, fragt Sidney, die sich aufgesetzt hat. »Und selbst?« Sie grinst. »No«, sagt sie. »*Wild is the wind*, Amor! *We're like creatures of the wind …*«

Und schon bald: »Lass uns runtergehen, ich mach uns etwas zu essen. John und Warren müssten eigentlich auch mal wiederkommen.«

29

John hilft Sven, seine *Motte* auf der Slipbahn bis zur schmalen Straße hochzuziehen. Sie halten ein Auto an, ziehen das Boot über die Straße auf die Stellplätze, die hoch genug liegen, um vom normalen Hochwasser in Ruhe gelassen zu werden. Wenn Sturmfluten kommen, müssen die Boote auch hier weggeholt werden, oder sie schwimmen auf. Aber da Sturmfluten in der Regel mit sehr viel Wind einhergehen, ist es ratsam, die Boote dann wegzuholen und noch höher zu platzieren. Gewarnt wird vor anrollenden Sturmfluten traditionell mit Böllerschüssen. Die Polizei fährt dann zusätzlich am Uferweg entlang und warnt über Lautsprecher vor der Flut. Heute ist der Abend prächtig, von Sturm keine Spur. Die Sonne ist hinter dem Horizont verschwunden, der Strand trotzdem noch voll belegt. Kleine Gruppen lagern im Sand, die Luft ist warm. Die Sechsergruppe der Segler sitzt auf dem aufgeschütteten Podest bei ihren Booten.

»Habt ihr gehört, dass Karl Mohr verschwunden ist?«, fragt Manfred, der Arzt.

»Abgängig, sagte Sven«, antwortet John. »Nicht ganz dasselbe, oder? Ich kenne ihn nicht.« »Du hast ihn bestimmt schon gesehen. Er wohnt ja auch an der Flusstreppe. In dem Haus aus der Jahrhundertwende mit dem großen Turm.« »Hat er da allein gewohnt?« »Früher wohnte dort die ganze Familie, aber jetzt ist er tatsächlich allein. Das Personal kommt tagsüber.« »Wie sieht er aus?« »Hoch gewachsen, er hat eine sehr aufrechte Haltung, die weißen Haare trägt er glatt zurückgekämmt.« »Und er trägt meistens einen alten Ledermantel«, mischt sich Oliver ein. »Sogar im Sommer.« »Du kennst ihn auch?«, fragt John. »Klar, der ist stadtbekannt. Er lebt nicht zurückgezogen wie andere Vermögende, sondern ist präsent. Die Reichen müssen sich hier ja nicht verstecken.« »Und wo könnte er jetzt sein?« »Das ist die Frage. Vor ein paar Tagen ist er aus dem Haus gegangen, sagt seine Haushälterin. Abends. Er sei häufig noch mal abends raus. Die Laternen an der Treppe waren nicht an, es war noch hell.« »Und dann ist er nicht zurückgekehrt«, sagt Wolfgang. »Die Haushälterin meint, dass er die Flusstreppe hochgegangen ist. Ihr Dienst war kurz danach zu Ende, sie hat erst am nächsten Tag gesehen, dass alles noch so war wie am Vorabend.« »Entführt?« »Davon geht die Familie erst mal nicht aus. Sie wüssten nur gern, wo er ist.« »Euch ist er auch nicht begegnet an dem Abend?«, sagt Sven zu John. »Nein, aber ich kenne den Mann auch nicht.« »Du wirst ihn ja nicht gerade zersägt und in die Kühltruhe gelegt haben?« John reagiert nicht.

Wolfgang reicht gekühltes Bier herum. Sie haben ihre Boote nachtfertig gemacht, Planen und Persenninge übergezogen und die Schoten verstaut. Weitere Bootssachen liegen in Truhen verschlossen.

Sven sagt: »Mohr hat fast das komplette vergangene Jahrhundert auf dem Buckel. Als er vier war, trat der deutsche Kaiser ab, die Soldatenräte übernahmen die Macht, die Matrosen marschierten durch Kiel, die Republik wurde ausgerufen, aus den Fenstern hingen hier die roten Fahnen. Hier heißt in der Stadt. Da, wo wir sitzen, wohl nur wenige. Unvorstellbar, wie weit sein Leben zurückreicht. Ich bewundere ihn.« »Woher kommt sein Vermögen?«, fragt John. »Amerikalinien. Später kamen Afrikalinien dazu. Noch viel später dann auch Asien. Die Mohr-Schiffe triffst du überall auf den Haupthandelsrouten. Das läuft bis heute.«

»Wie haben sie die Zeit ohne eigene Schiffe nach 1945 überstanden?« »Sie hatten gute Verbindungen zu den Engländern, schon vor dem Krieg, das hat geholfen. Schon 1947 durften ja einige Werften ihre ersten kleinen Bereisungsschiffe bauen, nur für den eigenen Betrieb. Danach kamen peu à peu vereinzelt auch größere Schiffe auf die Helgen.«

Sven scheint sich mit der Geschichte auszukennen. »Der Bankier, dem euer Haus mal gehörte, wird auch geholfen haben …« »Rudolph?« John versichert sich des Namens. »Ja, genau der.« »Dem reichte ein so kleines Haus wie das unsere?« »Ihm gehörten auch die anderen beiden Häuser, die an euer Haus grenzen.

Wo wer von der Familie gewohnt hat, weiß ich nicht. Ich glaube, euer Haus ist sogar schon das Haus seiner Eltern gewesen.« »Und wieso weißt du das alles?« »Wir machen für die Reederei Verträge; die Söhne führen die Geschäfte in London und Shanghai, die kenn ich ganz gut.«

»Jungs, kommt jemand mit zur Kajüte? Ich muss noch was essen!« Oliver will aufbrechen. Sven, Karl und Wolfgang begleiten ihn. John und Manfred kehren nicht mit ein.

John besteigt sein Rad und rollt mit dem Nachschein der untergegangenen Sonne im Rücken den Uferweg entlang.

Sein Sinn für Strategie sagt ihm, dass sich gerade neue Konstellationen ergeben. Die Toten verändern das Leben.

Teil III

30

Symmetrie auf dem Fluss. Die Schwesterschiffe CAP GABRIEL und CAP GEORGE begegnen einander. Eines der Schiffe läuft aus, das andere in den Hafen ein. Sie haben sich passiert und schieben sich in langsamer Fahrt wieder auseinander, bis sich eine perfekte Symmetrie aus Schiffslängen und Abstand ergibt. Die Schiffe fahren in der tief ausgebaggerten Fahrrinne, die den Fluss unter Wasser zu einem Kanalsystem macht. Orange begegnet Orange. Containerberge sind miteinander verschraubt und gestapelt. Zwei Lotsenschiffe legen bei ihnen an und bald schon wieder ab.

31

Der Briefträger ist eine Institution und ein Segen für das Viertel. Seit 45 Jahren kommt er (fast) jeden Tag an die Häuser am Hang. Früher hatte er eine kleinere Tour, mit den Jahren wurden Zustellbezirke zusammengelegt, die vorher von mehreren Postboten bedient wurden. Es gibt Fotos von ihm aus seiner Anfangszeit, gestrickter Pullover, jung, halblanges Haar. Anfang der 70er Jahre trat er seinen Dienst im Viertel an, 5000 Treppenstufen lief er täglich. Sein Schlüsselbund ist groß und schwer. Er sorgt nicht nur dafür, dass die Post zu den Häusern kommt, er sorgt auch für die Blumen, wenn die Bewohner verreist sind. Dafür verfügt er über die Schlüssel. Wie er sie auseinanderhält, bleibt ein Rätsel.

Dass er über die Häuser und ihre Bewohner viel weiß, ist allen klar. Ebenso sicher sind sie, dass er verschwiegen ist. Auch die Medien lässt er ins Leere laufen. »Wo wohnt ---?« Das beantwortet er vielleicht noch, mehr aber auch nicht. Kein Wort, ob der- oder diejenige gerade anwesend ist. Obwohl er es wüsste. Obwohl er das meiste weiß. In 45 Jahren kommt einiges zusammen, auch Unvorstellbares.

»Von wem stammt diese Aufnahme, Holger?«, fragt John, als der Bote eine Postkarte für Sidney bringt. Sie kommen unregelmäßig seit über 30 Jahren. Erst in die USA, dann nach Singapur, in den Oman und nun auch hierhin. Immer sind es Fotografien von einem Fluss, von seinem Ufer, mal von oben, mal von unten. Diesmal ist es ein Teil des aufgehenden Sonnenballs, das obere Viertel, tiefrot-orange, mit einer kleinen unruhigen gelbgrünen Kante. In dem Rot und Orange sind die dunklen Silhouetten der städtischen Michaelis- und der St. Nikolai-Kirche zu sehen, nicht gestochen scharf, aber in ihrer Form erkennbar. Die helmartige Haube des Michels, der spitze Turm von St. Nikolai mit den Figuren an seinen Kanten, den Wasserspeiern und Verzierungen und Abwehren des Bösen. Ein beeindruckendes und schönes, ein erhabenes Bild.

Offenbar wurde es aus sehr großer Entfernung zu beiden Objekten aufgenommen, zu den Kirchtürmen und natürlich zur

Erscheinung der Sonne. Gewaltige Luftmengen stauen sich zwischen Objektiv und Objekt. Sie erzeugen Unschärfe und Lupenwirkung zugleich. Von wo kann man das in dieser Weise fotografieren? »Ich kenne solche Aufnahmen von alten Postkarten, da gibt es genau diese Perspektive. Das ist oben vom Turm aufgenommen.« »Von hier also. Und es ist nicht irgendein Fluss, sondern unser Fluss. Sidney bekommt solche Karten nicht sehr oft, aber regelmäßig. Kein Absender, keine Unterschrift.« »*For thine is the kingdom, and the power, and the glory, for ever.*« Holger liest den Satz, der auf der Karte steht, etwas holprig vor. John erläutert vorsichtshalber die Herkunft: »Die letzte Zeile des Vaterunser.« »Das kann ich mir schon denken … passt gut zu dem schönen Motiv! Ist eine klasse Aufnahme!« »Die Postkarten sind meistens mit einem Zitat beschrieben. Früher waren die Botschaften politischer, jetzt sind sie innerlicher, sogar religiös.« Außer dem in Druckschrift geschriebenen Zitat und der Anschrift ist nichts auf der Karte verzeichnet, der Stempelort ist Hamburg. Keine Massenware, diese Karte wurde eigens für die Empfängerin angefertigt. Holger besieht sie sich: »Woher soll ich denn wissen, wer so was verschicken könnte?« »Weil du hier alle kennst.« »Nur die auf meiner Tour. Einen Hügel weiter kenne ich schon keinen mehr. Tut mir leid, ich kann nicht helfen.«

Er verlässt das Grundstück durch den kurzen Vorgarten und zieht die quietschende Gartenpforte hinter sich zu.

Gegenüber steigt er die Stufe zum Haus hoch, wirft einige Briefe durch den Schlitz in der Eingangstür und winkt John, als er auf der Flusstreppe weiter hinabgeht.

John sieht ihm aus der Klöntür nach.

32

***Sidney** sieht das andere Mädchen auf der Kuppe des Hügels stehen. Es hat schwarzes Haar, welches zu zwei Zöpfen geflochten ist. Perlen halten die Zöpfe zusammen.*

Sidney ist den Hügel hinaufgegangen und stellt sich neben das Mädchen.

»Hi«, sagt sie. »Ich bin Sidney. Ich wohne unten auf der Farm. Wie heißt du?«

»Jackie.« »Und woher kommst du?« »Von da unten, unten am Fluss. Von meinen Großeltern. Ich bin eine Missouri.« »Was ist eine Missouri?« »Wir sind native americans. Das Land ist nach unserem Stamm benannt.«

Jackie hat den rechten Arm gehoben und zieht mit ihrer kleinen Hand einen Halbkreis über den Horizont, über die Hügel, Wälder und Wiesen. »Wir tragen den Namen, der auch dem Fluss gegeben wurde.« Unten im Tal fließt der Missouri träge dahin, es ist Sommer, der Wasserstand ist niedrig. Die Luft ist heiß, es geht ein ganz leichter Wind.

»Du bist eine Indianerin?« »So sagen die Weißen. Wir nicht.« Das spricht Jackie klar und stolz. Sie steht sehr aufrecht, obwohl sie kaum größer als Sidney ist.

»Gehst du zur Schule?«, fragt Sidney. »Nein!« Wieder ist Jackies Stimme klar, diesmal klingt es nicht stolz, sondern beiläufig. »Geht das denn?« »Klar. Warum nicht? Mein Großvater und meine Großmutter bringen mir alles bei.«

Unten auf der Farm sind helle metallene Töne zu hören. Sidney winkt herunter. »Ich soll zum Essen kommen … Sehen wir uns mal wieder?« »Warum nicht? Ich bin oft hier. Komm, wenn du mich siehst.«

Jackie greift in die Tasche ihrer Kapuzenjacke und hält ihr eine helle Muschel entgegen. »Magst du die?« Sidney nimmt die Muschel in die Hand, sie fühlt sich gut an. Der runde Rücken ist ganz glatt, am äußeren Rand verlaufen feine schwarze Streifen. Die flachere Unterseite ist ebenso gezeichnet, hier sind die Streifen bräunlicher. »Die ist schön. Ja, ich mag sie.« »Dann nimm sie.« »Woher ist die Muschel?« »Aus dem Missouri natürlich!« »Danke, Jackie! Und bis bald…« »Der große Geist beschütze dich!«

Sidney läuft den Hügel hinab und öffnet das Gatter, das den Weg zum Haus verschließt. Sie dreht sich um und schaut zurück zum Hügel, Jackie ist nicht mehr zu sehen. Mit den Fingern spürt Sidney den Wulst am Rand der Muschel.

33

»**Wo wurden** diese Fotos aufgenommen?« John hat Warren einen altmodischen, hölzernen Karteikasten auf den Schreibtisch gestellt. Darin sind Postkarten hintereinander eingereiht. »Sie sind chronologisch sortiert, wie Sidney sie gekriegt hat.« »Wann sind die gekommen?« »Die kommen seit Jahrzehnten. Hast du das nie mitgekriegt?« Warren sieht John erstaunt an: »Ich achte nicht darauf, was Mama für Post bekommt.« Er blättert die Sammlung durch. »Seit Jahrzehnten? Dafür sind es nicht viele.« »Zwei, höchstens drei pro Jahr. Und immer von derselben Person geschickt, soweit sich das ausmachen lässt.« »Warum möchtest du wissen, wo die Fotos aufgenommen wurden?« »Vielleicht kommt uns dann eine Idee, von wem sie stammen. Es sieht ganz so aus, als sei die Person von hier. Mich interessiert, wer sie sein könnte. Und warum sie sie schickt.«

Es sind über 60 Karten. Einige Häuser sind leicht zu identifizieren, sie stehen im Viertel. Das Flussufer ist hier und da erkennbar. Es gibt nicht viele Orte auf der Welt, wo Schiffe so nah kommen und so gut zu fotografieren sind. Auch der Lichteinfall ist für den Eingeweihten aufschlussreich, denn in der Mittagssonne liegt der Fluss im Gegenlicht. Die Fotos wurden vom bebauten, hohen Nordufer fotografiert. Manchmal zeigen die Karten nur Silhouetten von Schiffen, als tauche das Schiff gerade wie der *Fliegende Holländer* auf. Nachtfotos von Schiffen sind auch dabei, ebenso Fotos vom Wasser in allen Farben, von Wellen und Wolken.

Warren staunt, wie viele Farben das Wasser annehmen kann. Goldgesprenkelt, grau, fast schwarz, türkis, rosa, orange. Der Fluss selbst hat eine grau-schmutzige, beige-bräunliche Färbung. Eltern werden davor gewarnt, ihre Kinder zu nah am Rand der Pontons spielen zu lassen. Würde ein Kind hineinfallen, das nicht schwimmen kann, wäre es fast aussichtslos, es rechtzeitig wiederzufinden. Strömung und geringe Sichttiefe würden dies extrem erschweren, falls nicht sofort jemand hinterherspringt. Und auch die Person müsste noch viel Glück haben, um das Kind wiederzufinden.

Ein Foto zeigt eine Sturmsituation. Die Wellen sind erstaunlich hoch, die Gischt der Wellenkämme fliegt. So eine Stimmung hat Warren noch nicht erlebt, aber es ist nicht unmöglich, dass es das hier gibt. »Es ist ein faszinierender und gefährlicher Fluss«, sagt John. »Ein Strom, der schon viele Opfer gefordert hat. Die Zitate scheinen davon zu handeln, wenn auch nicht direkt auf das Motiv bezogen.« Die Fotos sind kunstvoll, keine Knipserei. Nicht geschmäcklerisch, sie verfügen über eine eigene Handschrift.

Warren sieht sich einige Aufschriften auf den Rückseiten an: *Nur ein paar kreisförmige Wellen beweisen, dass er mal da war.* Oder: *Ihr könnt nicht Gott dienen und zugleich dem Mammon.* »Was für Zitate sind das?«, fragt er. »Das ist unterschiedlich, ich musste sie auch erst googeln. Manche Zitate sind aus Songtexten, von Dichtern oder Politikern, es gibt auch einige aus der Bibel.« »Ich kenne kein einziges.« »Dann gibt es Sätze von Karl Marx, Immanuel Kant und Aristoteles.« »Die kenne ich ebenso wenig. Aber manches klingt so, wie Mama manchmal redet.« »Wie meinst du das?« »Na ja, über Liebe und Gott oder Buddha. Und dass Geld nicht glücklich macht.«

»*Thy kingdom come, Thy will be done in earth, as it is in heaven.* Meinst du das?« Warren setzt direkt fort: »*Give us this day our daily bread.*« John nimmt den Singsang auf: »*And forgive us our debts, as we forgive our debtors.*« »*And lead us not into temptation, but deliver us from evil.*« »*For thine is the kingdom, and the power, and the glory, for ever.*« Warren hat das Schlusswort: »*Amen.*« Sie klatschen sich ab und lachen.

John liest von einer weiteren Karte vor: »*Gott hat unsere Schuld zertreten und unsere Sünden in die Tiefe des Meeres hinabgeworfen.*« »Und von wem ist das?« »Von Papst Franziskus. Er hat das erst vor Kurzem veröffentlicht.« »Dann ist die Karte auch erst vor Kurzem gekommen!« »Ja, und noch ein paar weitere. Im letzten Jahr kamen gleich mehrere. Hier, hör mal diese: »*Jesus Christus hat sich mit den Geringen und den Armen identifiziert und wird uns nach den Werken der Barmherzigkeit richten.*« »Auch vom Papst?« »Ja.«

»Mama geht doch manchmal in dieses Kloster drüben im Alten Land, vielleicht hat das alles damit zu tun?« »Vielleicht. Vielleicht auch nicht. Aber vielleicht findest du es heraus?!«

Warren wendet sich den Motiven der Fotos zu und zeichnet auf einer elektronischen Karte Standpunkte und Perspektiven in ihrem Wohnviertel ein.

34

Der Bulker YEOMAN BANK fährt auch mit über 30 Jahren noch. Eine aufwendige Selbstentlade-Einrichtung beschert ihm ein langes Schiffsleben. Schon als er im griechischen Eleusis an die Eigentümer geliefert wurde, war er mit seiner runden Heckform ein Gruß aus alten Zeiten. So baute man damals eigentlich nicht mehr. Das kam daher, weil mit dem Bau des Schiffes bereits 1974 begonnen wurde, sich die Fertigstellung aber aus mehreren Gründen in die Länge gezogen hatte. Jetzt spiegeln sich bei der Vorbeifahrt auf dem Fluss die Knicke und Falten des Stahls über und neben den Spanten. Das Schiff ist schwarz und glänzend lackiert, das Unterwasserschiff leuchtet rot. Der Fluss ist blau und schwarz und weiß am Streifen des Schraubenwassers, den das Gefährt hinter sich herzieht. River!

35

Sven hat Holger am Uferweg abgepasst: »Wann hast du Karl Mohr zuletzt gesehen?« Man kennt sich, Sven ist kein Fremder, also antwortet Holger: »In der vorigen Woche. Da kam er mir auf der Flusstreppe entgegen. Seitdem nicht mehr. Bei ihm zu Haus sehe ich ihn selten, da werfe ich nur die Post ein.« »Ist er oft verreist?« »Fast gar nicht mehr. Den Juli verbringt er auf Sylt, aber danach ist er eigentlich immer hier. Im Winter über in Südafrika, früher jedenfalls. Aber sonst: immer hier. Ich sehe ihn trotzdem selten.« »War er krank?« »Davon ist mir nichts bekannt. Warum?« »Weil er nichts von sich hören lässt. Seine Kinder machen sich Sorgen!« »Machen sich Sorgen … dass ich nicht lache!« »Wie meinst du das?« »Jeder weiß doch, dass die beiden Söhne mit dem Alten über Kreuz liegen. Die sind doch froh, wenn er ihnen nicht dazwischenquatscht.« »Das erzählen sich die Leute?« »Das weißt du so gut wie ich!« »Hat er ein Handy?« »Woher soll ich das wissen? Ich vermute: nein. Er ist altmodisch. Außerdem gibt es jede Menge Personal.« »Richtig. Um die Kommunikation kümmern sich andere. Vielleicht frage ich da mal nach?«

Sven und Holger stehen am Zugang zum Anleger, der Briefträger trägt seine Old-School-Ledertragetasche bei sich. Der gesamte Holger ist Old School. Ein Fischbrötchen soll es jetzt für ihn sein, unten auf dem Anleger. Er will eine Kleinigkeit zu sich nehmen, bevor er den Bus nach oben erwischt. Mit seiner Tour ist er durch. Zum Glück ist der Schaden an der Anlegebrücke durch die Schiffskollision geringer ausgefallen als erwartet. Die Restaurants und Imbisse haben schon wieder geöffnet.

»Ich geh dann mal…«, sagt Holger zu Sven. »Ja, klar. Wenn du was hörst, ruf mich bitte an.« »In Sachen Karl Mohr?« »Ja, genau. Hast du meine Nummer?« »Die werde ich schon haben, du wohnst ja hier.« »Hast du eigentlich Schlüssel für alle Häuser an der Flusstreppe?« »Warum fragst du?« »Ach, nur so…« Sven und nur so?

Holger grinst und sagt: »Mach's gut, Sven! Mohr wird schon auftauchen. Der Fluss gibt sie alle wieder her…« »Mach keine Scherze, Holger!« »Klar doch. War nicht so gemeint.«

Holger geht pfeifend über die Pflasterung zur Brücke, die auf den Anleger führt und zu den Fischbrötchen.

36

Herbert Liebermann hat den kleinen Bus direkt an der Treppe halten lassen. Die Busfahrer machen das ausnahmsweise und immer wieder ausnahmsweise. Sie kennen die Wünsche der alten Leute, die schon genug Plackerei mit den Stufen und Treppen haben. Die Wege halten so lange jung, bis die Beine es nicht mehr schaffen. Dann beginnt die Zeit, in der die Abgelegenheit der Häuser und die Beschwerlichkeit, sie zu erreichen, ein Problem werden. Und danach wird es eine Frage des Geldes, ob man im eigenen Haus bleiben kann.

Der alte Liebermann ist diese Treppe seit Jahrzehnten nicht mehr hinuntergestiegen, jetzt will er noch einmal hinabgehen. Dahin, wo er einst wohnte. Er hält sich am Geländer fest, es fällt ihm schwer, seine Füße Stufe um Stufe tiefer zu setzen. Dann erreicht er den Klinkerweg, mit seinen beiden Gehstöcken geht er weiter, sie stützen ihn rechts und links.

Die Häuser stehen dicht aneinandergedrängt. Jeder bebaubare, etwas ebenere Platz wird genutzt, so schwierig das Bauen hier auch ist. Man hat Mauern gespart, indem die nächsten Häuser an die Rückwände oder Seitenwände bereits vorhandener Häuser gesetzt wurden. Das führte zu teilweise kurioser Architektur. Ein großes Steingebäude steht an der Rückwand eines uralten Fachwerkhauses. Um die Ecke schließt sich ein kleiner Ziegelbau an. Pittoresk und liebenswert wirkt dies nur als Ensemble, im Detail gibt es durchaus einige Scheußlichkeiten.

Herbert Liebermann hat den Weg vor dem Fachwerkhaus erreicht, in dem nun Sidney mit seinem Enkel und mit John wohnt. John ist ein kluger Mann, findet er, der offenbar ohne Besitzansprüche mit Sidney zusammenlebt. Warren sieht John viel häufiger als seinen Vater, denkt Liebermann. Gut, dass er beide hat. Wir Großeltern werden bald verschwinden, zuerst ich.

Die Tür des Hauses gegenüber öffnet sich. In diesem Haus ist Herbert Liebermann aufgewachsen, später lebte er darin mit seiner eigenen Familie. Nach dem Vorfall verkaufte er es oder ließ es vielmehr von einem Maklerfreund verkaufen, um möglichst schnell Margret nachzureisen und um in den Vereinigten Staaten ein neues Leben anzufangen. Aus der Tür kommt ein Rollstuhl gefahren, in dem eine sehr alte Frau mit glatten weißen Haaren sitzt. Niemand, den Herbert auf den ersten Blick kennt, trotzdem fragt er sich, ob sie es wohl war, die damals mit ihrer kleinen Familie einzog.

Die Greisin ist eingehüllt in eine Felldecke, die gegerbte Seite zeigt nach außen. Ihre Pflegerin steuert den Stuhl, der von einem Elektromotor unterstützt wird. Sie erreichen den Weg vor dem Haus und fahren langsam den Klinkerweg hinauf, auf Herbert zu. Es ist eng auf dem schmalen Plattenweg. Liebermann hält sich am Gartenzaun von Sidneys Haus fest und macht Platz. Als sie langsam an ihm vorbeifahren, nickt er ihnen zu. Kurz überlegt er, ob er sie ansprechen soll. Er unterlässt es.

Nach vorne schauen, der Vergangenheit so wenig Raum wie möglich geben. Das war ihre Losung. Oder die von Herbert, der viel zurückgelassen, aber in der neuen Heimat auch viel gewonnen hat, so kommt es ihm vor. Bei Margret fragt er sich manchmal, wie weit es ihr gelungen ist, all dem den Rücken zu kehren – obwohl die Entscheidung zur Rückkehr ja ihre eigene gewesen war …

»Es ist, wie es ist, sagt die Liebe«, murmelt er vor sich hin. Dann wendet er sich den nächsten Stufen zu, lässt die alten Häuser hinter sich und auch die riesige Platane, die das Steinhaus fast überragt. Links liegt das Haus, in dem es geschah. Weshalb sie dies alles hier verlassen haben. Und in dem nun Sidney wohnt. »Es ist, wie es ist, sagt die Liebe.«

Die Platane hat er viel kleiner in Erinnerung. An den Bäumen sieht man die Jahrzehnte, die sich angesammelt haben, nicht an den Häusern.

37

Sidney geht den Uferweg entlang, vorbei an vielen parkenden Autos, den Cafés auf der einen Seite, dem Ufer auf der anderen. Sie hat viele Orte gesehen, keiner ist wie dieser. Von hier ist es nicht wirklich weit bis in die City, und dennoch ist man am Strand. Barcelona fällt ihr ein, dort reicht das Meer noch näher an das Stadtzentrum. Aber die Kombination von Strand und Fluss kennt sie von anderen Orten nicht. Sie scheint einmalig zu sein, zumal der Fluss von großen Schiffen befahren wird. Von sehr großen Schiffen. Vielleicht von zu großen, wie der Unfall vor Kurzem zeigte? Sidney maßt sich kein Urteil darüber an. Einerseits ist es spektakulär, die Monsterstahlbauten herangleiten zu sehen, andererseits fühlt es sich falsch an. Sie mag den Fluss auch ohne Schiffe.

Sidney ist auf dem Weg zu ihrer Mutter. Margret sitzt auf dem Balkon, der auf den Fluss zeigt. Links vom Haus steht die Halle des Kanu- und Paddelvereins, rechts klebt ein moderner Bau am Hang. Der Hang führt steil in die Höhe, wie an einer Abbruchkante.

Margret Liebermann hat einen Liegestuhl aufgeklappt, genießt die Wärme und das Licht der Sonne. »Machst du mir auf?« Sie hört die Stimme, die von unten heraufdringt, rückt auf die vordere Kante des Liegestuhls und erkennt ihre Tochter. Es ist schon seltsam, sie haben sich kaum gesehen, seit sie alle hier wohnen. Warren schaut natürlich häufiger bei den Großeltern vorbei. Dass Margret kaum zu Sidney nach Hause kommt, nimmt die Tochter hin, ohne nach dem Grund zu fragen. Sie denkt, es liege an den vielen Treppenstufen.

Margrets Heimat bleiben die Weiten Missouris. Hier ist es auch sehr schön, aber das Gefühl von Fremdsein bleibt. Das kann auch aufregend sein. Zweimal hat sie hier einen deutschen Mann kennengelernt, zweimal hat sie ein Kind bekommen.

Dann kam der Tag, an dem alles anders wurde. Kurz entschlossen floh sie mit Sidney zurück in die Staaten. Ihrem Mann blieb nur die Wahl, mitzugehen oder sie beide zu verlieren. Und Almut – nach diesem Tag war ihr, als hätte sie die ältere Tochter nie gekannt.

Sie hat den Mördern den Zugang zu den Rudolphs ermöglicht, ihnen die Tür geöffnet. Durch einen Vertrauensbruch ohnegleichen. Eine schreckliche und verabscheuungswürdige Tat. Keine noch so schlüssig erscheinende politische Begründung kann das rechtfertigen. Was für eine Gesellschaft soll aus solchen Morden entstehen?

In allen Zeitungen stand, dass es Almut war, und ihr Name tauchte danach auf internationalen Fahndungslisten auf. Almut Renger. Nicht Liebermann, zumindest das nicht. Bei Almuts Geburt kannten sich Herbert und Magret noch nicht. Renger war Margrets Mädchenname. Ende der 1980er kam dann die Todesmeldung, die allen größeren Zeitungen eine Nachricht wert war. Umgekommen bei einem weiteren Attentat, diesmal weit weg von zu Hause. Dass Sidney sich ausgerechnet für dieses Haus entschied, hatte Margret schockiert. Natürlich wusste Sidney nichts davon, wie eng der Mord mit ihrer Familiengeschichte zusammenhing. Mit Nachbarn. Freundschaften. Und der Schwester. Das alles gehörte in eine Zeit, die Sidney nicht bewusst erlebt hatte. Wenn es nach

Margret ging, sollte das auch so bleiben. Die Scham, der Schmerz und ihre Trauer, die noch immer so frisch waren wie in den Tagen danach, konnten nicht aufgehoben, nur überlebt werden.

»Ich mach dir auf!«

Margret fasst das Balkongeländer und zieht sich daran hoch.

38

10, 20, 50, 100, 200 und 1000 Franken. In Scheinen. Eine Zürcher Freundin der beiden Galeristen wurde von der Nationalbank beauftragt, eine neue Serie von Frankenscheinen zu entwerfen. Die vorherige Generation war einem Architekten, einem Komponisten, zwei bildenden Künstlern, einem Schriftsteller und einem Kunsthistoriker zugeeignet. Der Architekt Le Corbusier hielt seine Physiognomie für den 10-Franken-Schein hin, der Kunsthistoriker Jacob Burkhardt zierte den gewaltigen 1000-Franken-Schein. Es gibt nicht viele Geldscheine auf der Erde, die mehr wert sind als 1000 Schweizer Franken: Die 10.000-Brunei-Dollar-Note ist etwa 7500 Franken wert. Ein gewaltiger Wert für ein Stück Papier. Die 10.000-Yen-Note hat einen Gegenwert von etwa 90 Franken.

Die Freundin in Zürich entschied sich für abstrakte Motive. Ihre sechs Scheine sind diesen Begriffen gewidmet: Zeit und Licht, Wind und Wasser, Materie und Sprache. Die Scheine werden ab dem nächsten Jahr in Umlauf gebracht und die alten langsam eingezogen. Den 1000-Franken-Schein zieren zwei Hände, die ineinandergreifen. Dazu sind auf dem Sicherheitspapier die Worte *DU UND ICH, TOI ET MOI* zu lesen. Hergestellt werden die Scheine von einer Firma in Graubünden. 18 Sicherheitsmerkmale weisen die Banknoten auf, um ihre Fälschung in gleicher Qualität zu verhindern.

Conradi findet es gut, dass die Schweiz bei ihren Banknoten für hohe technische Standards sorgt. Es ist in seinem Interesse, dass der Inhalt der Sporttaschen einen echten Wert darstellt. Bei mehreren Banken hat er sich Scheine mit allen verfügbaren Werten geben lassen. Mit den Bildern von Le Corbusier und Burkhardt und den anderen. Um einfach tauschen zu können, hat er 500.000 Franken allein in 100er- und 200er-Scheinen besorgt. Den Rest in kleinerer Stückelung. Vom Tausender lediglich 100. Vielleicht kann man damit etwas Spektakuläres machen?

Die Freundin sagte im Interview mit einer deutschen Zeitung: *Geld an sich ist nicht böse.* Und: *Dass Ungerechtigkeit entsteht, liegt an den Menschen.* Das hätte von ihm sein können. Besonders dieses *Geld an sich ist nicht böse.* So kommt es ihm allmählich vor, seitdem er so viel davon besitzt. In dem Interview hat sie auch gesagt: *Es gibt mir die Möglichkeit, etwas zu tun oder zu lassen. Es macht mich frei, ich kann über mich selber bestimmen.*

Beschreibt das seine gegenwärtige Situation?

Conradi ist sich nicht sicher.

39

»**Ist es** nicht seltsam, dass wir jetzt alle hier sind? Wir waren lange nicht mehr an einem Ort zusammen.« Sidney sieht ihre Mutter an. Sie sagt: »Ja.« »Einfach nur: Ja? Ist es nicht mehr für dich?« Margret seufzt. »Dein Vater wird nicht mehr lange leben, es war sein Wunsch, hierher zurückzukehren. Für mich ist das anders. Das hier ist nicht der Ort, an dem ich mein Ende erleben will.« »Gefällt es dir hier nicht?« »Doch, es ist schön, gerade auch, weil ihr hier seid, aber…« Margret überlegt offenbar, ob sie weitersprechen soll. »Als wir hier lebten, warst du noch sehr klein. Für dich ist doch Missouri die Heimat, nicht wahr?«

Sidney sagt weder Ja noch Nein. Kurz denkt sie an jene Nacht, die Nacht der Unruhe und der Eltern, die nicht da waren. Mit ihrem nächsten Satz überrascht sie sich selbst: »Ich erinnere mich daran, dass ich hier eine Schwester hatte.«

Auch Margret ist überrascht. »Die du nie gesehen hast, Almut war doch längst weg, als du zur Welt kamst.« »Trotzdem ist dies für mich der Ort, wo ich eine Schwester hatte. Und gestern Nacht«, sagt Sidney, »habe ich von ihr geträumt.« »Von einer Toten«, sagt Margret. »Ist sie tot?« sagt Sidney. »Mir kam sie sehr lebendig vor.« »Was hat sie gesagt?« fragt Margret. »Nichts, glaube ich. Doch, den einen Satz, der auch auf der Postkarte stand. *Dein ist das Reich und die Kraft und die Herrlichkeit.* Sie sagte ihn auf Deutsch. Auf der Karte ist er aber auf Englisch.« »Du hast wieder eine Postkarte erhalten?« Margret ist froh, nicht mehr über Almut sprechen zu müssen. Einerseits versteht Sidney das. Aber sie wünscht sich, das Schweigen zu beenden, wenigstens zu unterbrechen. Mit jemandem das Dunkel teilen, das sie in sich spürt. »Ja«, sagt Sidney, »Hamburger Poststempel. Das Motiv wurde hier aufgenommen.« »Ach«, sagt Margret dazu nur. »Ich frage mich, wo Herbert bleibt.«

Sidney nimmt ihre Mutter in den Arm und streicht ihr über die Wange. Margret ist eine schöne alte Frau. Ihr Haar ist nicht vollkommen weiß, dunkle Haare sind von weißen durchmustert. Und es ist volles Haar. Im Wesentlichen hat sie immer noch den zarten, mädchenhaften Körper, den Sidney von ihr geerbt hat. Wenn Sidney ihre Mutter ansieht, spürt sie eine Wachheit und Präsenz, die nicht an Alter denken lässt. Es ist auch nichts Aufgesetztes an ihr. Margret ist Margret. Aber offenbar nimmt eine für Sidney neue Unruhe in ihr gerade zu, so empfindet die Tochter. Als würde Margrets Rückkehr an diesen Ort einer Spur folgen.

Sidney und Margret stehen am Balkongeländer. Über dem Ufer liegt eine sehr milde Stimmung. Die Tageswärme ist in den Sand eingesickert, rechts von ihnen neigt sich die Sonne bereits zum Wasser hin. Bald wird das leicht elliptische Rund des Lichtballs weit hinten im Westen die Oberfläche des Flusses berühren. Diese optische Täuschung ist eine bemerkenswerte Erscheinung. Man sieht durch Luftmassen, die sich von hier bis nach Schottland erstrecken. Hinter den Luftmassen: die Sonne, die nun gleich andere Regionen der Erde bescheint, erst den Atlantik, danach die Weiten am Missouri. Sidney kneift ihre Augen zusammen, um in Richtung Sonne schauen zu können. Durch ihre von den Wimpern verschatteten Augen sieht sie, dass sich der obere Rand der Sonne ins Helle färbt.

Ihr fällt die Postkarte ein, die sie bekommen hat.

Das Bild auf der Vorderseite, diese besondere grüne Kante des roten Sonnenballs.

40

Herbert Liebermann hält sich am Geländer fest, das eine Seite der Flusstreppe säumt. Ein schlichtes metallenes Geländer mit altem Farbauftrag. Rechts vom Weg führen Stufen hinauf zu dem Gebäude mit dem großen Turm, der mit roten und schwarzen Dachpfannen gedeckt ist. Herbert Liebermann weiß, wer hier wohnte und wohnt. Es ist die Villa der Familie Mohr, denen noch weitere, noch dieses und jenes Haus im Treppenviertel gehört.

Karl Mohr muss jetzt fast 100 Jahre sein, zehn Jahre älter als er selbst. Mohrs Vater war in den 30er Jahren Vorsitzender des Verbandes Deutscher Reeder, dem Sprachgebrauch der Zeit entsprechend »Führer der Deutschen Seeschifffahrt«. Karl war sein jüngstes Kind aus erster Ehe. Er war Herberts Kutterführer gewesen, im Segelclub und in der Hitlerjugend. Gerudert und gesegelt wurde am Fluss damals unter der Hakenkreuzflagge. Es gab nur wenige, die es wagten, ihren Sport und sich dem Zeitgeist zu verweigern. Der Krieg bereitete alldem dann ein Ende, egal, ob nun unter dem Hakenkreuz oder ohne gesegelt wurde.

Wahrscheinlich hatte Mohr auch im Krieg eine Funktion gehabt, Herbert wusste es nicht genau. Er hatte damals den Kontakt verloren. Möglicherweise war der Lebensweg von Karl Mohr aber auch ganz anders verlaufen, die Mohrs hatten englische Verwandtschaft, vielleicht hatten Vater Mohr und seine Kinder dies genutzt.

Herbert weiß, dass Karl Mohr der Vater des ersten Kindes seiner späteren Frau Margret ist. Als sehr junge Frau war sie als Dolmetscherin in der Schifffahrt tätig und hatte aus einer Romanze mit dem Reeder ein Kind bekommen. Karl hatte seine Vaterschaft nicht geleugnet, wegen Margret seine Frau aber nicht verlassen wollen, auch nicht, als das Kind unterwegs war. Für ihn sollte es bei der Romanze mit Folgen bleiben. Herbert wiederum hatte nichts gegen das kleine Mädchen einzuwenden, das mit in seine Ehe kam. Er liebte die schöne junge Amerikanerin, die sich ganz unerwartet für ihn interessierte. Und die Kleine war pflegeleicht, vielleicht etwas zu still – aber das änderte sich ja dann gründlich in dem Jahr, bevor sie von zu Hause wegging. Mit 16! So alt war Warren jetzt bald.

Das Familienhaus der Mohrs überragt die benachbarten Häuser. Es stammt aus dem 19. Jahrhundert und wurde auf halber Höhe des Hanges ans Ufer gesetzt. Eine Landmarke, an der die Schiffe der Reederei vorbeifuhren und die Reederfamilie jeweils mit dem Dippen der Reedereiflagge grüßten. Wenn die Familie nicht selbst zu ihrem Flaggenmast vor dem Haus ging, mussten die Hausangestellten die Flagge bei der Vorbeifahrt hoch- und runterziehen, um den Gruß der Mannschaften zu erwidern. Herbert sieht die Mohr-Flagge kurz unter dem Top des Mastes leicht im Wind schlagen.

Es gibt keine Treppe, die für ihn mit mehr persönlicher Geschichte und Erinnerung verknüpft ist. Er setzt seinen Gang nach unten fort, Schritt für Schritt, gestützt vom Geländer oder auf seine beiden Stöcke. Der gepflasterte Weg führt unten am Fluss auf ein Rondell zu, die Straße endet hier. Unter Bäumen stehen Bänke, davor öffnet sich die ganze Breite des Flusses. Herbert Liebermann lässt seine Augen über das Wasser schweifen, am anderen Ufer erkennt er den schmalen Saum der Bäume und Büsche. Die Helgen der ältesten Werft der Gegend ragen in den Himmel. Ein Sperrwerk schließt die Mündung des schmalen Nebenflusses bei bevorstehenden hohen Wasserständen und schützt das Hinterland, das »Alte Land«, vor Überschwemmungen.

Der Fluss, den Herbert sieht, hat kein Gedächtnis. Herbert schon.

Er ist nun dort, wo alles anfing. Was er regeln konnte, hat er geregelt.

Er sitzt auf einer Bank südlich des Rondells und schließt die Augen.

41

Die Nacht kommt schnell in Tansania, wohin Conradi inzwischen gereist ist. Die Räume und der Service des Ngorongoro Farm House sind perfekt. Unmittelbar nach Sonnenuntergang nimmt Conradi das Abendessen ein. Ihn überkommt ein Finch-Hatton-Gefühl. *I had a farm in Africa …*

Hier ist es angenehm reduziert, nicht hektisch, und doch ist man von einem gewissen Maß an Luxus umgeben. So fühlt es sich für Conradi an. Luxus an sich ist nicht böse. Das Glas Malt-Whiskey, das ihm der Service bringt, kommt wie gerufen. Vielleicht werden ihm ein paar Schluck helfen, die richtige Lösung zu finden. Wer hat das 100-Millionen-Franken-Konzept? Vielleicht sollte Conradi die Idee des Kettenbriefes ganz neu aufziehen? Vielleicht würden sehr viel mehr als 100 Millionen Franken und weitere Währungen daraus? Aber das hört sich nach viel Arbeit an. So etwas hat hier keine Resonanz, hier in Afrika.

Geld regnen zu lassen, das hat es immer mal wieder gegeben. Scheine schweben durch die Luft. Oft wurde die Idee in Filmen aufgegriffen, meistens als täppische Verluste bei Banküberfällen, in chaplinesken Situationen, aus Versehen oder als Provokation. Überraschte Gesichter bei denen, die nach den Scheinen haschen und sich um sie balgen. Conradi ist kein Freund dieses Spiels. Es ist bekannt, vielfach praktiziert und entsprechend abgenutzt, und er mag die Hierarchie nicht zwischen denen, die das Geld flattern lassen, und dem Volk, das danach greift. Seine Papierflieger waren eine Spielerei, eine kleine Schwäche, das Falten hat Spaß gemacht. Etwas, das er weiter verfolgen will, ist es nicht.

100 Menschen könnte er ein finanziell sorgloses Leben bereiten – ein relativ sorgloses, denn sie müssten sich selbst um die sichere Verzinsung von jeweils einer Million Franken kümmern. Das ist nicht einfach und auch kein Selbstgänger, weil die Banken dem kleinen Anleger keine Zinsen mehr geben. So eine Summe wird leicht zur Last für Menschen, die es nicht gewohnt sind, mit Geld umzugehen. Die tragischen Geschichten überforderter Lottogewinner sind Legion. Conradi ist auch dieser Idee gegenüber sehr skeptisch.

Was passiert, wenn er das Geld subversiv einsetzt, wenn er politischen Parteien unerlaubte Millionenspenden zukommen lässt?

Wer würde sich bei ihm melden? Wer würde die Zuwendungen offiziell deklarieren? Wer würde es öffentlich machen? Conradi könnte auch angebliche Spender desavouieren. Dieser Ansatz gefällt ihm schon besser, da ist Musik drin. Hundertmal ließe sich Unruhe stiften, und er hätte die Dinge ziemlich in der Hand. Das viele Geld würde wirklich Wirkung zeigen.

Mit dieser Strategie ließe sich sehr viel mehr bewirken, als mit dem Geld lediglich Gutes tun zu wollen. Ein Mädchen aussuchen, das gegen den Klimawandel aktiv ist und für sein junges Alter erstaunlich charismatisch, es mit einer maßgeschneiderten Kampagne ausstatten und es für die folgenden Aktionen um den Erdball reisen lassen – klimaneutral selbstverständlich, von den internationalen Medien wird jeder Schritt des neuen Idols begleitet. Eine intelligente Agentur ist federführend aktiv, mit einem nachdenklichen politischen Background statt Konsumgüter-Unsinn. Gute PR, ohne dass die Buchstabenfolge PR jemals in Erscheinung tritt.

Gibt es weitere Möglichkeiten? Wie wäre es, wenn Kaspar Conradi die Sache öffentlich macht und das werte Publikum darüber nachdenken lässt, was mit 100 Millionen Franken geschehen soll? Das könnte eine interessante soziale Skulptur werden, eine gesellschaftliche Plastik. Im schlechten Fall ein Casting niederer menschlicher Motive, im besten Fall der Aufstieg frischer Gesichter, erfreulich unperfekt, gut geeignet, um eine noble Dynamik auszulösen, die die 100 Millionen in einen für Strafverfolgungsbehörden undurchdringlichen Kokon einwickelt, denn niemand kann ernsthaft wollen und verantworten, so viel Geld in einen Polizeitresor zu stecken, wenn es gerade im Begriff ist, viel Gutes zu tun.

Allerdings fragt sich Conradi seit Neuestem, ob er das Geld überhaupt ausgeben muss. In seinem Innersten interessiert ihn zunehmend ein sparsames Vorgehen, die vernünftige Kalkulation auf solidem Sockel. Heraus aus der Hektik, stattdessen ausschlafen und zur Ruhe kommen, die Füße stillhalten. Einfach lernen, wie es sich anfühlt, viel Geld zu besitzen. Könnte ihm das gelingen? Ihm gefällt die Vorstellung, einen Modus zu entwickeln, mit dem er zufrieden und unaufgeregt leben könnte. Auf der Flucht zu sein ist nicht sein Lebensziel.

Und das von Amor vermutlich auch nicht. Vielleicht sollte er zuerst ein wenig Vorsorge für sie beide betreiben, Amor einige Scheine überweisen, 100.000 Euro für den Anfang, sich selbst auch ein wenig zur Seite legen, möglichst sicher, für alle Fälle.

Sein Sundowner-Getränk erwärmt ihn, Conradi geht es gut.

Dieses Gefühl ist ein vielversprechender Beginn für weitere Ideen.

In Afrika sind die Nächte lang, Finch Hatton kann ein Lied davon singen und als Geliebter von Karen Blixen einen Film inspirieren.

42

***Sidney** wohnt mit John und Warren auf einer Etage, Charles Fabianski darüber in einer eigenen Wohnung. Das ist der Stil von Charles. Er ist der charmanteste Mann, den Sidney kennt. Und auch John kennt seine Qualitäten. Es ist nicht so, dass Charles sich* *nicht um Warren kümmert, aber tagsüber hat er zeitraubende Termine, und oft hat er sie auch abends und nachts. Die Kundschaft ist es gewohnt, dass man zur Verfügung steht, immerhin will er ja etwas von ihnen. Ihr Geld.*

Sidney und Charles sind aufmerksam, achtsam und gut miteinander. Nur sind sie selten beisammen. Eigentlich hat es nie eine Zeit gegeben, in der sie viel Zeit miteinander verbringen konnten, Zeit ohne berufliche Unterbrechung durch Charles' Kunden. Selbst in ihrer Kennenlernzeit gab es das nicht. Sidney hat Charles so akzeptiert, sie kennt seine Art. Und liebt ihn als ihren Mann und als den Mann, mit dem sie Warren hat.

Warren ist ihre zweite Schwangerschaft. Ihr erstes Kind bekam sie sehr früh auf dem Land in Missouri. Sie war Volontärin bei der dortigen County-Zeitung, er war ihr Chef. Und ein Onkel von Jackie, ihrer Freundin aus der Missouri-Siedlung in der Nähe des elterlichen Hofs. Eine schwärmerische, frische und sehr jungfräuliche Liebe nahm ihren Anfang – doch sie blieb nicht lange jungfräulich. Das Kind gab sie in Pflege, zu Jackies Cousine, die sich zu ihren drei halbwüchsigen Kindern ein viertes, ein Baby, wünschte. Sidney war sicher, dass der Vater das gutgeheißen hätte. Noch bevor sie ihm hatte sagen können, dass sie schwanger war, kam er bei einem Autounfall ums Leben. Zwei Monate nach der Geburt saß sie in einem Greyhound-Bus, in der Hand ein Ticket nach New York.

43

»**Das Böse** verlernen, das ist schön«, sagt Sidney zu Amor. »*Die Liebe deckt viele Sünden zu,* sagte schon Petrus.« Sie sind in der Küche, Sidney schneidet Salat, Amor hat eine Vinaigrette angesetzt. Er findet es beachtlich, dass er bleiben kann, obwohl John bald erscheinen wird. Er erwartet nicht, dass Sidney die Vorkommnisse zwischen ihnen vor John verheimlichen wird. Dafür besteht keine Notwendigkeit. Genauso wenig, wie es für John und Sidney vermutlich keinen Grund gibt, etwas vor Charles geheim zu halten. Jede und jeder hat seinen eigenen Kosmos, so kommt es Amor vor. Sidney scheint souverän und ohne einengendes Regelwerk zu leben. Sie und die anderen und die Beziehungen zwischen ihr und den anderen. Sehr frei und offen, der Liebe verpflichtet. Amor ist da in etwas hineingeraten. Wenn es schlecht läuft – oder nach den hier herrschenden Regeln: normal läuft –, wird er wie ein Meteor vorüberziehen und in den Tiefen des Weltraums verschwinden. Es fühlt sich an, als habe es unter diesen Umständen wenig Sinn, sich etwas vorzunehmen. In diesem Moment allerdings verspürt er den Wunsch, Sidney festzuhalten und ihren Nacken zu küssen. Sie dreht sich rasch zu ihm um und küsst ihn auf den Mund. Dann reicht sie ihm die Teller mit der Bitte, den Tisch zu decken. Sie hat frische Bärlauchnudeln aufgesetzt, die gleich gar sein werden. Dazu gibt es den Salat.

Das Gartentor quietscht, wenig später kommt John herein. Er hat seine Segeltasche in der Hand und trägt noch die Gummischuhe vom Segeln.

»Hallo, Amor!« John begrüßt den Nachbarn und küsst Sidney auf die Wange. Sie streicht ihm über den Rücken.

»Ist Warren nicht hier?«, fragt John. »Ich glaube nicht«, antwortet Sidney. »Ich weiß nicht genau.« »Ich habe ihn vorhin getroffen«, sagt Amor. »Er wollte zu einem Fotografen, der oben an der Terrasse wohnt.« »Okej«, singt John. »Dann ist er wohl auf Recherche.« »Was recherchiert er?«, fragt Sidney. »Woher die Postkarten kommen. Genauer gesagt: von wo sie aufgenommen wurden.« »Warum das denn?« »Es hat uns interessiert. Sie scheinen alle von hier zu stammen.« »Ihr wollt herausfinden, wer sie schickt?« »Im besten Fall ja.«

Sidney sieht John an. »Wenn ihr es erfahrt, fragt mich vorher, ob ich es wissen möchte.« »Okej. Das machen wir. Aber wir sind noch nicht sehr weit.«

»Worum geht es?«, fragt Amor. »Sidney bekommt seit Jahren Postkarten, anonym. Wir haben neuerdings die Vermutung, dass sie von hier kommen.« »Hier aus dem Ort?« »Ja.« »Hast du hier Bekannte oder Verwandtschaft, Sidney?«, fragt Amor. »Bestimmt gibt es welche, von meinem Vater. Der kommt ja von hier.« »Und von denen ist es niemand?« »Das weiß ich nicht, ich kenne sie nicht, wir haben keinen Kontakt.« »Vielleicht will ja einer oder eine von denen dich kennenlernen.« »Das ginge direkter. Was soll dieses wunderliche Vorgehen? Anonym! Eine Kontaktaufnahme stelle ich mir anders vor.«

»Kommen die Karten zu bestimmten Zeitpunkten?«, fragt Amor. »Sie kommen jedes Mal mit so viel Zeit dazwischen, dass uns nichts Besonderes aufgefallen ist.« »Ich kann sie mir gern einmal ansehen, mit Bildern kenne ich mich ja aus, auch mit Fotografie.« »Okej, Warren kann dir den Kasten mit den Karten gern rüberbringen.« »Soll er machen.«

»Lasst uns jetzt essen«, sagt Sidney.

»Ich rufe schnell Warren an und frage, ob er bald kommt«, sagt John.

44

Conradi ist noch einige Tage in Tansania geblieben. Der Ort kommt ihm wie aus der Zeit gefallen vor. Die Gäste pflegen eine postkoloniale Höflichkeit und Gelassenheit miteinander. Wenn Conradi die Ehefrauen ansieht, gibt es eine Finch-Hatton-Distanz und zugleich Verheißung. Wenn ihre Ehemänner auf die Großwildjagd gehen oder auch nur auf Safari, ist diesen Ladys nach Ablenkung. Der Ort ist überschaubar und die Situation auch. Das Personal ist zuvorkommend und taktvoll verschwiegen.

Conradi ist ruhiger geworden, die Denkräder drehen sich langsamer. Eine große Idee ist ihm noch nicht gekommen. Aber er gestattet den Dingen, sich zu entwickeln. Sie müssen es gar nicht unbedingt. Vielleicht geht er gerade den klammheimlich ersehnten Schritt, einfach ein wohlhabender Mann zu sein. Und nichts weiter.

Tatsächlich hat er Amor mit Western Union 100.000 US-Dollar angewiesen. Er musste das Geld splitten und zweimal 50.000 einzahlen. Die Kontonummer hat er Amor über Telegram geschickt. War das sicher oder ist die Nachricht jetzt im Umlauf? Amor kann sich das Geld bei der Hamburger Postbankfiliale in seiner Nähe auch bar abholen. Allerdings immer nur 6200 Euro, so sind die Länderregeln.

In diesen Tagen führt Conradi das entspannte Leben eines Mannes mittleren Alters. Ein Leben, das nicht mehr um die Beschaffung des Nötigsten kreist, sondern um das Verwirklichen von Möglichkeiten. Es kommt ihm vor wie ein neuer Aggregatzustand. Damit einher geht eine reizvolle Art von Ehrgeizlosigkeit. Es bedarf keines Zieles für den nächsten Tag. Was waren gleich noch mal Termine? Ist nicht vorsätzliches und entspanntes Nichtstun die wahre Kunst? Bei diesem Gedanken muss der Galerist grinsen. Und er lacht, als er begreift, dass nicht einmal solche klugen Fragen noch von Interesse sind.

Conradi wird klar, dass dieser neue Zustand sich bereits seit einigen Tagen bemerkbar macht. Der frühere Planer und Hektiker Conradi existiert jetzt in einem Kokon von Unaufgeregtheit, aus allen Körperfunktionen ist die frühere Anspannung gewichen. Jahrelang war er pausenlos auf dem Sprung, jetzt bleibt er mit beiden Füßen auf dem Boden und kommt sich dabei nicht kleiner vor. Keine Befürchtung mehr, etwas zu verpassen. Hat er dazu erst nach Afrika reisen müssen? Hat er dazu erst diesen Coup in Szene setzen müssen?

Selbst diese Fragen beschäftigen ihn nicht wirklich. Sie steigen kurzzeitig auf wie heller Frühnebel und verlieren sich in Minutenschnelle mit der aufgehenden Sonne.

Er ist froh mit dem, was ist. Und spürt den kleinen Reiz, auszuprobieren, ob er diesen Zustand auch woanders erleben kann. Funktioniert das neue afrikanische Gefühl auch als Exportartikel?

45

Warren hat die kleine hölzerne Eingangsbrücke überquert und geklingelt. Der schmale Mann, von dem ihm gesagt wurde, er sei ein Meister der Fotografie und würde seit Jahrzehnten hier fotografieren, öffnet. Er hat ein rundes Gesicht, ist sicher 60 Jahre, vielleicht etwas älter.

»Ich wollte Sie gern etwas zu einigen Fotos fragen …« »Ja, was denn?« »Darf ich reinkommen?« Der Mann zögert. »Ja, komm rein.« Warren folgt ihm in die Etage, die gegenüber der Eingangstür liegt. Das Haus steht an einer sehr exponierten Stelle am Steilhang, der zum Uferweg hinunterführt. Von hier hat man einen weiten Blick über das Wasser, hinauf und hinunter in Richtung des Flusslaufs und auch hinüber auf die gegenüberliegende ferne Uferseite. Eine begnadete Stelle zum Fotografieren.

Der Mann führt Warren an einen kleinen Tisch. Warren holt Postkarten aus seiner Tasche und hält sie dem Mann hin: »Es geht um diese Ansichtskarten und Motive.« Der Mann nimmt die Karten entgegen, sieht sie durch. Danach beginnt er von vorn und schaut sehr intensiv. »Das sind alles Motive von hier. Ich kann dir ziemlich genau sagen, von wo sie fotografiert sind.« »Und welche Orte sind das?« »Das Foto mit den Kirchtürmen zum Beispiel vom Turm des Restaurants. Man hat von dort einen überraschenden Blick nach Osten, quer über die ganze Stadt. Bis zu den Kirchtürmen und noch sehr viel weiter, je nach Wetter und atmosphärischen Bedingungen. Den Ort haben schon immer Fotografen genutzt.« »Und die anderen?« »Sind zum Teil von der Höhe gemacht, auf der wir uns jetzt befinden. Andere auch vom

Ufer, vom Leuchtturm oder vom Anleger. Sie sind alle von hier. Woher hast du diese Bilder?« »Sie gehören meiner Mutter. Genauer gesagt wurden sie ihr geschickt. Haben Sie eine Idee, wer die Fotos gemacht haben könnte?« »Nun, zum einen ich selbst.« Warren staunt. Der Mann fährt fort: »Aber ich war es nicht.« »Wer dann?« »Schwierig zu sagen. Es könnte eine Nachbarin sein. Sie wohnt drei Häuser weiter, neben den beiden alten Fachwerkhäusern.« »Und wer ist diese Frau?« »Eine ältere Dame, in den Sechzigern.« »Und die fotografiert?« »Zumindest kann sie es. Ich sehe sie manchmal mit einem Fotoapparat. Mich wundert aber, dass sie diese Motive hingekriegt hat. Dafür muss man zu besonderen Tageszeiten draußen sein. Da habe ich sie nie getroffen.« »Gibt es sonst jemanden, von dem die Motive sein könnten?« »So eine Sonnenaufnahme bekommt man im Sommer nur vor fünf Uhr morgens hin. Dafür wird niemand kilometerweit anreisen. Aber wer weiß, vielleicht ist es jemand, den ich nicht kenne...« »Und die Frau, die Sie genannt haben, kennen Sie sie?« »Nein, wir haben keinen Kontakt. Sie scheint ohnehin wenig Kontakte zu haben. Aber das mag auch täuschen. Man kann sich ja ganz gut in den Treppen verkrümeln. Man sieht nur, wen man sehen will.«

Warren setzt noch einmal nach: »Und Sie sind sicher, dass es nicht Ihre eigenen Fotos sind?« Der Mann lächelt. »Junge, ich kenne meine Werke. Ja, da kannst du sicher sein.« Offenbar ist er über Warrens Frage und Misstrauen amüsiert. Warren bedankt sich: »Das war spannend!« »Wenn es wichtig ist, könnte ich herausfinden, wann das Foto mit den Kirchtürmen gemacht wurde. Der Tag ist schnell herauszubekommen, denn nur einmal im Jahr stehen die Kirchtürme so vor der aufgehenden Sonne. Das Jahr selbst wird schon schwieriger, aber auch da gibt es in den letzten Jahren nicht viele Möglichkeiten. Wann wurde denn diese Postkarte verschickt? Wenn wir das wissen, können wir die Jahre danach ja schon ausschließen …« Der Mann macht eine kleine Pause: »Weißt du was, lass mir die Postkarte hier, dann kann ich in Ruhe schauen …« Warren überlegt, dann gibt er ihm die Karten. »Ich bin gespannt. Ich schreibe Ihnen meine Handynummer auf, es wäre nett, wenn Sie mich anrufen würden, sobald Sie etwas finden.« Der Mann reicht Warren Papier und Stift. »Mache ich gern. Sag mir doch zum Abschluss noch, wie du darauf gekommen bist, mich zu fragen?« »Der Tipp kam von unserem Postboten, von Holger. Er meinte, dass hier ein Fotograf wohnt, der uns weiterhelfen könne.«

»Na, dann richte Holger meine herzlichen Grüße aus. Ich kenne ihn nicht persönlich, aber man hört ja einiges über ihn.«

46

Die Frau schiebt ihr Fahrrad, zwei Hunde begleiten sie. Der eine gehört zu einer Drahthaar-Rasse, vielleicht ein Vizsla, das Tier ist schon alt. Der zweite ist ein Dackel, glatthaarig, auch nicht mehr jung, aber besser auf den Beinen als der andere, dem sein Alter bei jeder Bewegung anzusehen ist. Der alte Hund taumelt. Vielleicht ist er schon seh- oder hörgestört.

Die Frau kommt über den gepflasterten Weg, der vom Vorland des Ufers zurück zum Rondell führt. Sie schiebt ihr Rad den leichten Anstieg hinauf. Unter den Bäumen links von ihr sitzt ein alter Mann auf der Bank. Die Frau hält inne. Sie mustert den Mann, der eingenickt zu sein scheint. Neben ihm an der Bank lehnen zwei Gehstöcke. Sein Mund steht offen, das Kinn hängt etwas herab, sein Kopf ist zur Seite geneigt. Er trägt einen dunklen leichten Mantel, der bis zum obersten Knopf geschlossen ist. Er scheint tief zu schlafen.

Die Frau geht auf den Mann zu. Seine Haltung ist vollkommen ohne Spannung, der gesamte Tonus ist entwichen. Herbert Liebermann ist auf der Bank am Rondell gestorben.

47

Sidney, Amor und John sitzen noch am Küchentisch, die Männer sind aufmerksam miteinander. Dass John die älteren Rechte hat, ist für Amor gesetzt. Was dies praktisch bedeutet, ist ihm allerdings nicht klar. Im Hinblick auf Sidney ist es zudem ein überholtes Denken. Niemand soll glauben, Ansprüche auf sie oder an ihr zu haben. Doch Amor hat sich in ein Sidney-Amor-Bild eingesponnen. Er kommt aus der Gefühlsschleife nicht mehr heraus und kann sich nicht erinnern, wann ihm das zuletzt so intensiv widerfuhr. In der Schulzeit? In der Studienzeit? In einer Zeit, in der die Dinge nicht festgelegt waren?

Weiß John von seinem Zusammenkommen mit Sidney? Sein Instinkt sagt ihm, dass Sidney und John offen miteinander umgehen und solche Romanzen zum Verständnis ihres Lebens gehören.

Aber er weiß es nicht mit Sicherheit. John strahlt eine Präsenz aus, die nicht gewalttätig ist, aber das Potenzial auf jederzeitige Aktion oder Reaktion besitzt. Was für eine Schulung mag John hinter sich haben? Er ist von extremer Gegenwärtigkeit und nicht zu überrumpeln. Nicht von unsereinem, sagt sich Amor, der mit körperlichen Auseinandersetzungen keine Erfahrung hat. Das waren bei ihm immer nur Fantasien. Er hat nie zugeschlagen, ist nie in die Situation gekommen. Es waren nur Aufwallungen, Aggressionen, fantastische Eruptionen, fantasierte Lavaausbrüche.

Hat John schon einmal getötet? Amor weiß es nicht. Hält das aber für sehr wohl möglich. John ist zu vielem bereit, das sagt Amors Gefühl.

»In diesem Haus ist ein Mord geschehen«, sagt John jetzt. Und zu Amor: »Weißt du darüber mehr?« »Ich weiß wenig. Ich war damals noch sehr klein, drei oder vier Jahre vielleicht. Wir wohnten oben im Dorf. Als wir herzogen, lag die Geschichte noch in der Luft. Auf mich als Kind wirkte sie irritierend. Meine Mutter hatte nicht die Gabe, mir Dinge zu erklären, die mich bedrückten, sie schob sie mehr schlecht als recht beiseite. Von meinem Vater kam dazu gar nichts. Die beiden Familien, die hier und gegenüber wohnten, sind nach dem Vorfall weggezogen. Das Ereignis hat das ganze Viertel traumatisiert.«

»Und die Attentäter? Was wurde über sie gesagt? Und über ihre politischen Motive?« »Die Attentäter? Ich weiß nur, dass eine davon aus dem Viertel kam. Später fragte man sich hin und wieder, was aus ihr wohl geworden ist. Festgenommen wurde sie nie.« Sidney hört aufmerksam zu: »Weißt du, wie sie hieß?« »Stenger? So ähnlich. Ich weiß das nicht mehr.«! »Und ihr Vorname?« »Irgendwas mit A vielleicht… Alma?« Sidney lässt den Namen nachklingen.

»Die Angehörigen der einzelnen RAF-Generationen sind sehr unterschiedliche Wege gegangen. Es gab Verhaftungen, Erschießungen, Selbsttötungen, Wechsel der Identitäten, DDR-Wohnsitze und sicherlich noch weitere Varianten, gerade wenn die Personen aus wohlhabenden Vierteln wie diesem stammten. In manchen Fällen statteten wohl die Familien ihre verlorenen Töchter oder Söhne mit einer neuen Identität und ausreichend finanziellen Mitteln aus. Nachweisen lässt sich das nicht. Klar ist nur, dass solche Personen verschwunden blieben.« Sidney sieht zu John, der das neu angelesene Wissen für sie zusammengefasst hat.

»Das sind nicht wirklich meine Themen«, sagt sie.

Sie legt ihre Hand auf die von John, lehnt ihren Kopf an seinen Kopf. Sidney sucht Johns Nähe, Amor sieht es. »Amor, magst du uns entschuldigen? Ich glaube, ich möchte mich hinlegen.«

Sidney bestimmt, was geschieht.

Amor würde sie gern zum Abschied küssen. Er tut es nicht.

48

Die Frau ist den Uferweg entlanggefahren. Ihre Hunde laufen neben ihr her, der ältere mit großer Mühe. Der Abend ist mild, die Sonne vor Kurzem untergegangen. Der Fluss liegt in sommerlicher Abendstimmung, es ist wieder fast windstill, nur die Schiffe verursachen Wellen, die am Ufer entlangprasseln, wenn sie auf den Strand stürzen. Wie ein Reißverschluss ohne Gegenstück.

Die Frau passiert das Betonpodest, auf dem die Jollen liegen. Die große Pappel reckt sich himmelhoch, unten ist sie mit ihrem uralten Stamm in den Beton und das Mauerwerk eingepfercht. Die Frau hält am nächsten Gebäude und drückt auf den Klingelknopf neben dem kleinen Namensschild LIEBERMANN.

Es dauert eine Weile, bis aus den Lautsprecherrillen eine Stimme dringt: »Ja, bitte? Wer ist da?« »Hallo, Frau Liebermann, ich habe eine Nachricht für Sie!« »Eine Nachricht? Welche denn?« »Darf ich hochkommen? Es ist persönlich …« »Wer sind Sie?« »Ich bin … eine Bekannte. Ich kannte Ihren Mann …« »Sie kannten meinen Mann?« »Bitte, Frau Liebermann. Darf ich hochkommen?«

Im Schloss der großen Haustür ertönt der Summer. Ein breiter Fahrstuhl führt in den ersten Stock, sie geht mit den Hunden hinein und fährt nach oben. Die Türen des Fahrstuhls öffnen sich, die Wände des Flurs sind in einem beigefarbenen Ton gestrichen, rechts steht eine Tür offen. In der unlackierten Kiefernholzlaibung wartet Margret Liebermann auf den unbekannten Gast, erkennbar reserviert und vorsichtig.

»Um was geht es denn?« »Darf ich kurz hineinkommen?« »Sie

haben Hunde. Wollen Sie sie mit hineinnehmen?« »Wenn ich darf?« »Sie dürfen. Wenn die Hunde sich benehmen können.« »Seien Sie unbesorgt.« »Dann kommen Sie kurz herein.« Die Frau kommt Margret bekannt vor, ohne dass sie genau sagen könnte, woher oder gar, wer sie ist.

Margret Liebermann führt die Frau und ihre Tiere in das flussseitige, große Wohnzimmer. Die Tür zum Balkon steht offen, leichter Wind bewegt die Vorhänge.

»Setzen Sie sich doch bitte. Um was geht es denn?« »Ihrem Mann ist etwas zugestoßen …« »Meinem Mann? Was ist mit ihm? Ein Unfall?« »Eigentlich ist zugestoßen falsch gesagt. Es ist geschehen … was am Ende des Lebens geschieht.« »Was meinen Sie damit?« Margret Liebermann sieht die Frau streng an. Dann verändert sich ihre Haltung, in die Strenge mischt sich ein stummes Fragen, ein leises Kopfschütteln. Die Frau wendet den Blick nicht ab. »Ich habe ihn eben gefunden.« Stille. »Er ist gestorben.«

Margret Liebermann hat die Lehnen des Sessels gegriffen und ist schlagartig blass geworden. Für einen Moment geschieht nichts. Die Frau tritt zu ihr und nimmt sie in den Arm, Margret lässt es geschehen. Kurz darauf wischt sie sich über das Gesicht.

»Wo?« »Ich habe ihn auf einer Bank am Ufer gefunden.« »Wo denn?« »Hinten am Rondell vom Uferweg.« »Wie sah er aus?« »Friedlich.« »Friedlich ist gut.« Dann sagt Margret: »Es ist zu Ende. Es ist zu Ende.«

Einen Augenblick ist es wieder still. Dann sagt die Frau: »Ein *Mensch stirbt. Und? Nichts weiter. Der Wind weht weiter. Der Fluss quasselt weiter.*« Margret Liebermann horcht auf und sagt: »*Die Straßenbahn klingelt weiter. Die Huren liegen weiter weiß und weich in den Fenstern.« »Herr Kramer dreht sich auf die andere Seite und schnarcht weiter.« »Rums! Ein Mensch ist gestorben.« »Und? Nichts weiter.« »Nur ein paar kreisförmige Wellen beweisen, dass er mal da war.«*

Margret Liebermann fragt: »Woher kennen Sie diese Zeilen?« »Von Ihrem Mann.« »Es waren wichtige, geliebte Zeilen von ihm.«

»Wer sind Sie?«

»Frau Liebermann, Sie haben jetzt sicher viel zu tun …«

»Ja. Sie haben recht. Danke sehr, dass Sie gekommen sind. Sie … finden alleine raus?«

»Gewiss. Auf Wiedersehen, Frau Liebermann.«

Die Frau schließt hinter sich die Wohnungstür und wählt für den Rückweg die Treppe. Die Hunde haben sich vorbildlich benommen.

Teil IV

49

Conradis nächste Station war Tanger. Damit war er in Sichtweite Europas, bei passendem Wetter wirklich in Sichtweite. Tarifa in Spanien liegt 40 Kilometer entfernt. Er wollte ein möglichst normales Leben führen, ohne große Ausschläge, ohne Irritationen. Es sollte keine Weltreise werden, kein Hopping von Kuba nach Buenos Aires und nach Bora Bora, Vietnam, Georgien… Es wäre möglich gewesen. Diese Orte lösen Fantasien und Erwartungen bei ihm aus, doch er wollte keine zu starke Fremdheit um sich haben. Keine Überreizung. Er wollte sich die intime und offene Situation bewahren, die er in Tansania erlebt hatte. In Tanger mietet er sich in ein überschaubares Hotel ein, dessen Service zurückhaltend, aufmerksam und umsorgend ist. Und in dem Europäer willkommen sind, einige Exileuropäer wohnen seit Jahrzehnten hier.

Die weitere Annäherung an Europa ist ein Wagnis, unter seinem wahren Namen kann er auf keinen Fall einreisen. Ihm bleibt nur die Möglichkeit, einen anderen anzunehmen. Conradi heißt jetzt Harald Lauterbach, als Wohnort gibt er die Adresse von Amors Mutter in Hamburg an. Er unterstellt, dass Amor mit offizieller Post umzugehen weiß. Aber Conradi braucht belastbare Hinweise, wer Lauterbach ist und wie Lauterbach denkt. Sein Leben als wohlhabender Mann gewährt ihm Möglichkeiten und schützt ihn. Vielleicht erwachsen dem Geld-Coup mit einer neuen Identität ganz neue Möglichkeiten. Vielleicht tun sich Optionen auf, an die er vorher noch nicht gedacht hat. Die Fragen, die sich Kaspar Conradi stellt, müssen nicht die Fragen sein, die sich Harald Lauterbach stellt. Conradi ist gespannt auf das Leben als Lauterbach.

Er hat seinen Eimer mit Goldnuggets im Wert von 100 Millionen Franken gefüllt, indem er ihn im richtigen Moment in den breiten Fluss des Geldes hielt. 100 Millionen Franken, abgezweigt von fünf Milliarden transferierten Geldes. So viel war für den Verkauf von Unternehmensanteilen überwiesen worden. Bei den amerikanischen Banken hatte er diese Tranche hinterlegen können, der Nachname Bläul war hilfreich, der eigentliche Besitzer des Geldes hatte, rein formal, ihm das Geld selbst überwiesen.

Und was waren schon 100 Millionen von fünf Milliarden?

50

Der Fotograf mailt: »Es sind tatsächlich alles Bilder von hier. Von der Flussterrasse, vom Unterfeuer, vom Anleger, vom Bismarckstein, vor allem vom Süllberg-Turm. Die Bilder der aufgehenden Sonne sind von dort oben geschossen. Quer über die Stadt. Nur an zwei, drei oder vier Tagen im Jahr sind solche Bilder möglich. Mit genau dieser Perspektive natürlich nur an einem einzigen Tag, denn die Sonne wandert ja weiter, und dann sind andere Türme oder Gebäude vor ihm zu sehen. Und nur, wenn das Wetter so gut ist wie auf diesem Bild. Auch die anderen Bilder sind sehr speziell, da ist jemand zu vielen Zeiten am Fluss gewesen. Ein Bild ist außergewöhnlich, dasjenige vom Leuchtturm im Nebel. Diese Inversionslagen haben wir nicht oft. Die Temperaturunterschiede zwischen Luft und Wasser müssen genau passen, und es darf auch kein Wind gehen, sonst würde der Nebel nicht auf dem Fluss liegen bleiben, sondern sofort verwehen. Um solche Fotos zu machen, muss man viel Leidenschaft investieren. Und zu Zeiten an den Fluss gehen, wenn alle anderen noch schlafen.«

Warren mailt zurück: »VIELEN DANK!! Kennen Sie nun auch den Fotografen?« »Da die Fotos nicht von mir selbst sind: nein. Das ist erstaunlich! Denn unsere Zeiten und Orte sind doch recht nahe beieinander.« »Vielleicht will der Kollege nicht gesehen werden.« »Ja, vielleicht. Aber warum? Fotografieren ist ja nicht verboten.«

Der Mann hat recht. Doch es wird einen Grund geben, den Warren noch nicht kennt, aber gern kennen würde. Jemand ist in seiner Nachbarschaft obsessiv unterwegs – wie der Fotograf selbst. Dieser unbekannte Mensch agiert im Verborgenen und bleibt unsichtbar. Trotz großer und gar nicht vermeidbarer Nähe zu anderen, zum Beispiel zu dem Fotografen. Bisher kennt Warren nur einen einzigen Gebrauchswert der Fotos: Sie werden an Sidney geschickt. Selbst wenn der Fotograf ihn – warum auch immer – gerade belügt, ergibt es keinen Sinn, wenn er derjenige ist, der Sidney die Fotos mit den Zitaten sendet. Seit über 30 Jahren, ein halbes Leben lang! Wozu?

Warren testet den Fotografen. »Kennen Sie Karl Marx?« »Und ob ich den kenne! Als ich jung war, gab es ja noch einen marxistischen Teil Deutschlands …« »Und Papst Franziskus?« »Ich hätte nie gedacht, dass ich mal jemand von der katholischen Kirche gut finden könnte …« Die Befragung führt nicht weiter. Offenbar sind die Namen Allgemeingut. Dennoch hat Warren das Gefühl, dass der Fotograf mehr weiß, als er zugibt.

»Haben Sie vielen Dank für die Hilfe!«

»Bitte sehr. Ist ja eine interessante Sache! Ich melde mich, wenn ich noch mehr herausfinde.«

Warren schließt seinen Mailaccount. Auf dem Weg vor dem Haus gehen viele Leute hinunter zum Fluss.

Ist etwas geschehen? Steht etwas bevor?

Oder sind es die üblichen Touristen von einem Kreuzfahrtschiff, die regelmäßig durchs Viertel geführt werden, mit einem Reiseführer vorneweg?

51

Kräftig orangefarben leuchtet die Bordwand der RIO MADEIRA. Der Containerfrachter hat seine Aufbauten im hinteren Teil und wirkt dadurch langgestreckt wie ein überdimensioniertes Motorboot. Die Farbe der Bordwand ist auffallend unbeschädigt, nur wenige Schrammen von Stahltrossen oder anderen Benutzungen sind sichtbar. Offenbar war das Schiff vor Kurzem in der Werft und wurde überholt. Der Fluss nimmt die Farbe des Schiffes auf, das Orange legt sich auf seine Oberfläche, etwas dunkler und nach unten, zum Ufer hin, langsam auslaufend.

52

Sidney liegt mit dem Kopf auf Johns Brust. »Du hast mich enteiert, Sid. Ich weiß allerdings noch nicht, wie.« »Wie meinst du das?« »Ich bin beim Sex nur noch auf dich konzentriert. Mein ganzes Gefühl geht in deine Berührung, sodass bei mir die Säfte überall zirkulieren, nur nicht mehr in den Schwanz. Der hängt nur rum und ist einsam.« Sidney hat den Kopf gehoben: »Und wie ist das?« »Irritierend. Schön und schrecklich zugleich.« »Kannst du aus dem Zustand nicht raus?« »Doch, aber vielleicht nicht mehr mit dir. Oder im Moment nicht mit dir.« »Ich bin auch irritiert, wenn dein Schwanz so schlapp ist. Aber ich vermisse auch nicht direkt etwas. Beim Tantra geht es ja darum, dass der ganze Körper fühlt, und der Orgasmus ist kein Ziel mehr. Er kann passieren, aber er muss nicht, er ist nebensächlich.« »Ich bin nicht sicher, ob wir nicht etwas verlieren. Insbesondere ich darf mich eigentlich nicht so sehr verlieren.« »Es ist intensiv und hat trotzdem etwas Gleichgültiges.« »Bist du glücklich damit?« »Ja und nein.« »Bist du unglücklich?« »Nein. Überhaupt nicht.« »Wir haben viele Möglichkeiten.« »Ja. Das war schon immer so und bleibt so.« Sidney fährt mit der Hand über Johns Brust, über seinen Bauch, dessen Muskeln wunderbar entspannt sind. Mit den Fingerkuppen streicht sie über die Lenden und berührt sehr zart die samtige

Haut seines Schwanzes. »Vergiss mich. Fühl einfach nur dich. Es geht jetzt um dich.« Sidney genießt es, John langsam anschwellen zu sehen und zu fühlen. Und schwingt sich auf ihn.

John macht sich trotzdem weiter Gedanken: »Unsere Geschichte ist ein langer Fluss. Was wir hineinschreiben, ist im nächsten Moment schon aufgelöst. Was bleibt, ist der Fluss und sein Wasser und die Erinnerung und das Morgen und neues Wasser. Der Fluss bleibt Fluss, strömt und steht still, wendet sich und fließt weiter.«

»Ich muss an Jackie denken«, sagt Sidney. »Wie es ihr wohl gerade geht am Missouri?«

»River«, sagt John.

53

Das Rondell ist ein schöner Platz. Die Bäume beschirmen die Bänke, die im Halbkreis aufgestellt sind, sodass man mit dem Gesicht zum Fluss sitzt. Ein Mann hat sich neben den Toten gesetzt, auch er ist sehr alt. Er trägt einen dunkelblauen Marinemantel, ein leichtes schönes Tuch. Seinen linken Arm hat er um die Schulter des Toten gelegt, streicht ihm mit seinem Handrücken über das kalte Gesicht.

Ein leichter Wind weht zu ihnen hin, Blätter bewegen sich. Die Sonne steht tief, und nach links werfen die Bäume lange Schatten. Seit die Frau mit den Hunden verschwunden ist, mag eine halbe Stunde vergangen sein. Der Mann kam gleich nach ihr zu dem Toten. Jetzt sitzt er bei ihm und hält eine Art Totenwache. Nur denen, die genau hinsehen oder -spüren, fällt auf, dass der eine Mann sich nur noch aufrecht hält, weil der andere ihn stützt.

Hier muss kein Fenster für Seelen geöffnet werden, Herbert Liebermann ist im Freien gestorben. Friedlich, so darf man vermuten. Nichts deutet auf Anstrengung hin. Kein Krampf, kein Kampf, kein letztes Umherirren. Er ist die Flusstreppe heruntergekommen, hat sich auf die Bank gesetzt, hat den Fluss betrachtet und ist gestorben. Wie die alten Missouri sich, wenn ihr Leben zu Ende geht, auf einen Hügel am Ufer des Flusses setzen, der ihnen ihren Namen gab.

Jackies Urgroßvater hat es so gemacht, ebenso Jackies Großvater. Und auch die Urgroßmutter und die Großtanten. Die Kühle des großen Flusses zog auf die Hügel hinauf, getragen von einem leichten Wind. Die Sterbenden fühlten den Windhauch an den Schläfen und an der Stirn. Herbert Liebermann hat die Alten des Stammes kennengelernt und mit ihnen viel Zeit verbracht, sie eröffneten ihm eine neue Welt. Auch Margret besuchte oft Jackies Familie, verstärkt, nachdem Sidney fort war – erst, um sich zu versichern, dass der Enkel gut aufgehoben war, danach, um sich an seinem Werden und Wachsen zu erfreuen.

Die Alten sind in die Jagd- und Fischgründe zurückgekehrt, aus denen alles Leben einst kam. Ins große Einerlei, wo das Leben wieder zu Unleben wird. Sie sind eingehüllt ins allergrößte Rätsel: woraus alles kommt und wohin alles geht. Wo das große Wunder des eigenen Lebens Geschichte geworden ist. Herbert Liebermanns Geschichte ist gelebt. Der Mann neben ihm zollt ihm Respekt, schützt ihn im Über- oder Nachgang. Denn seine Lebensreste sind nun wehrlos. Es ist wichtig, dass sie beschützt werden.

»Ich danke dir«, sagt Margret Liebermann, leise ist sie von der Seite an beide herangetreten. Der Mann erhebt sich und geht Richtung Flusstreppe davon, er steigt die Stufen hinauf, dann verschlucken ihn die Biegung und der Anstieg des Weges. Margret küsst ihren Mann auf die Stirn: »Du hast es geschafft, Herbert«, sagt sie und beginnt still zu weinen.

Bald wird der Bestatter kommen. Es ist ein Wunder, dass Herbert hier so lange sitzen konnte. Das ist dem Mann zu verdanken, der gerade verschwunden ist. Ein sehr alter Mann, vielleicht noch älter als Herbert. Er hatte volles, weißes, nach hinten gekämmtes Haar.

Margret kennt ihn natürlich, und auch Herbert hat ihn gekannt.

54

Seitdem Conradi mit seinem Lauterbach-Pass reiste, gab es keine Probleme. Er war sogar in Paris und London, ohne bei Kontrollen aufzufallen. Aber es dauerte einige Zeit, bis sich in den großen Städten die Selbstverständlichkeit einstellte, die er aus Tansania und Marokko gewohnt war. In Europa wurde ihm das Leben schon wieder zu vertraut. Er kannte die Städte und ihr Leben. Es gelang ihm nicht mit der afrikanischen Leichtigkeit, sich dort hineinzufinden, wo er gelandet war. Von Station zu Station wurden die letzten Aufenthalte in Europa zur verbissenen Suche nach den jüngst genossenen Bedingungen, die er nicht gleich wieder verlieren wollte.

Drei weitere Versuche unternahm er noch, diesmal bewusst außerhalb der Metropolen. Conradi war im englischen Cornwall, auf den schottischen Orkneys und schließlich im dänischen Bornholm. Er reiste nach Land's End und auf die Inseln in Europas Westen und Norden. Er hatte schöne Landgasthöfe und Hotels ausgewählt, aber allen fehlte die Offenheit und zeitlose Entspanntheit der Lodge in Tansania. Conradi reagierte empfindlich auf die Beschaffenheit der Orte, an denen er sich gerade befand.

Das gefällt ihm nicht. Er will nicht dauerhaft ein Suchender nach passenden Orten werden, das hat er doch gerade erfolgreich verlernt.

Er wundert sich, dass er in dieser Situation auf den Gedanken verfällt, zu Amor zu reisen.

55

»**Karl Mohr** ist tot«, sagt Sven. »Woher weißt du das?«, fragt Andreas. »Man hat ihn an der Elbe gefunden.« »Ein natürlicher Tod?« »Sieht so aus.« »Lag er im Wasser? Nach einiger Zeit gibt der Fluss die Leichen ja wieder frei …« »Ich weiß. Wenn sich genug Gas gebildet hat … Aber er war an Land.« »An Land? Am helllichten Tag? Einfach so?« »Ja. Erstaunlich, aber wahr. Er wurde da unten gefunden.« »Seit wann hatte man nichts mehr von ihm gehört?« »Seit über zwei Wochen.« »Und wo war er die ganze Zeit?« »Das weiß niemand. Die Haushälterin sagt, er habe sich nicht mehr gemeldet.« »Was sagt die Familie?« »Die haben viel zu regeln und sind gespannt auf das Testament. Keiner kennt die letzte Fassung, aber natürlich wird es eine letzte Fassung geben. Nur, wo ist sie? Und entspricht sie den Regularien und ist gültig? Karl Mohr war ein eigenwilliger Mann und hat ein langes Leben hinter sich. Ich kann mir vorstellen, dass es Überraschungen geben wird. Und dass wir damit gut zu tun haben werden.« »Weißt du mehr?« »Es wird seit Langem von diversen Affären gesprochen – Affären mit Folgen ...« »Heißt?« »Es wird mehr als die bekannten Kinder geben, die Ansprüche stellen können.« Andreas pfeift durch die Zähne: »Sehr spannend!« »Du sagst es.« »Und eine schöne Aufgabe für einen Anwalt!« »Right, man. Ich stimme dir zu.« »Mit einem schönen Streitwert.« »Auch da bist du auf der richtigen Spur. Aber wir haben Pauschalen für unsere Tätigkeiten vereinbart. Die Anwälte der unbekannten Kinder haben mehr zu gewinnen ...« »Das Unternehmen ist gesichert und die Geschäftsführungen auch?« »Das ist seit Langem geregelt, die Söhne sind ja schon am Steuer. Karl war nur noch der Alte in Hamburg, die Söhne sitzen in London und Hongkong und sind auch nicht mehr ganz jung. 70 und 68 Jahre. Es geht also schon um das Vermögen der Enkel und Urenkel. Ob man es glaubt oder nicht, Mohr hat die zentrale Firma nach wie vor als Alleineigentümer besessen, sehr old fashioned, wie man es nur von den Hamburger Kaffeebaronen kennt. Die Söhne hatten die Geschäftsführung inne, sind aber bis jetzt keine Eigentümer.« »Da steckt ja richtig Musik drin.« »Du sagst es!« »Wann ist die Beerdigung?« »Erst mal muss die Todesursache festgestellt werden und so weiter und so fort. Aber innerhalb der nächsten 14 Tage wird sie sicherlich über die Bühne gehen.« »Tout Hambourg wird kommen.« »Bien sûr, mon cher ami.«

Sven und Andreas haben sich beim Asiaten in der City kurz auf eine Mittagssuppe getroffen. Danach geht jeder wieder seiner Wege.

»Sehen wir uns heute Abend?«

»Die Tide steht nicht gut, und es kann sein, dass ich in Sachen Karl Mohr zu tun haben werde. Aber ich sag Bescheid!«

56

366 Meter lang und 51 Meter breit: CSCL VENUS ist aufgekommen. Es ist fast Stauwasser, der Fluss hat seinen höchsten Stand erreicht. Das große Schiff kann ohne Probleme in der gebaggerten Rinne fahren. Am Himmel sind weiße Quellwolken im Blau zu sehen, das Wasser des Flusses spiegelt den Himmel dunkler wider. Das große Schiff ist jägergrün, die Schlepper orangefarben. Es ist bunt auf dem Fluss. Aber immer wieder sieht man das Orange, zumindest auf Fotos, offenbar taugt es für die besonderen Aufnahmen.

57

Amors Mutter ist eine gute Sportlerin gewesen, sie war als Elbschwimmerin bekannt. Aber das praktiziert sie schon lange nicht mehr, natürlich nicht. Es ist 15 Jahre her, dass sie zum letzten Mal in die Elbe gegangen ist und sich vom Strom treiben ließ. In jungen Jahren war sie beruflich in Bern, von dort hat sie eine spezielle Technik mitgebracht. In der Schweizer Hauptstadt trifft man an warmen Tagen die halbe Bevölkerung in Badesachen auf dem Marsch entlang der Aare. Man wandert gegen die Flussrichtung, um sich später schwimmend von ihr zurücktreiben zu lassen. Seine Kleidung legt man in der Nähe der späteren Ausstiegsstelle ab oder behält sie im wasserdichten Rucksack bei sich.

Genau das machte Amors Mutter auch hier am Fluss. War das Wetter ruhig, ließ sie sich in den abfließenden Strom gleiten und mit ihm flussabwärts treiben – nahe bei den steinernen Stack- und Buhnenköpfen und immer sehr aufmerksam, ob keine schnellen Motorboote heranpreschten. Weiter unten schwamm sie Richtung Ufer, ließ sich auf den Sand spülen, entstieg dem Fluss, schritt den Strand hinauf und ging oder trabte langsam flussaufwärts zurück bis zur Einstiegsstelle. Das Wetter musste gut dafür sein, damit man sich in den nassen Schwimmsachen beim Zurücklaufen nicht erkältete.

Jetzt haben ihre Krankheiten die körperlich einst belastbare Frau so sehr im Griff, dass das Ende absehbar ist. Bevor die Multiple Sklerose diagnostiziert wurde, war bereits COPD festgestellt worden, eine chronisch obstruktive Bronchitis, die neben der zunehmenden Einschränkung der Lungenfunktion zu Parallelleiden führen kann, Herzinsuffizienz und weitere. Mit schweren und lebensbedrohenden Beschwerden kennt sie sich also aus. An keiner der Krankheiten stirbt man sofort, aber stetig nähert sich der Tod. Leonie Bleul lebt ein langdauerndes versiegendes Leben. Karl Mohr war einmal bei ihr, da flüsterte sie: »Leo ist nicht mehr.«

Inzwischen hat sie einen Symbolcomputer, mit dem sie sich verständigt, fast ist sie schon verstummt. »Karl ok?«, tippt sie gerade ein. Helena zeigt ihr den erhobenen Daumen. Sie ist gekommen, um die alte Dame ins Bad und ins Bett zu bringen. »Amor Besuch?« Helena nickt und sagt: »Ja, Amor bekommt Besuch. Ein Freund von Bornholm.«

Auf dem Bildschirm des Computers erscheint ein Fragezeichen. Helena antwortet: »Sie scheinen gute Freunde zu sein. Aber ich kenne ihn nicht.«

Helena spürt, dass Frau Bleul sich aufregt. Offenbar gefällt ihr der Besuch nicht. Weil sie ihn kennt oder weil sie ihn nicht kennt? Der Rollstuhl bewegt sich den Flur entlang und rumpelt gegen den Rahmen der Badezimmertür.

58

»**Ich habe** neulich ein Radio-Feature gehört, das bekomme ich nicht aus dem Kopf«, sagt John. »Worum ging es da?«, fragt Sidney. »Um einen Gefängnisinsassen und seine Knastgeschichte. Über 35 Jahre war er inhaftiert. Das Feature beruhte auf Interviews, die der Autor mit ihm geführt hatte, als er schon einige Zeit frei war.« »Und was hat dich so beeindruckt?« John zögert einen Moment: »Einfach seine Geschichte. Offenbar war er in einem Kinder- oder Jugendheim. Eines Nachts ist er aus dem Fenster geklettert, um einen Mann zu treffen, mit dem er sich verabredet hatte. Der Mann wartet auf den Jungen und geht mit ihm zum Strand. Der Mann vergewaltigt den Jungen, penetriert ihn. Es ist sehr schmerzhaft. Dann soll er ihm noch einen blasen.«

John macht eine Pause.

»Der Junge hat dabei dann zugebissen, hart und unerbittlich zugebissen, das abgebissene Stück ausgespuckt. Der Mann hat geschrien und geschrien und geschrien! Ist Richtung Wasser gelaufen. Der Junge ist zurück zum Heim gerannt, durch das Fenster zurückgeklettert und hat sich in sein Bett gelegt.« Während John spricht, hat Sidney sich an ihn geschmiegt. Sie weint. »Der Junge hat nie erfahren, was mit dem Mann geschehen ist. Er ist noch viele Male an die Stelle am Strand gegangen …«

»Wie hörte sich der Mann im Interview an?«, fragt Sidney. »Seine Stimme war nicht hart, nicht weich, nicht klar, nicht unklar. Eine normale Stimme, nicht laut.« »Weshalb kam er ins Gefängnis?« »Erst wegen Einbrüchen. Danach wegen größerer Sachen, Banküberfälle und anderes. Immer wieder. Es war sein Job.« »Hatte er Frauen?« »Ja. Er war auch jetzt wieder mit einer Frau zusammen. Rausgekommen ist er durch einen speziellen Richter. Der hat ihm gesagt, wenn er sich noch einmal etwas zuschulden kommen lässt, käme er nie mehr frei. Das hat ihn erreicht. Er wusste, ein weiteres Mal Knast würde er nicht überleben. Als er entlassen wurde, hat er sich zum Knasttor umgedreht, etwas, was keiner machen soll, er hat zurückgeblickt und sich geschworen, dass er nicht noch einmal hineingehen wird.«

»Ist er noch einmal zurückgekehrt?« »Nein … Er hat einige Jahre draußen gelebt, war Kraftfahrer, war mit einer Frau fest zusammen. Dann kam es aus irgendeinem Grund zu einem Streit mit jemandem, bei dem der andere verletzt wurde. Der Mann sollte festgenommen werden.« »Und?« »Er hat sich getötet.«

John und Sidney liegen im Bett, auf weißen Laken, die zerknüllt sind. Ihr Blick ist in die Ferne gerichtet. Wohin? In die Seele eines Menschen, der kaum eine Chance hatte. Oder sehr wenige Chancen. »Sehen wir hier das Böse, dem das Böse folgt, dem das Böse folgt? Gutes ist jedenfalls nicht zu erkennen.« Sidney sagt: »Woher sollen wir das wissen. Jede Geschichte lässt sich auf verschiedene Arten erzählen. Er hat mit seinen Frauen vielleicht gut zusammengelebt. Und fand bei allem, was er durchgemacht hat, in sich die Kraft, nicht zurückzukehren.«

Nach einer Weile sagt John: »Die deutsche RAF hat sich zum Teil aus Heranwachsenden rekrutiert, die aus Heimen kamen. Für sie war der Weg in den Untergrund vielleicht gar nicht abwegig.« Sidney sieht John an: »Aber bei dem Attentat hier im Haus waren andere beteiligt. Auch eine Frau aus dem Viertel. Vielleicht eine Schwester von mir.«

»Es gibt viele Arten, eine Geschichte zu erzählen, Sid. Und noch der hellste oder der finsterste Verlauf ändert nichts daran, dass am Ende das Ende steht.« »Trotzdem mag ich Geschichten, John, sie müssen nicht immer hell sein.«

»Ich mag sogar finstere Geschichten, Sid.«

Vor einer Weile hat Sidney ihre Hand auf Johns Glied gelegt und spielt damit. »Lass mich noch ein bisschen leben, Sid.«

Sie grinst. Ein sinnliches, elektrisierendes Grinsen. Grinst so Gwyn Paltrow? Oder Nicole Kidman? Oder einfach nur Sidney?

Jedenfalls lebt der libertäre Geist der Siebziger in ihr weiter.

40 Jahre später.

59

Die Frau ist mit den Hunden über die Treppe zur kleinen, oberen Terrasse auf dem Anleger gestiegen. Der ältere Hund zieht sich mühsam Stufe für Stufe nach oben. Der Dackel hoppelt auf kurzen Beinen hinauf. Ihr Fahrrad hat die Frau unten stehen gelassen. Sie lehnt sich an das stählerne Geländer, beobachtet das Treiben auf dem Ponton. Es wird gegessen und getrunken und geplaudert. An kaum einem Tisch ist es ruhig, hier oben sehr wohl. Nur wenige kommen herauf.

Warren sitzt am Ende des Anlegers, er sieht, dass die Frau eine Kamera mit Teleobjektiv zur Sonne ausrichtet. Aus der Distanz kann er nur die Silhouette erkennen. Es scheint so zu sein, als würde sie durch den Sucher direkt in die Sonne blicken. Das ist nicht gut für die Augen, bringt aber besondere Bilder hervor.

Warren bemerkt, dass der Fotograf, der ihm bei den Bildern half, die breite Gangway zum Anleger hinunterkommt. Offenbar ist es die Zeit für besondere Fotos. Erst tritt er an den Rand des Pontons, blickt hinab auf den Fluss und hinauf in den Himmel. Dann kehrt er um, um auf die Terrasse zu gehen.

Die Frau mit den Hunden hat die obere Plattform bereits verlassen. Warren sieht, dass sie ihr Fahrrad über die Brücke schiebt, zum Weg hinauf. Die Hunde folgen ihr.

60

»**Wie wollte** Papa denn beerdigt werden?«, fragt Sidney. »Er will in den Fluss«, sagt Margret. »Verbrannt und dann im Fluss bestattet?« »Ja.« »Ist das erlaubt?« »Nein. Wir müssen jemanden finden, der uns in seinem Boot mitnimmt, dann schütten wir Herberts Asche aus.«

»Meinst du, er ist gern gestorben?« Margret schaut Richtung Fluss. »Stirbt jemand gern? Man lebt, um zu leben. Auch wenn man lebt, um am Ende zu sterben. Ich vermute, wenn Papas Gesundheit es erlaubt hätte, hätte er gern noch ein wenig weiterleben wollen. Aber er ist nicht schwer gegangen, das nicht, glaube ich. Er saß auf dieser Bank. Friedlich? Ich weiß es nicht, aber ich glaube es. Er saß einfach da. So wie nur ein Toter sitzen kann. Ist das friedlich?« »Wo ist er jetzt?« »Was meinst du? Er ist tot. Er ist nicht mehr. Er ist nicht mehr am Leben. Steine sind von langer Dauer. Menschen nicht. Menschen sind am Leben, Steine nicht. Leben ist ein vorübergehender Zustand. Wir sind aus Sternenstaub und gehen zurück zu den Sternen.« »Lebt Almut noch?« »Wie kommst du jetzt darauf? Warum glaubst du, dass sie noch leben könnte?« »Ich weiß nicht, bis vor Kurzem wusste ich ja kaum etwas über sie. Jetzt schon. Wir wohnen in einem Haus, in dem ein Mann gewaltsam zu Tode kam. Sie hat dafür gesorgt, dass den Mördern die Tür geöffnet wurde. Macht sie das zur Mörderin? Oder hat es sie überrascht, als der Nachbar, den sie von Kind auf Onkel nannte, von ihren Mitkämpfern niedergeschossen wurde?« Margret schaut auf den Fluss, und Sidney weiß, dass alles, was ihr seit Tagen durch den Kopf geht, ihre Mutter seit gut 40 Jahren umtreibt. »Ich habe mich gefragt«, fährt Sidney fort, »ob Almut sich von Papa verabschieden wollte, wenn sie noch am Leben ist.«

»Schwer zu sagen, was für ein Mensch sie heute wäre, wenn sie noch leben sollte«, antwortet Margret. »John meint, dass eine Frau, die gesucht wird, weit weg sein kann, aber auch sehr nah. Dass sie durchaus in ihrer vertrauten Umgebung leben könnte, mit einer neuen Identität, überwiegend im Verborgenen. Nimm als Beispiel das Viertel hier. Hier wäre so etwas möglich. Wir sind dicht beisammen, aber ohne alle oder auch nur die meisten zu kennen. Hunderte von Wegen und Gängen schaffen ein anarchisches Nebeneinander. Das ist kein Straßenplan mit rechten Winkeln, klaren Hausfronten, exakten Eingängen und Möglichkeiten, auf alles zu sehen, was sich davor tut. Hier hast du gar keine Chance, alles im Blick zu behalten. Hier geht große Nähe mit großer Distanz zusammen. Daran sind wir gewöhnt, das weiß man, darüber denkt niemand nach. In manche Winkel sieht man nicht hinein, niemals. Nimm die Häuser oben an der Flussterrasse, die direkt in den Hang gebaut wurden. Du gehst vom Weg in das Haus und wirst nicht mehr gesehen. Auf der Südseite hast du nur den Fluss als Nachbarn. Die Häuser unter dir können dir nicht in die Fenster schauen, sie wissen in der Regel gar nicht, wer über ihnen wohnt. Hier ist ein Paradies für jemanden, der unbeobachtet sein will. So etwas gibt es auch an anderen Orten. An der Amalfiküste, in Stockholm oder San Francisco.«

»Ihr habt euch ja viele Gedanken gemacht«, sagt Margret. »Nur ein paar. Almuts Präsenz ist für mich ja selbst überraschend. Mir kommt es vor, als sei ich ihretwegen hier, vielleicht ihretwegen in das Haus gezogen, in dem sie ihre Schuld auf sich geladen hat. Was ich nicht wusste, als wir es gekauft haben.«

Beide schauen zum Fluss, angespannt und ein wenig erschöpft, aber nicht unzufrieden darüber, die Schwesterfrage aus dem Dunkel gezogen zu haben. Nicht ans Licht, das noch lange nicht, nur heraus aus dem hermetischen Schwarz. Vor ihnen fließendes Wasser und Stille. River. Der Sonnenuntergang ist in Vorbereitung, noch taucht die Sonne nicht unter den Horizont, noch ruht sie darüber, nicht einmal rot. Sie bleibt erstaunlich hell. Ihre gelbe Farbe legt sich vergoldet auf den Fluss, der als Spiegel seine eigene Färbung hinzugibt. Himmelsgold.

Ein Schiff trennt die Flussoberfläche und hinterlässt weiße Schaumstreifen zu beiden Seiten.

61

1974 hat hier im Haus das Attentat stattgefunden. Ein Jahr später ging die deutsche Botschaft in Stockholm in Flammen auf. In den beiden Jahren darauf beendeten die prominentesten RAF-Mitglieder in Stammheim ihr Leben, erst Ulrike Meinhof, danach die anderen – was immer es war, Suizid, ein staatlich herbeigeführter Selbstmord oder doch vertuschter Mord. 1977 wurde der Bankier Ponto ermordet. Im selben Jahr traf es Generalbundesanwalt Buback. Die Attentäter glaubten, damit den Mythos von der Unverletzlichkeit des Staates, in ihren Augen des Polizeistaates, des faschistischen Staates, ins Wanken gebracht zu haben. Sie nannten das Attentat eine Hinrichtung. Niemals wurde aufgeklärt, wer auf Buback schoss.

John hat Warren auf die Geschichte der RAF in Deutschland aufmerksam gemacht. Mit der ihm eigenen Akribie folgte Warren den Hinweisen. Es gibt Material, sehr, sehr viel. Nur über eine Frau gibt es keines: die Frau, die eine Halbschwester seiner Mutter ist. Rund um den Buback-Mord stößt Warren auf Stellungnahmen, Erkenntnisse, Theorien, die besagen, dass die deutschen Geheimdienste und der Verfassungsschutz mit einigen Tätern in Verbindung standen. Gilt dies auch für Almut Renger? Zeitungsnotizen besagen, dass sie 1988 starb. Irgendwo im Mittleren Osten, die Informationen bleiben vage. Wohin geht ein Terrorist, um seine Attentäterkarriere fortzusetzen? Und eine Terroristin?

John steht hinter Warren an dessen Schreibtisch unter der Schräge im ersten Stock und legt ihm die Hand auf die Schulter. »Hast du etwas gefunden?« »Nichts, wirklich nichts.« »Dann hast du etwas gefunden. Es gibt zu allen Leuten der RAF Spuren und Hinweise. Nur zu ihr nicht.« »Was kann das bedeuten?« »Dass sie tot ist.« »Oder?« »Dass sie nicht tot ist, aber sehr klug agiert. Und dass sie über Ressourcen verfügte, um sich abzusetzen und mit einer anderen Identität zu leben.« »Mit Ressourcen meinst du Geld?« »Auch, sicherlich. Davon muss ausreichend vorhanden gewesen sein. Ich glaube nicht, dass sie wie andere in die DDR gegangen ist. Sie hat etwas ganz anderes gemacht.« »Was könnte das sein?« »Sofern sie im Land geblieben ist: sehr unauffällig leben, ohne Kontakte nach außen, keine Teilnahme an öffentlichen Anlässen, vermögend. Eine unscheinbare Person, die nicht protzt, die wenig zu sehen ist, die keine Erinnerungen hinterlässt.

Ihr Vermögen schützt sie davor, arbeiten zu müssen, ein normales Arbeitsverhältnis würde Kommunikation mit anderen erzwingen. Kollegen sind in diesem Modell undenkbar. Ich sehe eine Einsiedlerin, etwas sonderbar, sogar kauzig, aber nicht auffallend – so etwas gesteht man Vermögenden durchaus zu. Niemand wundert sich, wenn sie zurückgezogen leben. Das gehört ebenfalls zum Reichtum.« »Aber was macht sie die ganze Zeit? Mehrere Jahrzehnte? Das hört sich nach einem schrecklich einsamen Leben an.«

»Einsam bestimmt. Eine Liebesbeziehung wäre ein hohes Risiko. Die Beziehung zu ihrer Familie, wenn sie eine hat, ist ein großes Problem. Am Ende ist es fast immer die Sehnsucht danach, endlich die engeren Verwandten oder Freunde wiederzusehen, die Gejagte und Geflüchtete, ob Terroristen oder Kronzeugen, auffliegen lässt.« »Vielleicht hat sie ein besonderes Hobby oder ist eine spezialisierte Wissenschaftlerin, irgendetwas muss sie doch tun … Wo steckt sie nun also?« »Sie kann überall sein. Sie kann sich dort aufhalten, wo sie sich am besten auskennt.« »Also hier.« »Warum nicht?« »Wenn sie aber hier wäre und wir nun auch hier sind, gäbe es auch in ihrem Fall die Versuchung, mit uns Kontakt aufzunehmen?« »Wer weiß? Falls und wenn und so weiter … dann müssten wir einfach abwarten. Wenn wir schon beim Warten sind: Wo steckt deine Mutter?« »Vermutlich bei Grandma. Sie bereiten die Bestattung vor. Sidney will Grandma auch eine Trauerfeier vorschlagen.« »Das könnte ein Anlass sein, zu dem eine Person wie Almut Renger sich hingezogen fühlt.« »Aber würden wir sie überhaupt erkennen, wenn sie käme?«

John verlässt Warrens Zimmer und steigt die hölzerne Treppe hinunter, über leicht knarrende Dielen. Auf dem Holz wurden halbrunde Teppichstücke aufgebracht, damit es geschützt wird und zugleich Geräusche gedämpft werden. John kennt einen Kollegen, der sich auf Hilfe für zweite Identitäten spezialisiert hat. Seine Kunden sind Mobbing- und Stalking-Opfer, auch Flüchtende aus anderen Gründen. Solange sich die Kunden an seine Ratschläge halten, sind sie relativ sicher. Aber sie werden immer wieder sentimental, und dann machen sie Fehler.

Von der Küche aus blickt John auf das Haus von Amors Mutter.

Im oberen Stockwerk sieht er einen Mann.

Er telefoniert, Amor ist es nicht.

Teil V

62

Die großen Schiffe kommen außerordentlich nah an den Ponton mit dem Restaurant und dem Imbiss heran. Conradi hat Amor eine Nachricht geschickt. Inhalt: Er würde ihn gern treffen. Es hat einige Zeit gedauert, bis Amor verstand, dass Conradi in der Stadt ist. Er schlug den Treffpunkt auf dem Ponton im Fluss vor. Zum ersten Mal seit ihren gemeinsamen Stunden in Zürich sehen sich die Galeristen wieder.

Amor steht in der Tür des Imbisses, die kurze Warteschlange führt zum Tresen im Inneren. Conradi stellt sich hinter ihn: »Schön, dich zu sehen.« Amor sieht ihn mit einer Mischung aus Routine und Neugier an. Er ist nicht aggressiv. Was eine Möglichkeit gewesen wäre, wenn einem derjenige vor die Augen tritt, der einen in die Scheiße geritten hat. Conradi registriert, dass es zwischen ihnen weiterhin eine Basis gibt. Darüber ist er froh.

Amor fragt: »Wirst du observiert?« Conradi lacht: »Ich weiß es nicht… Vielleicht Conradi, aber nicht Harald Lauterbach.« »Lauterbach?« »So heiße ich jetzt.« Die beiden reden leise miteinander.

Ein sehr großes Schiff passiert den Ponton und sorgt dafür, dass der kurzzeitig an seinen Ketten reißt. Die Verbindungsbrücken zwischen den Pontonteilen scheuern und quietschen, bis alles schnell wieder zur Ruhe kommt.

Conradi bestellt Suppe und Weißwein. Amor nimmt ein Pils, er hat Durst. Mit den Getränken setzen sie sich auf eine Bank am Geländer, die Suppe wird gebracht. Von hier hat man einen langen Blick auf den Lauf des Flusses gen Westen. Nach links geht es in die Enge der Stadt. Gut zwei Kilometer sind es bis zum gegenüberliegenden Ufer mit dem Sperrwerk und der Werft im Süden. Der kleine Bruder des Flusses hinter dem Sperrwerk führt in die nächste kleine Stadt. Flussabwärts liegen rechts die Sandstrände, links die Inseln, weit hinten krümmt sich der Flusslauf wieder etwas nach Norden und schließt die Sichtachse.

Der Imbiss ist eine Goldgrube, der Name Imbiss eher historisch. Wegweiser: das Schild HEUTE KEINE POMMES – und heute ist immer. Ein Bonmot, ein Scherz. Und ein Markenzeichen. Das Essen ist gut, die Getränke sind es auch, alles hat seinen hohen Preis. Die Schiffe, der Warenfluss, der Geldfluss, hier gurgelt es in gar nicht kleinen Portionen in die Kassen der maritimen Betreiber. Am Fluss zu sein, hat Vorteile. Wenn das Wetter aufreißt, drängt es die Menschen in Massen hierher und an die Imbisskasse.

»Ich freu mich, dich zu sehen«, sagt Conradi. »Das Geld hast du bekommen?« »Ja, hat geklappt. Danke. – Obwohl ich noch entscheiden muss, ob du es nicht zurückbekommst. Was ist eigentlich passiert? Vermutlich ist es nicht unser Geld? Wo kommt es her? Was für Geld ist das?« »Dieser Gedanke ist etwas, woraus wir etwas machen sollten.« »Was zum Beispiel?« »Ein Gefühl. Besser gesagt: Du sollst ein Gefühl verlieren.« Amor sieht Conradi erstaunt an und gibt ihm ein Zeichen fortzufahren. »Du musst das

Gefühl für Geld verlieren. Schau dich um. Die Hälfte der Leute auf diesem Ponton hier sind wealthy men oder halb vermögend, finanziell gesettelt, sie denken in Geld, kolonisieren sich damit den eigenen Kopf. Die andere Hälfte hat ihre Zuwendungen, Einkommen, Löhne, die denken nicht in Geld, außer in dem Sinne, dass im Portemonnaie für das nächste Bier oder ein teures Glas Wein noch ausreichend Bares zu finden ist.« »Eine Antwort auf meine Frage war das nicht!« Conradi nickt: »Rechtlich gehört das Geld einem Herrn Bläul, ein glücklicher Namenszufall. Oder auch kein Zufall. Ich werde dafür verfolgt, dass ich sein Eigentum in den Besitz einer Galerie gebracht habe, die seinen Namen trägt, und den Transfer auf weitere Konten veranlasst habe. Falls ich verfolgt werde. Die Frage ist noch offen. Nehmen wir an, ich werde gesucht, dann muss ich zur Rechenschaft gezogen werden. Dann verdiene ich Strafe und soll sühnen nach unseren mitteleuropäischen Regeln. Hätte ich so ein Ding in Mexiko gedreht und einen Drogenbaron aufs Kreuz gelegt, könntest du schon in meinem Gedärm lesen. Aber Bläul – das ist eine andere Geschichte. Kennst du Bläul?« »Ich glaube nicht. Gibt es ihn tatsächlich?«

Conradi antwortet nicht und setzt seinen sprunghaften Bericht fort: »Ich habe meine Identität gewechselt, damit ich nicht zur Rechenschaft gezogen werde. Vielleicht muss ich etwas von dem Geld aufwenden, um mein Aussehen zu ändern, sodass die Gefahr, erkannt zu werden, geringer wird. Es ist ein bisschen, nun, tollpatschig, dass das noch nicht passiert ist. Wenn das Wild nicht mehr erkennbar ist und keine Spuren mehr zieht, dann kehrt Ruhe ein und die Jagd läuft langsam aus. Mit dem Identitätswechsel bin ich den Häschern erst mal entkommen, bin auf der anderen Seite aus dem Bach gestiegen, habe die Fährte der Spürhunde ins Leere laufen lassen. Weiterhin bin ich vogelfrei, weiterhin zum Abschuss freigegeben. Aber jetzt suchen sie den Falschen, Conradi werden sie nicht finden.«

»Du sprichst in Rätseln, Kaspar.«

»Ich komme zum Eigentlichen: Ich kann jetzt aufhören, in Geld zu denken. Das lege ich dir auch nahe. Versuch es. Wir sind im Herzen Künstler und denken anders, Glück hängt nicht am Geld.«

»Ich weiß noch immer nicht, was eigentlich in Zürich vorgefallen ist!« Amor mustert Conradi. Die tiefstehende Sonne lässt seine Augen grün leuchten. »Du hattest keine grünen Augen …«

»Gut beobachtet. Ich verändere mich bereits. Auch das ist eine Kunst, um in unserer alten Profession zu denken …«

John und Sidney kommen den Ponton entlang, auf der Suche nach einem Platz zum Sitzen. Sie entdecken Amor und den Mann neben ihm und gehen auf die beiden zu. »Hallo«, sagt Amor. »Das ist Harald Lauterbach, ein alter Freund.« Conradi steht auf und gibt beiden die Hand. »Freut mich.« »Hallo«, sagt Sidney. John mustert Conradi. Er hat etwas Flirrendes, Sehniges, Muskuläres. Er besitzt nicht Johns Kraft und Elastizität, aber ohne Zweifel verfügt er über ein hohes Maß an Energie. John registriert es, und ab jetzt beachtet er es.

»Dürfen wir uns zu euch setzen?«, fragt Sidney. »Ja, gern«, sagt Conradi, sieht dabei Amor kurz an. Der nickt: »Klar, setzt euch. Wir haben keine Geheimnisse.« John hält nicht viel von Sigmund Freud, aber die Freudsche Verneinungsthese teilt er. Amor hat gerade gesagt: Wir haben Geheimnisse. Nun ja.

Sidney und John setzen sich, Sidney stößt mit Conradi und Amor an.

John tut es ihr nach. River.

Der Fluss fließt.

63

Der Blick von der Flussterrasse führt weit, nach Osten wie nach Westen kann man dem Flusslauf nachblicken, kann die Wetter kommen sehen. Gegenüber weitet sich der Fluss, erstmals nach tausend Kilometern in seinem mehr oder minder engen Flussbett. Er beginnt zwischen Bergen und Hügeln und verfließt an seiner Mündung in die Nordsee.

Das Meer ist weiter entfernt, als oft angenommen wird. Die Touristen entsteigen oben im Dorf der S-Bahn, gehen durch die Einkaufsstraße und sehen, wenn sie an ihrem Ende nach rechts abbiegen, tief unten zwischen den Häusern der Hangbebauung das Wasser – nicht wenige erblicken darin das Meer, ihren Sehnsuchtsort. Mag sein, dass der Fluss gerade glitzert und das Blau des Himmels spiegelt. Aber es ist Gaukelei. Mit einem kleinen Boot ist das Meer eine Tagesreise entfernt, mit einem Katamaran des industriellen Zeitalters einige Stunden. Mit einer Schnigge oder Kogge konnte es bei Nordwestwind auch zwei Tage dauern oder gar nicht erreicht werden.

Warren erkennt gegenüber im trocken liegenden Flussboden die Riffelung. Er steht an der Terrasse – auf dem schmalen geklinkerten Weg hoch über Strand und Wasser. Die Häuser zeugen von höchster Ingenieurskunst, sie sind direkt in den Abhang gebaut, stehen auf vielen tief gegründeten Pfählen. Etwas weiter nach Westen schwenkt der Weg zurück, die Häuser stehen hier auf sichererem Grund, aber immer noch in unmittelbarer Nähe des Abhangs. Der Kampf mit dem Hang ist Thema und Aufgabe seit Generationen. Ortsbekannte Baumeister haben aus dieser Situation Kapital geschlagen und Mauer um Mauer gebaut. Immer näher rückten die Häuser an den Abgrund, um den Blick auf den Fluss zu haben. Wäre es sichtbares Gold, das die hiesigen Baumeister horteten, sähe man es aus einigen Häusern gülden blinken.

Kleine Skulpturen zieren die Tore und Eingänge. Wer hier wohnt, hält das Haus über mehrere Generationen, wenn er es kann, er pflegt das Ambiente und gibt es weiter in seiner Familie. Die meisten Bewohner sind Eigentümer.

Einst war die weiße Turmvilla hier oben ein einschlägiges Etablissement, rotes Licht grüßte zum Strom hinab. Aber kaum ein Matrose der vorbeifahrenden Schiffe schaffte es vom Hafen bis hierher. Wer verkehrte hier also? Die hiesigen Herrschaften selbst und die Herren aus der Stadt. Es gab Salons und Separées. Man hielt auf Diskretion, ohne dabei übertrieben etepetete zu werden, ganz im Gegenteil, es sollte ja handfest zugehen. Den Lauf der Libido halten weder Ochs noch Esel auf.

Fachwerkhaus, Villa, Fischerhaus, große Villa – die Gebäude stammen aus verschiedenen Zeiten und wurden sehr unterschiedlich genutzt. Heute sind es Wohnhäuser, Gewerke findet man allenfalls noch digitale.

Warren klingelt an der Eingangstür, der Fotograf hat ihm gesagt, wo die Frau mit den Hunden wohnt.

Es dauert ein wenig. Warren bemerkt, dass sich die Farbe der Linse des Türspions kurz verändert. Dann wird die Tür geöffnet, die Hunde kommen hervor und beschnüffeln ihn.

»Guten Tag, ich bin Warren Liebermann. Darf ich Sie etwas fragen?« Die Frau ist im Eingang stehen geblieben und macht weder Anstalten, herauszukommen noch ihn hineinzubitten: »Um was handelt es sich denn?« »Ich wüsste gern, ob Sie Fotografin sind? Und würde Sie gern etwas zu ein paar Fotos fragen.« Die Frau zögert, dann sagt sie: »Ich glaube nicht, dass ich dir helfen kann. Was möchtest du denn wissen?« »Ich habe hier einige Fotos vom Fluss, von denen ich vermute, dass sie von hier oben geschossen wurden…« Wieder zögert sie. »Wo hast du die Fotos denn her?« »Von meiner Mutter, sie hat sie zugeschickt bekommen, als Postkarte.« »Und wer ist deine Mutter?« »Sidney Liebermann. Wir wohnen oben an der Flusstreppe.« Warren bemerkt eine kleine Veränderung in der Haltung der Frau: »Ich kann dir da nicht helfen, tut mir leid.« »Wirklich nicht? Sie müssten nur kurz draufschauen.« »Wirklich nicht. Wie bist du überhaupt auf mich gekommen?« »Ihr Kollege, der Fotograf von ein paar Häusern weiter, sagt, die Intensität der Bilder würde er zuallererst Ihnen als Fotografin zutrauen.« »So so, Herr W. also…« »Sie kennen ihn?« »Nein, aber man liest ja alle Naslang etwas von ihm in der Zeitung, er ist ein bekannter Mann. W., der Flussfotograf. W., der den Fluss sprechen lässt. W., der den Fluss versteht.« »Er hat mir einige Fotos entschlüsselt, aber nicht alle. Es wäre toll, diejenige zu finden, die die Fotos gemacht hat.«

»Wie gesagt, Junge, ich kann dir nicht helfen. Außerdem ist mir gerade nicht nach Sprechen zumute, ich bin in Trauer.« Warren ist erstaunt über die private Mitteilung. Sie selbst vielleicht auch, denn sie schiebt gleich nach: »Entschuldige, das braucht dich nicht zu bekümmern.«

Warren nutzt die Lücke: »Es tut mir sehr leid, das zu hören. Geht es um Karl Mohr?« »Karl Mohr? Was ist mit ihm?« Die Frau ist ehrlich erstaunt. »Er ist verschwunden. Vielleicht entführt. Aber natürlich würde das die Familie für sich behalten.« Die Frau ist blass geworden. »Entführt? Aber von wem denn? Wer hätte daran ein Interesse?« »Das sagt John auch. Er sagt, das könne eigentlich nur jemand sein, der mit Mohr noch eine Rechnung offen hat. Vielleicht sogar schon seit Langem. Und dass der oder die Mohr dann wohl kaum entführen würde, aber es durchaus vorkommen könne, dass eine Leiche irgendwo liegen bleibt, weil der Mörder nicht weiß, wohin damit.« »Wer ist John?« »John passt auf uns auf.« »So so. Und erzählt euch abends Märchengeschichten.«

»Was glauben Sie denn, wo Mohr sein könnte?« Die Frau hat sich wieder gefangen. »Ich habe nicht die geringste Ahnung. Gibt es noch etwas, was du von mir wissen möchtest? Es zieht hier an der Tür.« »Nein«, sagt Warren. »Eigentlich bin ich nur wegen der Bilder hier. Entschuldigen Sie die Störung.« Sie nickt ihm zum Abschied zu und schließt die Tür.

Warren geht den Weg der Flussterrasse zurück. Einer der beiden verbliebenen Fischer hat seinen Kutter im Strom verankert und wartet darauf, dass die Strömung ihm das Wasser durch die Netze treibt und mit dem Wasser die Fische. Der blaue Kutter liegt knapp außerhalb des Fahrwassers, das die großen Schiffe nutzen.

Keine ungefährliche Situation, findet Warren, festverankert, angebunden im Flussgrund, so nah den gewaltigen Großschiffen.

64

Conradi ist Amor in das Haus von dessen Mutter gefolgt. Sie sind im Treppenhaus nach oben gestiegen, fünf Türen gehen vom Flur im zweiten Stock ab, führen in Zimmer, die zum Teil mit Verbindungstüren versehen sind.

»Meine Mutter wohnt in der ersten Etage, ebenso ihre Pflegerin. Ich geb dir hier ein Zimmer. Vielleicht das, in dem früher meine Schwester wohnte. Der zweite Stock ist von Vorteil, weil du nicht leicht vom Weg gesehen wirst. Aus den anderen Häusern natürlich, das lässt sich nicht verhindern.« Amor weist Conradi die letzte Tür zu: »Hier, das Zimmer könnte passen.« »Danke, Amor, ich hole mein Gepäck nachher vom Bahnhof.« »Und wie geht es dann weiter?« »Das besprechen wir gleich, ich will mir nur kurz die Hände waschen.«

Das Zimmer hat ein Waschbecken, am Haken hängt ein frisches Handtuch. Ein Fenster geht zur Flusstreppe hinaus, das andere zeigt zum kreuzenden Weg. Überall sind die benachbarten Häuser zum Greifen nah, höchstens zehn Meter entfernt. Seltsamerweise wirkt das nicht bedrängend, weil alle Häuser versetzt stehen. Hier gab es nie einen Bauplan, nach dem die Bauplätze vergeben wurden. Das Haus am Nebenweg direkt gegenüber scheint aus einer ähnlichen Bauzeit zu stammen wie das der Familie Bleul. Die anderen sind zum Teil älter.

Amor und Conradi wechseln in den großen Wintergarten ein Stockwerk tiefer, es ist eine überdachte Terrasse, von der der Blick zur einen Seite über das Tal und die Gärten geht, rechts hinunter zum Fluss. Das Haus liegt wirklich sehr schön. Trotz seiner Größe ist es eingepflegt in das Ensemble der anderen Hanghäuser. Gebäudegeschichten und Menschengeschichten sind dicht beieinander. Amor sitzt in einem der hölzernen, gepolsterten Sessel, die zum Ufer hin ausgerichtet stehen. Conradi setzt sich neben ihn. Kein Koloss aus Stahl schiebt sich gen Hafen, gerade ist der Fluss einfach der Fluss.

»Wie kam es denn überhaupt dazu?«, fragt Amor. »Ich bin bei der Suche nach potenziellen Kunden auf Dr. Bläul aufmerksam geworden. Ein wirklich honoriger und extrem vermögender Mann, beruflich erfolgreich und gesellschaftlich engagiert… Ich habe mich nach und nach in seine Aktivitäten eingearbeitet, das war nicht einfach, er agiert ja nicht sehr öffentlich. Zu diesem Zeitpunkt war es eher ein Spiel, Neugier und der Ehrgeiz, in einen geschäftlichen Kosmos einzudringen, für den keine staatlichen Grenzen existieren. Nach und nach habe ich dieses und jenes in die Hand bekommen, sogar Hinweise auf Transaktionen und Konten. Mit Verlaub: Es war eine Kunst! Danach habe ich einen Hacker zurate gezogen. Mit meinem Wissen und seinen technischen Fähigkeiten ist es gelungen, uns in die Transaktionen einzuschleusen, Bläul musste sie nur noch auslösen. Wir haben quasi alles vorbereitet, die Überweisungen manipuliert, die Abzweigung auf unsere Konten angelegt. Der Hacker ist ein Meister und besitzt ausreichend, nun ja, kriminelle Leidenschaft. Dann kam der Tag, an dem die Leute von Bläul die Überweisungen im Zahlungslauf auslösten. Milliarden gingen von Konten auf Konten, darunter unsere hundert Millionen Franken. Und indem sie seine Überweisungen und Vermögensübertragungen ins Rollen brachten, wurde das eine oder andere automatisch an die Galerie weitergeleitet. Dort musste ich den güldenen Strauß nur noch pflücken, vollkommen geräuschlos. Und doch war es wie Musik.«

Auf Amor überträgt sich die Erregung, die Conradi beim Erzählen verspürt, offenbar war das für ihn eine extrem aufgeladene, erotisierend zu nennende Aktion. Ein Flash, ein Feuerwerk der Synapsen. Amor muss zugeben, die Transaktion löst auch bei ihm etwas aus. Ihm ist bewusst, dass Conradi etwas Ungeheuerliches gelungen ist. Dass so etwas überhaupt machbar sein kann, ist überraschend. Aber die digitale Welt und die Welt der Geldströme sind dermaßen absurd, dass es diese Möglichkeit wohl tatsächlich gibt. Chapeau, Conradi! Ein kluger Kommentar zu den Absurditäten unserer globalen Welt.

»Hätte ich dir davon erzählen sollen?« Amor zögert mit einer Antwort. Dann sagt er: »Nein.«

Und nach einer Weile: »Was ist mit dem Hacker?« »Wie meinst du?« »Was ist mit dem? Wer weiß noch von den Transaktionen?« »Sebastian hat auch 100.000 bekommen.« »Das ist nicht viel. Da fehlt eine 0.« »Möglich. Aber er war zufrieden und ist froh, dass wir keinen Kontakt mehr haben. Er ist klug. Damit ist er raus.« »Erst mal. Er kann sich jederzeit wieder melden…« Conradi zündet sich eine Zigarette an. »Du rauchst wieder?« »Ich mache das, was mir gefällt. Ich folge keinem Plan mehr, auch nicht dem, nicht zu rauchen. So findet alles eher das rechte Maß. Es fühlt sich schön an, also rauche ich ein wenig.«

»Hattest du ein Ziel mit dem Geld?« »Natürlich! Große Dinge zu tun. Richtig etwas zu bewegen. Künstlerisch, politisch, sozial.« »Und hast du schon?« »Nein, ich bin davon abgekommen.« »Was heißt das? Wie ist jetzt der Stand?« »Überraschenderweise bin ich in einer Art Geld-Nirwana gelandet. Geld spielt keine Rolle mehr. Es ist eine Ressource, mit der sich keinerlei Inhalte verbinden. Mein Lebensimpuls ist davon unabhängig.« Amor staunt: »Bist du Esoteriker geworden?«

»Geld-Esoteriker? So wie diese Gurus mit Dutzenden Rolls-Royces und dem anderen Luxus-Spielkram? Nein. Ich habe nur aufgehört, mir Fragen nach der Verwendung des Geldes zu stellen. Mit dem Geld irgendwelche Ziele zu verbinden, dieses Bedürfnis gibt es nicht mehr.« »Deine Kosten sind aber ziemlich hoch: eine neue Identität, ewig auf der Flucht ... glaubst du denn, dass deine spirituellen Erkenntnisse den Preis wert sind?« »Wie hieß dieser englische Posträuber? Biggs? Der hat Jahrzehnte unerkannt in Brasilien gelebt.« »Und wurde dann doch gefasst. Das ist doch furchtbar, ein Leben in permanenter Bedrohung.« »Vielleicht kommt ja noch der Coup, der es wieder dreht.« »Was könnte das sein?« »Vermutlich nur etwas, das auch Bläul überzeugt. Oder das so groß ist, dass es für sich selbst spricht.« »Dann wärst du aber von deinem Weg ins Geld-Nirwana abgekommen.« »Ich hoffe, ich bekomme es verbunden.« »Und bis dahin?« »Bleibe ich ein wenig hier. Und berate mich mit dir, wenn du magst.«

Amor blickt auf den Fluss, auf das kleine Tal und auf Conradi. »Ich finde es riskant, wenn du hierbleibst. Für dich riskant.« »Ja

und nein. Vielleicht vermutet mich ausgerechnet hier niemand. Aber ich weiß es nicht sicher. Du hast recht, hier kann meine neue Identität schnell auffliegen. Das Problem sind wir beide zusammen. Du und ich, das ist zu leicht zu enttarnen. Aber ich wollte zumindest kurz zu dir kommen. Kann ich trotzdem etwas bleiben?«
»Ja, aber das sollte vorübergehend sein. Im Haus einer Bekannten meiner Mutter weiter oben an der Flusstreppe gibt es eine kleine Wohnung, ein Studio. Ich kann fragen, ob sie uns das auf Zeit überlässt. Es ist besser, wenn du nicht lange bei uns wohnst.«

65

»**Es war** gar nicht Karl Mohr«, sagt Sven, »es war ein Mann aus dem Finkental.« »Ich weiß«, sagt John, »Herbert Liebermann.« »Du kennst ihn?« »Natürlich, er ist Sidneys Vater. War.« »Das hättest du auch gleich sagen können!« »Hätte ich getan, wenn ich es gewusst hätte. Aber als du sagtest, Karl Mohr sei tot, wusste ich noch nichts von Herberts Tod.«

Sie riggen ihre Boote auf. Die Sundowner sind wieder am Fluss. Das Wasser läuft noch auf, sie warten kurz, dann geht ihre Flottille auf Kurs. Der Wind kommt von Südwest, heute werden sie dem Lauf des Flusses abwärts folgen und eine wilde, rauschende Fahrt auf zehn Kilometer Länge erleben. River! Sie werden fliegen! Sie werden die Frachtschiffe abracen, sie cool achteraus lassen. Es wird mega werden, so viel steht fest. Alle sechs sind am Start.

»Habt ihr gehört, dass schon wieder ein Toter gefunden wurde?« »Sven, der Überbringer der bösen Nachrichten…« »Wer denn diesmal?« »Karl Mohr?« »Sehr witzig! Nein, diesmal ist es eine Wasserleiche, deren Identität noch nicht geklärt ist. Man hat Schweizer Papiere bei ihm gefunden.« »Schotten, Schweizer, Litauer, Schweden. Alle ertrinken bei uns. Das ist ja fast wie in der Nachkriegszeit. Schlag auf Schlag. Der Fluss der Toten. Passt auf mit den Foils.« »Lasst uns starten, sonst wird der Wind zu schwach«, sagt Andreas.

John schiebt seine *Motte* ins Wasser, holt die Schot dicht und schwingt sich gleichzeitig auf das Gerät. Der Flug kann beginnen. Wieder geht es in die Abendsonne, die über dem Verlauf des Flusses steht.

Sie sind Sundowner.

Immer der Sonne entgegen.

66

»**Wir haben** ganz schön viele Tote hier.« »Wen denn?« Amor fragt Sidney. »Mein Vater. Der Reeder vielleicht, das steht noch aus. Und jetzt dieser Schweizer…« »Welcher Schweizer?« »Holger sagte, man hätte einen toten Mann aus der Schweiz am Fluss gefunden.« »Davon weiß ich nichts.« »Mehr weiß ich auch nicht.« Amor schaut zum eigenen Haus. Sieht er im obersten Stockwerk Bewegung? Conradi wollte sich möglichst normal verhalten, weil das der beste Schutz sei, um nicht aufzufallen. *Der Revolutionär muss sich in den Volksmassen bewegen wie ein Fisch im Wasser.*

Sagte so nicht der große Beweger, Diktator und millionenfache Mörder Mao Zedong? Laut sagt Amor: »*Die Toten sind nützlich, sie düngen den Boden.* – Zitat Mao Zedong.« Sidney sieht ihn verdutzt an. Wo kommt das nun her? Was bedeutet es? Natürlich stimmt es, sie düngen den Boden. Da kommen sie her, dahin gehen sie zurück. Staub zu Staub.

Sie sitzen draußen, auf der mit Ziegeln versiegelten kleinen Fläche vor der Küche. Die Sonne fällt durch die schlanken Tannen, die stehen gelassen wurden. In diesem Viertel kommt für jeden Baum der Tag, an dem er gefällt oder zum Streitpunkt wird. Ein hochwachsender Baum bedeutet, dass die Anwohner hinter dem Baum keinen Blick auf den Fluss mehr haben. Und es ist nun einmal der, weshalb man hier wohnt.

Diese Tannen – ausgerechnet schlichte Tannen – durften hochwachsen. Irgendwann hat sich bei diesem Haus keiner mehr um die Bäume gekümmert, es wohnte eine Zeit lang niemand hier, die Bewohner waren nach dem Attentat ausgezogen, nur weg von diesem Ort. Das war die Zeit der Tannen, sie legten sich ins Zeug und schufen einfach Fakten, sie wuchsen. Die Nachbarn passten nicht auf, dann waren die Bäume zu stattlich geworden, man durfte sie nicht mehr fällen. Dazu hätte es eines Antrags beim Gartenbau- oder Umweltamt bedurft, doch die Eigentümer waren nicht erreichbar. So steht das Haus jetzt untypisch für dieses Viertel eingewachsen da. Vielleicht war es das, was Sidney sofort mochte.

»Was ist dein Lieblingsbaum?«, fragt sie Amor. »Die Kiefer.« »Das können sehr schöne Bäume sein, finde ich auch. Sie brauchen sandigen Boden. Den haben wir hier nicht.« Nach einer Weile: »Kiefern sind wie gezeichnet. Nicht von ungefähr sieht man sie auf vielen chinesischen und japanischen Zeichnungen. Sagt der große Vorsitzende auch etwas zu Kiefern?« »Ich kenne nur das chinesische Bonmot mit dem besten Zeitpunkt, einen Baum zu pflanzen.« »Wie geht das?« »Wann ist der beste Zeitpunkt, einen Baum zu pflanzen?« »Und?« »Vor zwanzig Jahren.«

Sidney sieht zu den Tannen. »Vor zwanzig Jahren war mein erstes Kind schon vier.« »Warren ist nicht dein einziges Kind?« »Nein. Aber mein Kind mit Charles.« »Wie alt ist Warren jetzt?« »Fünfzehn. Sein Halbbruder ist vierundzwanzig.« »Kennen sie sich? »Aus den Ferien bei den Großeltern. Oft gesehen haben sie sich nicht, der Altersabstand ist zu groß.« »Hast du Kontakt zu ihm?« »Wenig. Meine Freundin Jackie schreibt mir manchmal, wie es ihm geht. Er ist bei ihrer Cousine aufgewachsen, der Vater war ihr Onkel.«

Amor wartet, bis Sidney fortsetzt: »Ich mochte ihn. Er war ein prächtiger Mann, es fühlte sich wunderbar an. Aber ich hatte noch keinen Vergleich. Ein Kind wollte ich nicht, und wer weiß, was ich getan hätte, wenn er nicht gestorben wäre. Ein Laster fuhr ihn auf seinem Motorrad an, der Fahrer war betrunken. Er war gleich tot. Ich brachte meinen Sohn auf die Welt und ging nach New York. Dort war dann Jackson. Und John. Und später Charles.

»Und deine Eltern sind in Missouri geblieben?« »Damals, ja. Und jetzt ist mein Vater hier gestorben. Am Missouri hätten sich die Alten auf den Hügel gesetzt, aber auch an den Fluss, der alles bringt und alles mitnimmt, der niemals rückwärts fließt.« »Hier fließt er hin und her, die Flut bringt das Wasser zurück.« »Ja, das ist anders, auch wenn das Wasser natürlich nicht dasselbe ist. Es fühlt sich auch anders an. Hier sind wir kurz vor dem Meer. Die

Flut bringt das Meer ins Land, das Wasser und auch Tiere. Der Fluss schafft hier andere Menschen. Und hier sind viel, viel mehr davon.« »Mehr Menschen. Und mehr Geschichten.«

Dann fragt Sidney: »Wie ist dein Vater gestorben? Er lebt doch nicht mehr, oder?« »Er hatte Krebs, doch daran ist er nicht gestorben. Wir hatten damals wenig Kontakt, als ich es erfuhr und zu ihm wollte, hat er mir den Zugang verweigert. Ich wusste, dass er oben lag, er hat mich aber nicht reingelassen.«

»War das hier, da gegenüber?« »Ja. Mein Vater ist irgendwann gestürzt, hat sich den Kopf an einem Heizungsrohr aufgeschlagen und ist verblutet. Vielleicht hat er das gewollt. Ich weiß es nicht. Krankheit konnte er nicht gut ertragen. Eine Krankheit wie Krebs sicherlich auch nicht. Damals gab es wenig Möglichkeiten der Linderung, Verlängerung oder gar Heilung. Krebs war ein Todesurteil.« »Wie das Leben.«

»Wie meinst du das?« »Das Leben ist ein Todesurteil, so ist es doch. Wer lebt, wird sterben. Leben ist die Ausnahme. Nach dem Leben sind wir wieder im Gleichgewicht mit der Natur.« »So habe ich es noch nicht gesehen.«

Amor hat Sidneys Hand gegriffen. Es ist warm in der Abendsonne, der harzige Duft der Tannen zieht zu ihnen her. »Kommt John bald?« »Ich glaube schon. Warren müsste auch bald kommen.« »Darf ich dich etwas fragen?« »Warum fragst du? Natürlich …« »Wie hältst du es mit der Liebe und mit Sex? Ist das ein Spiel für dich?« Sidney sieht ihn belustigt an: »Soll ich dich wieder beißen?« »Nein. Sag bitte, wirklich!« Sidney lächelt ihn an: »Ich bin in der Army of Love – versteh es so. Vielleicht hilft dir das … Ich finde, auch die Liebe sollte fair verteilt sein. Das bisschen Sex gehört dazu, wenn man mag. Es ist nicht so wichtig, kann aber schön sein. Findest du nicht?« Amor schüttelt den Kopf: »Du bist eine besondere Frau, Sidney. Ich bin nicht sicher, ob ich dich verstehe.«

Sidney küsst Amor zart auf den Mund, dann gehen sie ins Haus.

67

Im Schatten des Schiffes sieht das Wasser des Flusses fast schwarz aus. Kleine Lichtreflexe schaffen es trotzdem in das Dunkel. Es spiegelt vom Wasser herauf. Die Schweißnähte sind sichtbar. EVER STRONG fährt in den Hafen. Das Schiff ist schwarz gestrichen, das Unterwasserschiff zeigt ein abgenutztes Moosgrün. Nur der oberste Streifen ist zu sehen. Darunter erstreckt sich der Fluss, der das riesige Schiff trägt. Immer wieder ein Wunder der Physik.

68

Sven hat auf Holger gewartet. Er steht vor dem Doppelhaus, das weiter unten an der Flusstreppe liegt. Rechts wohnte ein alter Herr, der inzwischen ins Altenheim umgezogen ist. Seine beiden Töchter leben in Düsseldorf und Nürnberg. Der Garten unten im Tal wird nicht mehr gepflegt. Nachtkerzen haben sich ausgebreitet und recken sich in die Höhe. Vor Kurzem war der Garten noch ein prachtvoller, gepflegter Grünraum, wahrscheinlich mit Nutzpflanzen. Sicherlich hatte er selbst Gemüse gezogen. Er ist aus einem Jahrgang, der das gewohnt war. Sven steht am niedrigen eisernen Zaun, der das Grundstück abschließt.

Holger biegt, vom Nebenweg kommend, auf die Flusstreppe. Kurz darauf erreicht er das Haus des alten Herrn und Sven. Hier gibt es keine Post einzuwerfen. »Gescheites habt ihr auch nicht mehr zu verteilen, oder? Rechnungen. Werbung. Und was noch?« »Ab und zu eine Postkarte oder ein handgeschriebener Brief, aber die sind selten geworden, da hast du recht. Hallo, Sven! Ich glaube nicht, dass das Zustellen noch lange gemacht wird. Es wird sicher eingestellt.« »Dann müssen sie dir einen Job beim Quartiersmanagement andienen. Du bist doch der, der hier wirklich Bescheid weiß und viele soziale Dienste übernimmt.«

Holger geht mit seiner prallen Ledertasche weiter und Sven geht mit. Auf der rechten Seite folgen noch zwei Häuser. Eines ist sehr verfallen, das daneben stattlich, gut erhalten und solide herausgeputzt. Wenn man in diesem Viertel genauer hinsieht, entdeckt man teure Details, Marmor und Granit bis zum Abwinken, aber man sieht ebenso den Verfall. Es gibt Häuser, an denen hinter hohen Hecken der Putz am Mauerwerk blättert. Fortgeschrittene Zersetzung und stetiges Verschönern stehen dicht nebeneinander.

Holger fragt: »Was willst du eigentlich?« »Etwas von Karl wissen.« »Was ist denn mit ihm?« »Genau das will ich wissen.« »Und was hat das mit mir zu tun? Warum lauerst du mir auf?«

Sven folgt Holger die Stufen zu der Turmvilla hinauf. Hier wird nicht geprotzt, das Haus selbst ist ein Statement von ebenso altgedienter wie aktueller Wohlhabenheit. Hier bröckelt nichts, kein

Verfall ist zu entdecken. Ihre Schuhe laufen über abgetretenen Granit, schon früh wurde für das nächste Jahrhundert gepflastert.

»Und nun, Herr Anwalt?« »Wir klingeln.« »Na«, sagt Holger, »dann mach! Ich muss nicht klingeln. Ich kann die Post auch so zustellen.« Sven betätigt den Summer neben dem Klingelschild ohne Namen. »In den letzten Tagen ist niemand zu Hause gewesen. Das kannst du vergessen.« »Ich denke, er hat Personal?« »Klar. Aber vielleicht hat er ihnen freigegeben.« »Freigegeben, wenn er tot ist?« »Oder davor. Oder er ist nicht tot, aber wo steckt er dann?«

Sven stellt sich auf die Zehenspitzen, um in die Erdgeschossfenster hineinzusehen. Er blickt in die große geflieste Küche, sieht den mittig stehenden Arbeitsblock, mehrere Herde und andere Gerätschaften und Arbeitstische rundherum an den Wänden. Im hinteren Teil sieht man einen Essensaufzug, wie er früher in vornehmen Häusern üblich war. Die Küche macht einen sauberen Eindruck, vor Kurzem noch gewienert oder länger unbenutzt.

»Sie könnten auch oben sein, mit der Weisung, nicht aufzumachen«, sagt Holger. Über die üppige Grundfläche erheben sich drei Etagen, die zunehmend schmaler werden und in einen mächtigen Turm münden, dessen Dach mit dunkelroten Pfannen gedeckt ist. Am Mast weht die Flagge der Reederei. Zu sehen ist auch oben niemand, allerdings hat man von unten keinen Einblick in die oberen Räume, dafür sind die Fenster zu hoch. »Warum sollten sie eine solche Weisung haben«; sagt Sven. Einblick hat man auch von anderen Orten nicht. Das Haus steht auf einem Höhenkamm neben dem kleinen Tal, vor dem Haus fällt das Gelände relativ steil zum Ufer ab. Eine einzigartige Villa an prächtiger Stelle, der

Ort wurde mit Sinn für Symbolik und Verstand für die geologischen Möglichkeiten gewählt. Wer hier wohnt, beherrscht das Tal und kontrolliert den Fluss.

»Du hättest im Prinzip einen Schlüssel für das Haus, richtig?« »Du meinst, für das Haus Mohr?« »Ja.« »Das ist richtig, ich habe einen von der Haushälterin bekommen, falls sie mal weg ist und Mohr ebenfalls. Für alle Fälle.« »Okay.« »Was heißt okay?« »Für den Fall, dass wir, also die Familie, weiter im Dunkeln tappen, werden wir dich bitten, mit uns ins Haus zu gehen. Auf Veranlassung der Familie sozusagen.« »Ihr habt sie wohl nicht alle!« »Nur für den Fall der Fälle.« »Welcher Fall soll das sein?« »Dass Karl auch in den nächsten Tagen nicht auftaucht.«

Holger winkt ab und geht mit seiner Ledertasche die Stufen zum Weg hinunter. »Ich muss los, sonst bin ich um drei noch nicht fertig…« »Ich melde mich, wenn es nötig ist.« Sven lässt nicht locker. Holger zuckt mit den Schultern und geht in seiner bekannten, nach vorn gebeugten Haltung durch die Gartenpforte auf das Haus gegenüber zu. Hier ist vor nicht langer Zeit eine junge Frau zu Tode gekommen. Warum? Wie kam das? Niemand weiß es mit Sicherheit.

River! Der Gott des Flusses und der Menschen sei mit ihr.

Dies ist das Viertel der Toten und der Lebenden.

69

Warren sitzt vor seinem Computer und zeigt John eine Karte: »Darauf habe ich verzeichnet, wo ich Kaspar Conradi gefunden habe. Das Netz hilft uns, weil es die neuen Einträge vor die alten setzt. Da ist es unerbittlich. Altes muss man suchen, Neuestes drängt sich auf. Und wir wollen von Conradi ja das Neue erfahren.« »Was ist es? Wo ist er?« »Den Ausgangspunkt kennen wir durch die Videos, ich habe also nach Sizilien und nach Spuren in Afrika gesucht.« »Das ist schlau. Afrika ist der Kontinent, auf dem man am besten verschwinden kann.« »Er war in Tansania, in Burkina Faso und in Marokko.« »Was hat er da gemacht?« »Erst war er in einer Safari-Lounge, hat aber kaum Safaris gemacht.« »Woher weißt du so was?« »Wenn man jemand gefunden hat, kann man ja auch anrufen … Die Hotelleute haben sehr freundlich über ihn gesprochen.« »Und was hat er in Burkina Faso gemacht? In einem der ärmsten Länder der Welt.« »Er hat ein Kunstprojekt besucht, das OPERNDORF, initiiert von einem verstorbenen deutschen Künstler.« »Okej, das ist interessant. Das wäre eine gute Möglichkeit, Geld unterzubringen …« »Er war ein paar Tage da, ich kann aber nichts Genaues herausfinden.« »Und dann Marokko?« »Tanger.« »Ein Klassiker. Er ist ein Romantiker. Da waren einige Künstler. Ich kenne vor allem die amerikanischen, Paul Bowles zum Beispiel. Seine Autobiografie heißt *Without Stopping* – vielleicht ist das das Motto von Conradi.« »Es scheint genau anders zu sein – er hat gestoppt oder er ist sehr gut verschwunden, nach dem Aufenthalt in Tanger habe ich keine Spuren mehr gefunden. Nichts, gar nichts.« »Interessant. Dann hat er vielleicht seine Strategie gewechselt. Ist komplett untergetaucht. Vielleicht waren ihm die Verfolger schon nah. Oder er hat seine Identität gewechselt. Das wäre in seinem Fall ein naheliegendes Mittel.«

John hat sich in den kleinen hellblauen Sessel gesetzt, der in Warrens Zimmer steht. Das Fenster geht auf die Flusstreppe hinaus und zeigt zum Bleulschen Haus. Im obersten Stock ist ein Mann zu sehen. »Nimm den Namen Harald Lauterbach in deinen Index auf. Was kommt, wenn du das abfragst?« Warren gibt den Namen in seine Suchmasken ein, mit denen er Reise- und Hotelbuchungen, Mobilfunkverträge und Geldtransaktionen befragt. Er hat die Suchwege in langen Sitzungen eingeloggt, jetzt erhält er schnell Resultate zu den Parametern, die weltumspannenden Netze helfen mit Lichtgeschwindigkeit.

»Den Namen gibt es öfter, aber vermutlich ist es dieser.« Warren tippt in der Liste auf eine Nennung, hinter der kein fester Wohnort verzeichnet ist, er ist vor allem im Ausland aktiv. »Der Mann versteckt sich nicht.« Eine Karte öffnet sich auf dem Bildschirm und zeigt ein Liniensystem. »Da war er, alles in den letzten zehn Tagen.« John sieht einen Weg über Spanien nach Frankreich und England, zu den Orkneys nördlich von Schottland, auf das dänische Bornholm, von dort nach Schweden, dann nach Deutschland. Die Linie endet in Hamburg.

»Was denkst du?«, fragt John. »Ich sehe erst mal einen reiselustigen Menschen. Recht traditionelle Orte, aber auch ein paar außergewöhnliche, abgelegene.« »Ein Geschäftsreisender?« »Wohl kaum.« »Ein Urlaubsreisender?« »Auch eher nicht.« »Was dann? Vielleicht einer, der noch den rechten Ort sucht.« »Kann sein. Aber das weiß man nicht.«

»Mein Tipp ist: Wir haben einen neuen Nachbarn. Harald Lauterbach. Ich habe ihn heute mit Amor getroffen. Sie kennen sich gut. Und wir beide wissen, wen er gut kennt…« »Conradi?« »Such bitte ein Bild von Conradi raus.« Schnell hat Warren Fotos auf dem Bildschirm. John sieht sie sich genau an.

»Er hat ein bisschen was machen lassen, aber Lauterbach ist Conradi. Es ist eine Dummheit, dass er hier auftaucht. Wie gesagt, ein Romantiker.«

Warren blickt zum Bleulschen Haus hinüber und sieht den Mann im obersten Stockwerk hinter dem Fenster stehen. Er unterhält sich mit jemand, der ebenfalls im Raum ist. Vielleicht Amor. Aber dann kommt Sidney ans Fenster, sie entdeckt Warren und winkt ihm zu.

Teil VI

70

Das Heck des Wracks ragt knapp aus dem Wasser, der Fluss steht hoch. Der Schriftzug UWE wird immer wieder frisch auf das Heck gemalt, einige Bewohner des Viertels legen Wert darauf, dass er erhalten und sichtbar bleibt. Eigentlich steht an dieser Stelle am Schiff nur der Heimathafen, aber wenn die anderen Teile unter Wasser oder im Schlick stecken, muss man ihn hierhin schreiben. Bei sehr niedrigem Wasserstand, wenn es stark aus Osten weht, kann man durch den weichen Grund des Flussufers bis zum Wrack gehen. Jetzt ist hohes Wasser und UWE nur schwimmend oder per Boot zu erreichen. Hinter dem Wrack und dem Seezeichen, das an ihm befestigt ist, glitzert der Strom im Gegenlicht. Kleine helle Lichtpunkte verteilen sich auf seiner fließenden Oberfläche, sie spiegeln sich an der eigentlich schwarzen Bordwand des Luxusliners QUEEN MARY 2, ersetzen das Schwarz durch gleißende Helligkeit. Das Schiff hat mit 62 Metern eine herausragende Höhe. Die Masten des holländischen Traditionsseglers MARE FRISIUM ragen nicht einmal bis zur Kommandobrücke hinauf. Die QUEEN strebt dem offenen Meer entgegen, zur Weiterfahrt über den Atlantik. Southampton wird noch angelaufen, das Ziel heißt New York City.

71

»**Ich werde** zurück nach Missouri gehen.« Margret Liebermann hat Holger auf eine Tasse Kaffee hereingebeten. An sich legt er solche Pausen nicht ein oder nur sehr selten, sie rauben Arbeitszeit. Aber im Fall von Margret macht er eine Ausnahme. »Wie ist Missouri denn so, ich habe keine Ahnung…«, sagt er. »Es hat keine Ähnlichkeit mit hier, obwohl beide Landschaften von einem Fluss dominiert werden. Aber zu Hause ist es viel ländlicher. Es ist ein unglaublich weites Land, wirklich weit an manchen Stellen, wie man es aus alten Westernfilmen kennt.« Margret lacht: »Komplett ohne Containerschiffe!« »Mehr wie Dithmarschen!«, sagt Holger und lacht ebenfalls. Er vermutet, dass sein Vergleich eher lustig als zutreffend ist.

Dann fragt er: »Aber Sidney und Warren bleiben hier?« »Das weiß ich nicht, das hier ist für uns ja auch eher die Ausnahme, so nah wohnen wir sonst nicht beieinander. Insofern wäre es normal, wenn wir uns wieder trennen. Ich könnte mir vorstellen, dass sie noch eine Weile bleiben oder auch, dass sie weiterziehen. Ich weiß es nicht. Nach Missouri siedeln sie sicherlich nicht zurück, sie sind Kosmopoliten. Sidney spricht davon, dass sie nach Rom will, in die Heilige Stadt. Sie hat ja einen Sinn dafür.« »Ist sie religiös?« »Sie ist freireligiös, könnte man sagen. Glaube, Hoffnung, Liebe. *Doch am größten unter ihnen ist die Liebe* – das hat sich bei Sidney nach und nach und immer stärker herausgebildet. Erst, als sie ihren Sohn zurücklassen musste, und dann, als auch der zweite Mann in ihrem Leben unerwartet starb. Mit Charles hat sie einen Mann gefunden, dem sie alle Freiheiten gewährt und er ihr. Ihr erster Mann war ein native american, ein Journalist, der bei einem Unfall ums Leben kam. Später gab es Gerüchte, dass er einer heißen Sache auf der Spur war. Ich glaube nicht, dass Sidney das mitbekommen hat, die Fragen kamen erst auf, als sie fort war. Der zweite war ein schwarzer Revolutionär, erschossen von denjenigen, denen seine Überzeugungen missfielen. Der Gottesglaube ist Sidneys Art, mit dem allen fertig zu werden. Mit den Lebenden und ihren Toten. So denke ich manchmal. Ich freu mich, meinen Enkel in Missouri wiederzusehen. Er ist ein guter Junge, ich liebe ihn. Wie Warren auch.«

Holger hat zugehört, sich selbst aus der Kaffeekanne nachgeschenkt.

»Aber erst muss ich hier noch etwas zu Ende führen. Du weißt ja, in welches Haus Sidney gezogen ist.« »Natürlich. Ich war damals gerade neu im Dienst.«

»Sie fragt sich, ob ihre Halbschwester noch am Leben ist. Sie stellt Theorien auf, wo sie sein könnte. Ich kann mit ihr nicht darüber reden, konnte es nie. Aber ich höre ihr zu. Ihren Ahnungen, ihren Vermutungen. Ich bin sicher, dass Sidney es sein wird, die mich zu Almut führt, wenn sie noch am Leben ist.«

»Und Karl?« »Wie meinst du das?« »Könnte der nicht helfen?«

»Im Moment kann er nicht einmal sich selbst helfen. Schaust du morgen nach ihm? Nachmittags, geht das?« »Das geht, ja.«

»Was ist mit diesem Anwalt, spielt der sich weiter auf?«

»Nein, der ist erst mal ruhig.«

»Gut. Und danke, Holger.«

72

Sidney *war gerade 20 Jahre* alt *und vom Land in die große Stadt gekommen, nach New York City. Jackson hatte eine Musikkneipe in Harlem, nicht die Gegend, in der sich eine junge weiße Frau vom Land in den Neunzigern aufhalten sollte. Aber Sidney gehörte sehr schnell zu Jackson und stand unter seinem Schutz. Was alle wussten. Eine unmögliche Liaison, die zähneknirschend geduldet wurde und für Jackson nicht selten Stress bedeutete. Eine Liaison dangereuse. Hundertprozentigen Schutz konnte auch er ihr nicht geben.*

Harlem stand früher schon und auch zu Jacksons Zeit für Jazz, Gospel, schwarze Musik. Jacksons Kneipe war einer der Orte, zu denen man gehen musste, wenn man hören wollte, wohin die Musik gerade weht, in welche Richtung sie sich bewegt. Seine Kneipe war auch der Ort, wo man Waffen und Drogen bekommen konnte. Sowie Informationen der New Black Panther Party. Wenn man wusste, wen man fragen musste.

Einerseits keine ideale Umgebung für ein 20-jähriges Mädchen vom Land. Andererseits war Sidney Sidney und Jackson war Jackson. Zusammen waren sie Sidney und Jackson. Sidney hatte Lust auf Liebe und auf Jackson. Und Jackson hatte nur noch Augen für dieses weiße Mädchen, seit sie das erste Mal in seiner Kneipe aufgetaucht war. Eine gefährliche und unmögliche Situation. Zufällig? Jackson und Sidney fanden es nicht zufällig.

Dass Jackson mit Sidney zusammen war, hielten die meisten für einen Tabubruch. Warum war »der Bruder« mit einer weißen Frau zusammen? Das sollte er lieber bleiben lassen. Weiße waren in den Neunzigern in Harlem nicht gern gesehen, es war gefährlich für sie, hierherzukommen. Damals gab es 2000 Tote pro Jahr. Nummer 2001 wurde Jackson, der erste Tote im neuen Jahr. Eine Schießerei in seiner Kneipe. Jackson hatte keine Chance, sich zu verteidigen, es gab keinen Ausweg aus dem Kugelhagel, der Gläser und Spiegel und alle traf, die vor dem Tresen standen. Für die Leute aus dem Viertel stand fest, dass es sich um eine politische Aktion gegen das Wiederaufflammen der Black-Panther-Bewegung handelte.

Sidney hatte Glück, dass ein Weißer, der zu der Kneipe Zugang hatte, sie in Sicherheit brachte. Er war ein politscher Kämpfer an der Seite der Schwarzen und hieß John. Nach der Geschichte von Sidney und Jackson begann die Geschichte von Sidney und John.

Die Schöne und der Kämpfer, die fortan nicht mehr voneinander ließen. Ohne sich zu besitzen. Besitz war damals etwas Verpöntes. Und blieb es für beide.

73

Überfall auf die Postfiliale! Die Aktion tollpatschig zu nennen ist naheliegend, vielleicht aber nicht ganz zutreffend. Auch wenn Western-Union-Gelder gelockt haben könnten, waren in der Filiale keine Millionen zu holen! Dennoch waren drei Personen durch den Hintereingang im Hof eingedrungen und hatten die Postboten im unteren Stockwerk in ihre Gewalt gebracht. Die Kollegen an den Schaltern oben hatten Anweisung erhalten, alles verfügbare Geld herbeizuschaffen und in einen braunen Postsack zu packen. Es kam nicht viel zusammen, aber einige Zehntausend werden es gewesen sein. Wenn auch nur mithilfe der Pakete unten, an die Schaltergelder kam ja niemand ran.

Entführungen, Raub, seltsame Todesfälle, Einbrüche. Erpressungen, Gold- und Schmuckdiebstahl, Vermisste und spektakuläre Tresorraube. Ein bisschen was geht in der großen Stadt, zu der dieser Ort gehört, immer. Aber im Grunde sind solche kriminellen Besitznahmen keine wirklich spektakulären Fälle, wenn man weiß, was hier wirklich zu holen wäre. Da gäbe es ganz anderes. Doch das ist nicht mitnahmefähig. Was will man mit einem gekaperten Containerfrachter anfangen, der Hunderte Millionen Euro wert ist? Wohin mit dem? Reicher würde man durch ihn nicht, man würde sogar sofort ärmer. Spätestens dann, wenn der erste Tank leer wäre. Die Ohnmacht gegenüber dem unvorstellbaren Wohlstand in diesem Viertel, in Stein gebaut und auf den Konten versammelt, manifestiert sich in der Unattraktivität von Kriminalität. Aber vielleicht sieht man sie gar nicht, und die Kriminellen schlagen die Wohlhabenden mit den eigenen Waffen, geräuschlos.

Und dann passiert so etwas: Eine Postfiliale wird überfallen, als würden wir noch in der Ära der Postkutschen leben. Ein Anachronismus am helllichten Tag, wie aus der Zeit gefallen. Drei bewaffnete Personen marschieren rein, lassen sich Postsäcke mit Geld füllen und marschieren raus. Immerhin zeigen sie, dass sie wissen, wo es überhaupt noch Geldscheine zu erbeuten gibt! In die Filialen der Banken oder der Sparkasse hätten sie nicht reinzulaufen brauchen. Dort erwartete sie eine Atmosphäre wie früher bei Tchibo und Eduscho. »Latte oder Espresso? Was darf es sein?

Sehr gern!« An Geld wäre nicht heranzukommen gewesen. An die Schließfächer, ja. Aber dann wären sie nur bis vor die Schließfächer gelangt, ab dann hätten ihnen Schlüssel oder Codes gefehlt.

Millionen und Milliarden an Vermögenswerten schwimmen gemächlich in Griffweite vorbei, der Fluss transportiert und transportiert, ohne jemals müde zu werden. Und wie und wo kommt das Geld an Land? Auf Konten. Ist der Reichtum virtuell? Ja und nein. Die Bankberater machen Unterschiede zwischen denen, die haben, und denen, die nicht haben. Wo wohnt der Euro und bei wem? Das Ranking ist unerbittlich. Zum Spaß sitzen die Auszubildenden der Sparkasse als mithörende Beobachter in Besprechungen mit denen, die nicht haben. Um danach wieder an den richtigen Besprechungen teilzunehmen.

Die drei Täter hatten sich auf zwei schwarze Cross-Motorräder geschwungen, waren nach links entgegen der Richtung der Einbahnstraße abgebogen, im Slalom entgegenkommenden Autos ausgewichen, sie hatten Zebrastreifen gequert und waren die Straße hinauf, hoch in Richtung der Schulen gefahren. Dann waren sie weiter Richtung Wasserwerk und dann vermutlich in die Waldwege abgebogen. Hier verlor sich die Spur.

»Jetzt kommt der entscheidende Punkt«, sagt John, der sich die Berichte mit Warren ansieht. »Sie werden aufhören wegzurennen oder -zufahren. Sie gehen in normale Geschwindigkeit über. Nicht mehr auffallen! Sie werden die Kleidung verändert haben, zu Fuß weitergehen, das Geld in Rucksäcke verstaut haben. Oben im Wald gibt es genug Ecken, in denen das unauffällig geschehen kann. Vielleicht stehen da noch ihre Crossmaschinen. Wenn sie schlau sind, holen Komplizen die Räder demnächst ab. Wenn sie schlau sind, spazieren sie mit dem Geld dahin, wo sie hinwollen. Sie werden als Paar auftreten und als Einzelne, nicht im Dreierpack. Sie löschen damit das Suchbild der drei Personen mit Motorrädern und Postsack, die gibt es nicht mehr. Sie sind jetzt da, wo keine Überwachungskameras sind.« »Und wohin gehen sie?«, fragt Warren. »Nicht zu den öffentlichen Verkehrsmitteln, nicht auf die ganz öffentlichen Wege. Wenn sie gut vorbereitet sind, kennen sie hier jemand, gehen dort getrennt hin, werden von anderen ungesehen eingelassen und trinken jetzt schon ein Bier mit Blick auf den Fluss.« »Wer soll sie denn aufnehmen? Wer soll sie kennen?« »Das sind die interessanten Fragen.«

»Wie viel Geld haben sie wohl bei sich?« »Eine Postfiliale wird im Normalfall nicht viel Bargeld vorrätig haben. Aber es ist eine Western-Union-Filiale. Vielleicht hatte jemand die Abholung größerer Summen angekündigt.« »Vielleicht haben sie sich vorher eingehackt!« »Das glaube ich nicht, irgendwie sieht das alles very old fashioned aus. Die Frage ist eher, wer macht heutzutage noch solche Überfälle? Ich vermute, die Dienste wissen sehr genau, wen sie suchen müssen. Wahrscheinlich gibt es nur noch ein Dutzend Personen in der ganzen Republik, die dafür infrage kommen. Schau mal im Netz nach Banküberfällen, du wirst nicht viele finden ...«

Warren gibt Suchbegriffe ein und klickt die Ergebnisse auf seinem Laptop durch. Zehn Banküberfälle in den letzten zehn Jahren, immer auf dem Lande, in kleineren Städten, auch im nahen Ausland, Dänemark oder Holland. Ein paar davon sind aufgeklärt. Einmal ein 70-jähriger Räuber, der diesen Job seit über 50 Jahren macht und gerade wieder draußen war. Bei den Überfällen auf

Supermärkte sind es ein paar Fälle mehr. Auch die geschehen eher in Stadtrandgebieten oder in der Nähe von Provinzzentren. Geldtransporter hat es erwischt, einmal vor Ikea. Warren zeigt auf eine Zeitungsnotiz vom Überfall auf einen Supermarkt bei Bremen. »Es wird vermutet, dass es sich um drei ehemalige Mitglieder der RAF handelt, eine Frau und zwei Männer, 55 bis 65 Jahre alt.« Warren zeigt auf eine andere Textstelle: »Sie haben in den letzten Jahren Kassenbüros von Supermärkten und Geldtransporter überfallen, zum Teil mit schweren Waffen.«

John tippt auf ein Zitat, das ebenfalls hochgeladen wurde: »Mach das mal auf.«

»Die Stadtguerilla in Lateinamerika nennt Bankraub ›Enteignungsaktionen‹. Niemand behauptet, dass der Bankraub für sich an der Ausbeuterordnung etwas verändert. Für die revolutionäre Organisation bedeutet er kurzfristig nur die Lösung ihres Finanzierungsproblems. Er ist logistisch richtig, weil anders das Finanzierungsproblem gar nicht zu lösen ist. Er ist politisch richtig, weil er eine Enteignungsaktion ist. Er ist taktisch richtig, weil er eine proletarische Aktion ist. Er ist strategisch richtig, weil er der Finanzierung der Guerilla dient. Ein Politikbegriff, der sich von der parlamentarischen Demokratie herleitet, der Politikbegriff des Konkurrenzkapitalismus, der den Klassenantagonismus nur als Spiel der Kräfte erfasst, der die Institutionen des Klassenstaats noch für Institutionen eines Rechtsstaats hält und Fortschritt und Humanität darin für gut aufgehoben, kann Bankraub nicht erfassen. In den Metropolen des Imperialismus kann die Organisierung des antiimperialistischen Kampfes als gleichzeitig legaler und illegaler, politischer und bewaffneter Kampf auf den Bankraub nicht verzichten. Er gibt die

Richtung an, die gemeint ist: Enteignung; und die Methode, mit der die Diktatur des Volkes gegen die Feinde des Volkes nur errichtet werden kann: bewaffnet.«

»Von wem ist das?« »Das ist ein Schreiben der RAF – Rote Armee Fraktion – aus Deutschland. Der haben die drei einmal angehört. Ich würde sagen, gut gelernt und nichts vergessen, jetzt benutzen sie die Überfälle für ihren Lebensunterhalt.« »Meinst du, dass das unsere drei sind?« »Ich kann mir kaum andere Profile vorstellen, die auf diese Aktion zutreffen. Irgendwelche Neonazi-Truppen könnten es auch sein, aber die scheinen finanziell ja ausreichend versorgt zu sein …«

»Hast du so was auch gemacht?« Warren sieht John interessiert an. »Wie kommst du darauf?« »Sidney hat gesagt, dass du früher politisch aktiv warst.« John lacht. »Ich bin immer noch politisch aktiv … Sind wir das nicht beide?« »Das meine ich nicht. Ich meine, so richtig.« »Mit den Zeiten haben sich die Methoden geändert. Für mich hat Gewalt keine Berechtigung mehr, ist nur noch letztes Mittel.«

»Also warst du mal aktiv?« »Ja, Warren. Aber das ist lange her. Das war vor deiner Geburt.«

»Und wirst du wieder aktiv werden?« »Das weiß ich nicht. Ich beobachte und analysiere, aber wir sind alle Schläfer geworden.«

»Du bist ein ziemlich wacher Schläfer, finde ich.«

»Danke, Warren. Lass uns aufbrechen, deine Großmutter braucht uns.«

74

Das Boot ging, seit es aus Aluminiumplatten zusammengefügt wurde, durch mehrere Hände. Einst war es das Rettungsboot einer Fähre auf der Ostsee. Danach lag es lange auf der Insel Fehmarn an Land, bis ein Geschäftsmann im Ruhestand es sich ausbaute, mit einer Kajüte versah und ihm bei der Taufe den Namen GLAUKOS gab. Jetzt liegt es hier am Fluss und führt weiterhin den Namen des Fischers, der sich ins Meer stürzte, dafür das Menschliche hinter sich ließ und zum Meeresgott wurde.

Vier Menschen nähern sich dem Boot über die leicht schwankenden Schwimmstege im Hafen. Es ist fünf Uhr morgens, schon hell, aber noch menschenleer. Der alte Mann wird von einem Jungen gestützt, er geht stockend, vorsichtig, wirkt schwach und ist vornübergebeugt, sein Gesicht ist nicht zu sehen. Die ältere Dame hat einen kleinen Koffer bei sich. Ein weiterer Mann geht hinter den dreien und dreht sich manchmal um, wie um sicher zu gehen, dass ihnen niemand folgt.

Der Kapitän ist allein, das Boot braucht keine Besatzung außer ihm. Er hilft den vieren an Bord. Der Motor startet, eine kleine Qualmwolke entweicht aus dem Auspuff, der knapp über der Wasseroberfläche liegt. Der Junge hilft dem Kapitän, die Leinen vom Steg zu lösen. Das Boot legt von den hölzernen Schlängeln ab und fährt langsam an den Reihen der vertäuten Boote entlang. Der Kapitän verzichtet auf das übliche Warnsignal bei der Ausfahrt durch die Hafentore. Dann richtet er den Bug des Bootes schräg zum strömenden Fluss, er steuert über das tiefe Fahrwasser in Richtung der großen Bucht nahe der Flugzeugwerft.

Die vier Gäste sitzen achtern auf den hölzernen Bänken im offenen Cockpit. Die Frau hat eine Urne aus dem Koffer genommen. Der Wind spielt in ihren Haaren, ab und zu spritzt etwas Wasser in ihre Gesichter. Alle schweigen.

Im Fahrwasser begegnen sich zwei rote Containerfrachter. Langsam schieben sich die Schiffe aufeinander zu, scheinen sich am Bug zu berühren, überlappen mehr und mehr, bis sie zu einer einzigen Silhouette verschmelzen, und schieben sich danach langsam wieder auseinander. Sie setzen ihre Wege fort, das eine Schiff Richtung Hafen, das andere Richtung Meer.

»Das war lustig«, sagt Warren. Der alte Mann nickt: »Ich habe ein ähnliches Foto, es wurde mir von einer Fotografin zugeschickt. Sie arbeitet nur für sich, verkauft nie etwas, ist aber eine Meisterin ihres Fachs. Außerdem sind es unsere Schiffe!«

Der Kapitän nimmt Fahrt heraus, stellt den Gashebel dann senkrecht, das Boot wird langsamer und treibt bald mit dem Fluss. Sie sind hinter eine der Inseln gefahren, die langgestreckt mitten im Fluss liegen. Sandige Ufer führen zu Büschen und Bäumen. Die Insel ist ein Naturschutzgebiet, ein Inselwart achtet auf die Einhaltung der verankerten Regeln. Er ist nicht zu sehen.

Der Kapitän sagt: »Wir können.« »Willst du?«, fragt Margret den Mann. »Nein, mach du«, sagt er schwach. Margret bittet John, ihr zu helfen. Sie zu halten, wenn sie sich mit der Urne über die Bordwand beugt. Sie hat den Deckel des einfachen Gefäßes abgenommen und hält die Urne mit beiden Händen. Dann dreht sie die Öffnung leicht nach unten, und die Asche rieselt erst mit weniger, dann mit mehr Menschenstaub heraus. Sie verteilt sich auf der Oberfläche und sinkt in das Wasser des Flusses. River. Im

Wasser sieht die Asche aus wie ein Schleier, ein großer hellerer Fleck im Wasser, der langsam mit der Strömung vertreibt. Es ist fast Stauwasser, der Fleck bleibt noch eine Weile in Sichtweite des Bootes.

»Adieu!«, sagt Margret und umarmt Warren, dann den alten Mann, der sich mühsam aufgerichtet hat. John steht hinter ihnen, der Kapitän weiter hinten am Steuerrad.

Aufkommender Wind kräuselt die Oberfläche des Flusses. Die Sonne reflektiert auf kleinen Wellenspitzen, der helle Fleck verschwindet unter einem helleren Teppich aus Glitzern. »Wir können wieder«, sagt John und nickt dem Kapitän zu. Der startet den Motor und legt den Gashebel leicht nach vorn. Langsam nimmt das Boot Fahrt auf.

Sie fahren Richtung Hafen, die Ebbe nimmt schnell an Stärke zu und lässt die Fahrwassertonnen an ihren Ketten und Ankern zerren, während die Asche den Weg des Flusses geht.

75

Holger hat einen seiner Schlüsselbunde bei sich und weiß auf Anhieb, welchen Schlüssel er benutzen muss. Für Außenstehende ist es ein Rätsel, wie er jedes Mal sofort den passenden für das jeweilige Haus in seinem Bezirk findet.

Dieser hier ist ein Sicherheitsschlüssel, goldbronzen, mit einigen Graten.

Holger öffnet die Tür, er macht kein Licht. Es ist noch so hell, dass er sich zurechtfinden kann. Rechts führt die nächste Tür in die herrschaftliche Küche, die Sven von außen sah, als er mit ihm zur Turmvilla ging.

Holger verlässt die Küche und steigt im Treppenhaus höher. Ab der Beletage treten seine Schuhe in tiefe Teppiche, die jeden Ton schlucken. Zwei Stockwerke durchquert er, nirgendwo sieht er jemand, er hört auch keine Geräusche. Draußen vor den Fenstern zeigen sich mehr und mehr die elektrischen Lichter in den Häusern rundherum. Einige Häuser bleiben dunkel, die Bewohner sind in ihren Domizilen auf Teneriffa, in Florida, in Schweden und Italien. An den Wänden, ob im Treppenhaus oder in den Zimmern und Salons, hängen Ölgemälde, Schiffsporträts, Seeszenen, aber auch norddeutsche Landschaften. Moderne Malerei sucht man vergebens. Nicht einmal Expressionismus findet sich.

Die Stockwerke beherbergen gewaltige Etagen, eine misst vermutlich 200 Quadratmeter, das Licht fällt aus allen Himmelsrichtungen ein. Im dritten Stockwerk führt ein schmaleres Treppenhaus zu den Räumen im Turm, der selbst noch zwei Stockwerke hat sowie ein unausgebautes Stockwerk unter den Dachpfannen.

Holger verzichtet immer noch darauf, Licht zu machen. Die Helligkeit reicht aus, um sich zu orientieren. Das Haus macht einen verlassenen Eindruck. Alles steht geordnet an seinem Platz, ohne Benutzungsspuren, soweit Holger das erkennen kann.

Er hat das oberste Stockwerk erreicht, die fünfte Ebene, wenn man von ganz unten zählt. Die Tür zu diesem Stockwerk ist unlackiert, es ist altes, dunkles, allenfalls geöltes oder leicht gewachstes Holz. Holger öffnet die Tür und betritt den Raum. Auch hier sieht alles unberührt aus, doch die Atmosphäre ist anders als vorher. Auf der einen Seite ein altes Holzbett mit hellem Bettzeug, eine Tagesdecke ist über das Fußteil gelegt.

»Nehmen Sie Platz, Holger.« Die leise Stimme kommt aus einem Sessel rechts von ihm. Sehr schwach, aber in der sonstigen Stille gut zu verstehen. Holger tritt an den Sessel heran und sieht Karl Mohr, zusammengesunken. »Lassen Sie das Licht aus.«

Mohrs Stimme ist sehr klar. Holger erkennt die nur langsam verheilende Verletzung am Kopf des alten Reeders. Sein Gesicht ist eingefallen, die Augen liegen tief in den Höhlen.

»Wie geht es Ihnen heute, Herr Mohr?« »Nicht sonderlich. Ich hab einen alten Weggefährten auf seinem letzten Gang begleitet. Oder vorausgeschickt, wenn man so will.« »Herbert Liebermann.« »Ja. Margret wollte das gerne.« »Sie wünscht sich noch etwas anderes«, sagt Holger. »Sie will ihre Tochter sehen.« »Das lässt sie über Sie ausrichten?« »Nein. Das richte ich aus, weil es klang wie eine Meldung an Ihre Adresse. Eine Umleitung, wenn man will. Ich bin der Postbote, mehr nicht.« »Ein ziemlich besonderer Bote, mit und ohne Post, Holger.« Holger nickt, er weiß das, es war nicht sein Plan, es hat sich so ergeben.

»Gut«, sagt Mohr. »Ich denke nach, was das bedeutet. Ohnehin ändert sich gerade einiges und wird sich noch weiter ändern, wenn ich nicht mehr da bin. Ich möchte Sie um einen Gefallen bitten. Ich fürchte, Sie werden sich damit beeilen müssen. Gehen Sie zum Haus Flussterrasse 18 und sagen Sie der Frau, die dort wohnt, dass sie zu mir kommen soll. Sie wohnt dort allein, es besteht keine Verwechslungsgefahr. Wollen Sie das tun?« »Natürlich, Herr Mohr. Ich werde morgen hingehen. Nicht ganz einfach wegen meinem Dienst, aber das kriege ich hin. Brauchen Sie noch etwas? Hier, meine ich?«

Eine zitternde Hand reicht Holger das Glas. »Der Wasserhahn ist in der Abseite.« Holger füllt das Wasserglas, stellt es auf den kleinen Tisch neben dem Sessel. »Bitte, Herr Mohr.« »Danke. Und nun gehen Sie, Holger. Ich will Sie nicht weiter aufhalten. Nur die Frau, die Frau soll bald kommen.«

Karl Mohr richtet seinen Blick durch die südliche Fensterfront auf den kaum noch zu erkennenden Fluss. Im Osten ist der Himmel bereits dunkel, im Westen steht die Venus hoch über dem Horizont. Trotz der Lichtabstrahlung der großen Stadt hat man in dieser Richtung eine Ahnung von der Dunkelheit und Leere des Universums. Der Greis sitzt da, ohne sich zu bewegen, wie hineingelegt in den Sessel. Sein Atem ist nicht zu hören, er sitzt nur da.

Holger verlässt das Zimmer leise, steigt die Stockwerke hinab.

Er verschließt die Tür und geht über die steinernen Stufen im Vorgarten hinunter zur Flusstreppe.

Das große Haus hinter ihm liegt dunkel da, kein Grab, aber auch kein Raum des Lebens mehr.

Ein Zwischenraum, ein Ort für letzte Dinge, bevor es zu spät ist.

76

***Da wir** erschaffen sind, um zu lieben, wissen wir, dass es keine größere Freude gibt als die über ein geteiltes Gut. »Versag dir nicht das Glück des Tages […] Beschenk den Bruder und gönn auch dir etwas.« Die intensivsten Freuden des Lebens kommen auf, wenn man die anderen beglücken kann, in einer Vorausnahme des Himmels.* Warren liest die Zeilen auf dem Papier auf der Ablage im Flur. Eines der Papiere, die Sidney von ihren Einkehrabenden im Kloster auf der anderen Flussseite mitbringt. Sidney ist soeben zurückgekommen, sie sitzt in der Küche bei einem Glas Wein. Warren setzt sich zu ihr.

»Warst du immer schon so fromm?« »Ich bin nicht fromm, Warren. Du siehst doch, wie ich lebe, das ist nicht wirklich fromm.« »Aber das Kloster und der Papst bedeuten dir etwas!«

»Nicht das Kloster, nicht der Papst, aber die Liebe Gottes oder einfach die Liebe. Mehr Sinn enthält das Leben nicht. Gott ist der Name für diesen Sinn. Die Kirche und der Papst helfen mir, mich daran zu erinnern. Wir helfen uns bei unseren Einkehren gegenseitig. Das gelingt mal besser, mal schlechter. Und manchmal gehen mir die anderen Frauen ganz schön auf den Geist.« »Auf den Heiligen Geist!« Sidney lacht. »Richtig, auch auf den Heiligen Geist. Du kennst dich aus!«

»Glaubst du denn an einen Gott?« »Ich glaube an die Liebe. An die weltliche Liebe, an die Gottesliebe und an die Liebe zum Nächsten. Aus all dem ist das Leben entstanden. Das Leben ist ein Wunder, und wir sollten es jeden Tag ehren.«

»Aber es gibt viele, die dieses Wunder mit Füßen treten. Auch die Kirche hat das gemacht.« »Du hast recht. Aber das heißt ja nicht, dass es so weitergehen muss.« »Dazu wäre aber eine Revolution nötig!« »Hmm, ja, so kann man denken. So habe ich einmal gedacht. Und John wohl auch. Inzwischen sage ich: Die Liebe ist die Revolution. Die anderen Revolutionen und Revolten haben nicht zu wirklichen Verbesserungen geführt, nicht nachhaltig, wie man heute sagt. Mit den Aufständen wurde nur der Zorn gestillt, bis neuer Zorn entstand. Jeweils zu Recht und durchaus verständlich.«

»Und deine LIEBE wäre anders?« »Ja, wenn die Menschen sich einander zuwenden würden, sich und dem Nächsten, ein jeder und eine jede, dann ja. Nur so erhalten wir das Wunder des Lebens. Alles im Dienst des Lebens.«

»Sieht John das auch so?« »Er versteht, was ich meine. Er ist klug. Aber er sieht auch noch andere Wege.«

»Welche sind das?« »Das weißt du fast besser als ich, ihr seid doch ständig am Recherchieren. Frag ihn selbst.«

»Bin ich ein Kind dieser Liebe?« »Du bist ein Kind noch einer ganz anderen, handfesten Liebe. Ohne die geht es nicht.« Sidney lacht und gibt Warren einen Kuss. Sie trinkt ihr Glas aus und geht mit ihm nach oben. Das Licht in der Küche haben sie gelöscht.

Im Schein der Weglaterne geht jemand draußen auf der Flusstreppe vorbei.

»Der sieht aus wie Holger«, sagt Warren.

»Holger um diese Zeit hier im Viertel, das wäre neu«, sagt Sidney.

77

Die Sundowner sind spät draußen gewesen, alle kehren jetzt noch in die *Kajüte* ein. Sie sitzen auf den Bierzeltbänken an einem der Tische, die im Sand am Flussufer stehen. Die aufgestellten Öllichter erhellen flackernd die Szene, der Sand an den Füßen hält die Wärme des Tages. Vom Fluss blinken die Fahrwassertonnen herüber, dann und wann zieht ein Schiff vorbei. Oliver gibt seinen Ausstand, ihn zieht es zurück in den Süden, Portugal ruft. Wenn es herbstlich zu werden droht, interessieren ihn mehr die 20 Grad an der Algarve als 9 Grad und Nebel hier am Fluss.

»Letzte Runde?«, fragt er. »Oder wir setzen uns nach oben. Hier unten wird es allmählich etwas frisch.«

»Gehst du noch mal auf große Tour, Oliver? Round-the-world, Blauwasser?« »Habe ich nicht vor. Mir reicht mein Eck da unten, Portugal, Marokko. Vielleicht sogar andersrum, wenn das Wetter stabil ist, mal nach Cornwall hoch. Mit dem Cat dauert das nicht lange.« »Mittelmeer?« »Vielleicht Barcelona, Villanova, diese Ecke, oder Ibiza, ja, vielleicht. Mehr nicht. Weiter rein hast du ja schon mit den Flüchtlingen zu tun. Das finde ich schwierig.« »Die habt ihr doch in Marokko auch.« »Aber nicht mit den Schlepperbanden.« »Dürftest du Flüchtlinge aufnehmen und nach Spanien oder Portugal bringen?« »Keine Ahnung, ich hatte den Fall noch nicht. Aber natürlich würde ich es machen, was denn sonst? Wenn du auf so ein halb abgesoffenes Boot triffst, nimmst du doch die Leute auf!« »Haben wir früher in der Lübecker Bucht auch gemacht, wenn ein DDR-Flüchtling dabei war, rüberzuschwimmen oder mit einer Nussschale angepaddelt kam und versuchte, den Suchscheinwerfern zu entkommen …«

»Eigentlich leben wir hier in einer Blase. Bei uns kommen keine Flüchtlinge den Fluss herauf.« »Auch keine Piraten mehr, wie früher oder wie heute am Horn von Afrika oder in der Straße von Malakka.« »Hier ist kein Platz für Flüchtlinge, hier ist Schifffahrt Big Business – und Bootfahren als ein bisschen Spaß für uns.« »Apropos, Sven, was macht denn Familie Mohr, weiß man mehr über den Verbleib von Karl?« »Nein, die Söhne haben keinen Einblick, auch die Tochter weiß nichts. Vermisst gemeldet haben sie ihn nicht, aber der Schritt kann nicht ausbleiben, wenn es so weitergeht.«

Andreas räuspert sich: »Ich habe vielleicht was für dich, Sven, das sag ich dir nachher.« Sven sieht Andreas fragend an, offenbar möchte er aber in großer Runde nicht darüber sprechen.

Sven lenkt ab: »Wie geht es denn Amor?«, fragt er John. »Wie soll es ihm gehen? Er ist ein sympathischer Mann, ab und zu sehen wir uns. Ich glaube, seiner Mutter geht es schlechter, die Krankheit nimmt ihren Lauf. Oder: die Krankheiten, es soll ja eine multiple Diagnose sein. Amor hat Besuch, von einem Harald Lauterbach. Kennt den jemand?« Niemand rührt sich. »Der Name sagt mir nichts«, sagt Sven. »Wer ist das?« »Ein Freund von Amor, mehr weiß ich auch noch nicht.« »Warum interessiert dich der Mann?« »Interessiert ist zu viel gesagt. Ich hab mich einfach gefragt, ob man den kennt.«

»Habt ihr das mit dem Überfall auf die Postfiliale mitbekommen? Ist das nicht ein Wahnsinn, dass es so was noch gibt?« »Irgendwie old fashioned.«

»Habt ihr das von dem Trio mitbekommen, die in Harburg einen ganzen Tag lang die Schließfächer einer Sparkasse ausgeräumt haben? Vollkommen crazy! Sind in immer neuen Klamotten reinmarschiert, haben die ID-Karten verschiedenster Schließfachbesitzer gehabt und in Seelenruhe einen Fachinhalt nach dem anderen geplündert!« »Ja, habe ich auch gelesen. Absolut crazy!« »Und in Rissen haben sie sich einen Tresor aus einer Villa geholt. Das obere Stockwerk hatte keine Alarmanlage, das ist allerdings auch arm.« »Arm bei Reichs zu Hause.« Wolfgang riskiert einen Spruch. Dieser ist nicht schlecht.

»In der Postfiliale waren es drei, in Harburg waren es drei. Hängt das zusammen?« John sagt: »Das sind verschiedene Täterprofile. In Harburg waren es pfiffige Jungs, bei uns waren es brutale Zugreifer. Die hier hätten sofort geschossen, wenn sich ihnen jemand in den Weg gestellt hätte.« »Man hat inzwischen die Motorräder gefunden, oben bei Schröders Wiese. Dann macht die ganze Aktion fast schon keinen Sinn mehr, die Motorräder sind doch auch was wert!« »Sie nehmen sich einfach andere«, sagt John. »Das ist ein anderes Denken.« »Oder Nicht-Denken. Die machen einfach.«

»Jungs, ich werde jetzt aufbrechen.« Oliver zieht es nach Hause. »Und gehe bezahlen. Ihr seid eingeladen.« »Danke, Oliver!« Die Sundowner klopfen im Chor auf den Tisch. »Wann kommst du zurück?« »Ich komm mal geschäftlich, zwischendurch, richtig dann wieder Ende April, Anfang Mai, wenn es bei euch wärmer wird.« »Dir entgeht der Spaß mit der *Motte* zwischen den Eisschollen.« Wolfgang ist heute witzig.

»Das wär es noch. Nein danke, da bin ich schon lieber in Tarifa.« »Foilst du auch schon mit dem Surfboard?« »Noch nicht. Das will ich im Winter anpacken. Total spannend! Der Sport verändert sich komplett.« »Good luck. Bring doch im Sommer so ein Board mit, dann können wir das ausprobieren!« »Surfen auf dem Fluss? Na ja, wir können es probieren! Interessante Idee …«

Alle haben sich von den hölzernen Sitzbänken erhoben, Oliver umarmt jeden und geht zur Kellnerin zum Bezahlen. Die anderen gehen zu ihren Fahrrädern, Rollern, Autos.

Sven steht kurz mit Andreas zusammen »Was meintest du vorhin? Wegen Karl?« »Er scheint hier im Ort zu sein, vermutlich sogar bei sich zu Hause.« »Wie kommst du darauf?« »Ein Kollege hat mir gesteckt, dass er jemanden versorgt, einen Privatpatienten, der Mann ist sehr alt. Er sieht nach dessen Kopfverletzung, stabilisiert seinen Gesamtzustand ein wenig.« »Hat er gesagt, dass dieser jemand an der Flusstreppe ist?« »Nicht direkt, aber im Treppenviertel, ja.« Sven pfeift leicht durch die Zähne und klatscht sich mit Andreas ab. »Danke! Das ist mal eine Neuigkeit! Aber warum versteckt er sich?« »Bei manchen alten Menschen ist das so. Wie bei Tieren. Und gerade bei den eigenwilligeren Charakteren. Sie ziehen sich zum Sterben zurück, da soll ihnen keiner reinreden, wie ihnen auch im Leben keiner reinreden durfte.« »Passt zu Karl, falls er es ist. Trotzdem seltsam … Aber danke, Andreas! Komm gut nach Haus.«

»Schon okej … Vielleicht bis morgen.«

»Die Tide steht nicht gut, ich glaube, ich lass morgen ausfallen.«

78

Margret Liebermann hat sich in der Dämmerung ans Rondell gesetzt, auf die Bank, auf der ihr Mann gestorben ist. Es fühlt sich wie eine lange Andacht an, in Gedanken ist sie bei ihm und ihrem Leben.

Almut war nicht ihr gemeinsames Kind, Herbert hatte sie das aber nie spüren lassen, im Gegenteil, er hatte sie mit angenommen.

Sie war ein stilles Kind, aus irgendeinem Grund verängstigt, vielleicht, weil die Geburt schwierig gewesen war. Almut saß im Geburtskanal fest und musste mit der Saugglocke geholt werden. Es war dramatischer, als Margret wusste. Sie war ja mit dem Gebären beschäftigt, sah nicht die zielstrebigen Aktionen der Hebammen und Ärzte.

In der Schule hatte sich das Kind unwohl gefühlt, kaum gleichaltrige Freundschaften gehabt. Dumm war die Kleine nicht, in den meisten Fächern kam sie gut mit. Aber scheu … und dann, mit 15, schmiss sie die Schule hin … Margret und Herbert sahen sie danach kaum noch. Dass sie in Berlin lebte, erfuhren sie erst, nachdem Almut dort schon ein Jahr wohnte.

Einmal gab es einen Überraschungsbesuch, nachdem Sidney zur Welt gekommen war. Mit den Eltern sprach sie kaum in der knappen Stunde, die sie bei ihnen war, aber flüsternd mit dem Baby, das seine Schwester aufmerksam anblickte. Die beiden haben einen Draht zueinander, hatte Margret gedacht und gehofft, über Sidney würde eine Annäherung stattfinden.

Doch als Almut erneut im Ort auftauchte, war sie in Begleitung, und sie wollte nicht zu ihrer Schwester, sondern zu den Nachbarn gegenüber. *Tante Ingrid, ich bin es.* Wie Sidney fragt sich Margret seither, ob der Mord von Anfang an geplant war. Und wenn ja: War Almut in den blutigen Plan eingeweiht? Und: Spielte das eine Rolle?

In den Wochen und Monaten nach der Katastrophe gab es für Margret nur einen Gedanken. Handeln! Die Töchter retten! Oder wenigstens die jüngere, für die ältere konnte sie nichts tun. Nach der Unterredung mit Karl reiste sie mit Sidney nach Missouri zurück, wo der Hof ihrer Eltern auf sie und ihre kleine Familie wartete. Hier gab es Abgeschiedenheit und ländliche Ruhe, Wind und Wetter, Jahreszeiten und Tiere. Und mehrere Tausend Kilometer Abstand.

Und dann bekam auch Sidney früh ein Kind, zu früh, um Mutter zu sein. Sie gab das Kind an Pflegeeltern, eine Familie aus der Verwandtschaft des Kindsvaters. Es waren Missouri, die den Jungen im Bewusstsein seiner Herkunft aufzogen und ihm ein Fundament von Zugehörigkeit anboten, wie es Margret für Almut nicht hatte tun können. Zumindest darin wiederholte sich die Geschichte nicht.

Doppelt heimatlos, so hatte sich Almut einmal genannt, in der kurzen letzten Zeit zu Hause, in der sie zu einer Stimme fand, die verzweifelt war und wütend. Ihre Heimat fand sie dann dort, wo man raubte und schoss und tötete. Und ständig auf der Flucht war.

Margret erhebt sich von der Bank und geht am Uferhotel vorbei die Flusstreppe hinauf. Das Pflaster ist alt, die Treppenstufen sind ausgetreten. Der Weg führt leicht nach rechts, die Stufen schwenken mit. Rechter Hand steht eine hohe Mauer, sie stützt einen höher liegenden Garten. Links liegt ein kleines Haus direkt am Weg, drei Stufen führen hinauf zur Eingangstür. So ist es hier. Kein Haus liegt auf der gleichen Höhe wie das Nachbarhaus, zwischen allen ist Gefälle und Unterschied der Lage. Same same but different. Die feinen Unterschiede. Zugehörigkeit seit Generationen, Namen und Traditionen, Vereine und Freundeskreise, Fahrzeuge und andere Accessoires, alle Dinge bilden ein Ganzes aus Unterschieden. Die einen beachten sie mehr, die anderen weniger. Die einen leben ihr Leben, die anderen ihr Geld.

Links von der Flusstreppe auf mittlerer Höhe thront die Mohrsche Villa, der sehr sichtbare Ort wirtschaftlicher Dominanz und Regentschaft.

Karl Mohr hatte Margret nach seinem Unfall kontaktiert. So hatte er den blutigen Vorfall genannt: ein Unfall. Es klang mehr nach einem Malheur als nach einer körperlichen Auseinandersetzung. Aus dem Heizungskeller im Bleulschen Haus hatte er sich zu seinem eigenen Haus zurückgeschleppt und es, mit vielen Pausen, Schritt für Schritt hinauf- und hineingeschafft. Danach hatte er Margret angerufen und um Hilfe gebeten. Sie stand ihm bei, bis die Haushälterin, die vormittags kam, übernehmen konnte. Sie sorgte dafür, dass der Arzt geholt wurde. Die Verletzung war weniger schlimm, als es zuerst ausgesehen hatte, der alte Mann jedoch war in keinem guten Zustand. Seitdem wurde er immer schwächer und durchscheinender.

Es geht zu Ende. Karl weiß das, und Margret weiß es auch.

Aus dem Versteck an der Seite, dicht an der Mauer, holt sie den Schlüssel zur Tür, die seitlich in den Keller führt. Von dort steigt sie die Treppen hoch bis zum Turmzimmer und sieht ihn auf dem Bett liegen. Er wirkt schwach, viel schwächer als neulich früh morgens. Er greift nach ihrer Hand.

»Ich habe dir Melone mitgebracht.« Aus der mitgeführten Tasche holt Margret eine Plastikdose mit kleinen Melonenstücken, die sie Karl anbietet. Er nimmt ein Stück, schlürft mehr, als dass er kaut. Bisher hat er noch nichts gesagt; jetzt bedeutet er ihr, näher zu kommen, damit sie ihn verstehen kann: »Holger war hier. Er sagt, ihr habt über Almut gesprochen.« »Ich habe ihn nicht gebeten, dir davon zu erzählen.« »Natürlich nicht. Trotzdem hat er es getan.« »Du und ich, wir haben damals vereinbart, dass sie zwischen uns kein Thema sein kann. Nie mehr. Zu ihrer Sicherheit. Und auch zu unserer. Ich habe mich daran gehalten.« »Aber jetzt haben sich die Dinge geändert. Unsere Tochter wird einen Schritt machen müssen, wenn ich nicht mehr bin. Ob du von ihr hören wirst, weiß ich nicht. Aber die Dinge sind in Bewegung, Liebes.«

Karl Mohr schließt die Augen. Er wirkt erschöpft, er ist todmüde. Margret bleibt bei ihm. In ihr toben Angst, Hoffnung, Wut, Scham und Dankbarkeit für die Treue und Loyalität dieses Mannes, die nie infrage standen.

Auch nicht gegenüber Almut. Zielstrebig versorgte er Almut nach dem Attentat mit dem Nötigsten für einen Neuanfang. So hatte Margret es mit ihm vereinbart. Er würde herausfinden, wo sich Almut aufhielt, und würde ihr den Rettungsring anbieten. Ein Rettungsring, um unterzutauchen, ein paradoxes Bild. Aber sachlich zutreffend. Sie würde ein Leben lang untertauchen müssen, würde für immer die Gejagte sein. Karls Ziel war es, den kriminalistischen Klassiker auszuhebeln und Almut in eine Nichtmehrgejagte zu verwandeln. Nichts Bemerkenswertes durfte ihr fortan unterlaufen, kein einziges Mal durfte die Frage ausgesprochen werden, wer sie sei. Ob sie einwilligte, würde man dann sehen. Von Margret verlangte er, dass das gemeinsame Kind kein Thema zwischen ihnen war. Als habe es das Kind nie gegeben. Anfangs war ihr das als geringer Preis erschienen. Später nicht mehr.

Nun will Karl also die Verbindung herstellen. Er erzählt Margret davon, und indem er ihr davon erzählt, zerstört er den Schweigepakt. Margret denkt daran, was Sidney ihr über Johns Recherchen erzählt hat. Über die, die untertauchen. Und sie denkt an die Frau mit den Hunden, die gekommen war, um ihr zu sagen, dass es mit Herbert zu Ende gegangen war. Denkt an den klaren Blick und an die Art, wie sie Margret in die Arme genommen hat. Wie riecht eine Tochter, die man über 40 Jahre nicht gerochen hat?

79

Blaue Stunde. Der Himmel ist fast schwarz. Die Lichter der Stadt bauen darunter eine Lichtkuppel, die die Dunkelheit des Alls abhält. Die Bordwände der einfahrenden dunkelblau gestrichenen Containerfrachter sehen schwärzer aus als der Fluss. Ein leichter Dunst zeichnet die Lichter der Scheinwerfer nach. CMA CGM CHRISTOPHE COLOMB und ZIM ROTTERDAM kommen in den Hafen und bringen 10.000 Container mit.

80

Holger hat um halb sechs die S-Bahn genommen und sich auf den Weg zur Dienststelle gemacht. 40 Minuten ist er unterwegs, kurz vor halb sieben ist er vor Ort. Die Post wird sortiert, für die Abholpunkte im Bezirk verladen, in den Trafokästen oder Friseurläden deponiert, ganz nach Tour und Möglichkeiten. Zwischen acht und halb neun bricht er mit seiner Ledertasche auf.

Erst geht er zu den Villen am Baurs Weg, dann ein Stück Hauptstraße und in die Flusstreppe, kommt über den Hohen Weg wieder zurück. Schritt um Schritt, Schnack um Schnack, sobald er jemanden trifft. Er ist mit fast allen per Du, ob sie wollen oder nicht. Im Prinzip bestimmt immer er, wie er es damit hält. Hochnäsiges Vornehmtun wird von ihm ignoriert, so hat er es über 40 Jahre gehalten, und so bleibt es.

Holger hat beschlossen, in der Mitte der Tour in den Nachbarbezirk abzuzweigen und eine halbe Stunde Unterbrechung in Kauf zu nehmen, wenn es überhaupt so lange dauern wird. Von der Hauptstraße geht es hoch zum Fischerhaus und weiter zur Flussterrasse. Es ist ein grauer Tag, der Himmel bedeckt, die Temperatur nicht mehr sommerlich, aber noch nicht herbstlich. 18 Grad Celsius ohne schneidenden Wind, ideale Voraussetzungen für die Arbeit.

Er erreicht das Haus der Frau, das ihm Karl Mohr nannte. Er hört die Klingel hinter der schweren hölzernen Tür. Nachdem keine Reaktion erfolgt, betätigt er den Knopf erneut. Diesmal sieht er im ersten Stock schemenhaft eine Bewegung hinter dem Fenster. Er winkt hinauf und weiß nicht, ob er gesehen wurde. Er klingelt zum dritten Mal, diesmal öffnet sich die Tür ein wenig. Eine Frau steht vor ihm, die er schon gesehen hat. Oft oder fast immer, er ist nicht sicher, in Begleitung zweier Hunde. Die Hunde sieht er nicht.

»Ja, bitte? Was möchten Sie?« »Wissen Sie, wer ich bin?« »Ich weiß, wer Sie sind. Sie sind Holger, der Postbote.« »Darf ich kurz reinkommen, ich habe Ihnen etwas von Karl Mohr zu sagen.« »Von…?« »Karl Mohr, der Reeder. Sie kennen ihn ja, glaube ich…« Die Frau antwortet nicht. Sie öffnet die Tür etwas weiter, Holger tritt in den Flur.

Die Frau schließt die Tür, bleibt aber am Anfang des gefliesten Flures an der Tür stehen. »Was hat er Ihnen gesagt?« »Ich soll Sie bitten, zu ihm zu kommen. Es geht ihm nicht gut.« Er weiß nicht, warum er diese Frau siezt. Vielleicht, weil er sie außerdienstlich besucht? Es kommt ihm richtig vor. »Es geht ihm nicht gut? Was hat er denn? Und überhaupt, wo ist er? Hieß es nicht, er sei verschwunden?« »Er ist bei sich zu Hause. Er hat sich verletzt und ist sehr schwach. Er bittet Sie, zu ihm zu kommen.« Die Frau sieht nachdenklich aus. »Ich werde darüber nachdenken. Was hat er gesagt, warum ich kommen soll?« »Nichts. Er hat mich nur gebeten, Ihnen zu sagen, dass er Sie sehen will.« »Und warum schickt er Sie? Sind Sie befreundet?« »Ich mit ihm befreundet? Nein, ich bin nur sein Briefträger. Und verschwiegen. Was Ihnen nicht unrecht sein dürfte…« Holger merkt, dass er kurz davor ist, mehr zu verraten, als er will. »Hat Sie jemand beobachtet? Sie sind im falschen Revier unterwegs, das ist doch ungewöhnlich.« »Ach nein, wir vertreten uns schon mal unter den Kollegen.« »Dann danke ich Ihnen, Holger!«

Eine männliche Stimme meldet sich: »Mach Schluss, komm wieder rein!« Die Stimme klingt strikt, wie ein Befehl. »Sie hören, Holger. Danke, dass Sie gekommen sind.« »Können Sie bald zu Karl gehen?« »Ich werde es versuchen ...«

»Es ist dringend, glauben Sie mir. Machen Sie es. Um offen zu sein: Ich denke, er stirbt bald.«

81

Sidney und John gehen nach dem Yoga gemeinsam zu Amor und Harald Lauterbach. Amor hat zum Frühstück eingeladen. »Wir brauchen nicht viel am Morgen«, hat Sidney gesagt, »aber wir kommen gern.« Harald und Amor erwarten sie im Wintergarten im obersten Stock, sie haben die Türen zum Tal hin geöffnet, es ist nicht zu kalt.

Es gibt Säfte und Tee oder Kaffee, frisches Obst und klassisches Bircher Müsli. »Das liebe ich«, sagt Sidney, »es ist so schön schleimig. Wirklich, ich mag es!« Das Tal liegt ruhig vor ihnen, die Büroleute sind weg, die Schüler und Kinder ebenfalls. Wer noch da ist, das sind die alten Leute und Ehefrauen, die nicht zur Arbeit gehen. Auch die Hunde sind ausgeführt, jetzt sitzen die Menschen beim Kaffee und den Zeitungen. Hier liest man noch Zeitungen. Es ist eines der Viertel mit der höchsten Abonnentenquote der alten Lokalzeitung. Natürlich werden WELT und ZEIT und FAZ gelesen. Hier und da NZZ, SÜDDEUTSCHE, MANAGER MAGAZIN. Was Zeitungen betrifft, geht es traditionell zu. Nicht wenige Zeitungsleute wohnen hier, Redakteure und Chefredakteure, jede Menge freier Journalisten.

Während des Frühstücks sagt Conradi: »Darf ich euch etwas Ungewöhnliches fragen? Wir beide, Amor und ich, bekommen vermutlich bald von einem Schweizer Gönner eine Schenkung, eine großzügige Sache. Etwas richtig Großes wie 100 Millionen. Auch wenn es nicht so viel sein sollte. Einfach mal aus Spiel.« »Du sprichst von Geld, von Dollar oder Euro, richtig?«, fragt John. »Ja, zum Beispiel Schweizer Franken.« »Da sind wir die Falschen«, sagt Sidney. »Wir beschäftigen uns nicht mit Geld. Ich verstehe nichts davon, es ist nicht mein Thema. Ihr könnt meinen Mann fragen, wenn es euch interessiert. Mich beschäftigt es nicht. Für mich spielt es keine Rolle.«

»Wunderbar«, freut sich Conradi, »dann seid ihr genau die Richtigen. Was würdet ihr mit so viel Geld machen? Mit einer wirklich großen Summe? Keine Summe, die man verdient, sondern eine Summe, die man ohne Leistung bekommt, vielleicht erbt.« »Ich würde es natürlich Charles geben, zum Beispiel. Oder vielleicht doch nicht, ich würde es einem Kloster geben oder mehreren. Ja, das würde mir gefallen.« »Du würdest nicht etwas für Warren zurücklegen?« »Ach, der ist doch versorgt. Aber vielleicht ein wenig. Das könnte aber Charles dann machen.« »Du würdest es nicht Warren direkt geben?« »Doch, das ist vielleicht eine gute Idee. Warren bekommt etwas!« »Was wird er damit machen?« »John, was meinst du?« »Er würde sich Sachen kaufen, neue Technik, Soundmachine, ein Bike. Er würde etwas anlegen. Und spenden.«

Amor sagt: »Im Umkreis von Braunschweig gibt es einen anonymen Spender, der immer wieder 100.000 Euro in Briefumschlägen an Kitas, Krankenhäuser, Kirchen verteilt. Dann haben die das Problem, was sie damit machen.« »Ich finde es toll, dass Geld so ein Problem ist. Alle müssen sich dann Gedanken machen, was sie damit tun. Das geht in die Tiefe!« Langsam findet Sidney Gefallen an der Fragestellung. »Man kann es schlecht essen«, sagt Conradi, »so hieß es ja schon in dieser Weissagung der Cree-Indianer.« »Natürlich. Wer kennt die nicht. *Erst wenn der letzte Baum gefällt …*« »Ist übrigens ein Fake«, sagt Amor. »Die Weissagung gab es nie.«

Sidney löffelt ihr Müsli, man sieht ihr an, wie sie mit dem Thema warm wird. »Man muss mit Geld schlau umgehen«, sagt sie, »es darf einen nicht in Besitz nehmen, vermutlich muss man sich damit dauerhaft beschäftigen, um es sinnvoll einsetzen zu können. Man muss die Hand darauf halten, sonst greifen andere danach. Zuerst musst du dich entscheiden, ob du es haben willst oder nicht.«

Conradi nickt. »Ich glaube, erst flippt man aus und entwirft tausend Pläne, Wahnsinn, Wunder … alles, was einem einfällt. Und dann möchte man davon nichts mehr wissen, es am liebsten vergessen, es wird zur Last. Aber vielleicht möchte man auch einfach damit wie mit einem guten Freund leben. So wie viele um uns herum.«

Sidney sagt: »Und es mit ins Grab nehmen?«

»Du könnest dir das Tal hier mit allen Häusern kaufen!«, schlägt John Conradi vor. »Aber hier verkaufen nur drei oder vier, wenn überhaupt. Vielleicht die jüngeren Erben.«

Helena ist hereingekommen und winkt Amor, sehr energisch.

Amor geht zu ihr, sie sagt ihm etwas ins Ohr. Er steht wie erstarrt da.

Dann kehrt er langsam zu den anderen zurück: »Helena sagt: Meine Mutter ist tot.«

82

»**Mein Testosteronwert** liegt bei 2,3 Nanogramm pro Milliliter.« »Warum sagst du mir das?« Sidney und John liegen im Bett, weiße Laken am Nachmittag. Sidney mag eine glatte, etwas glänzende Stoffqualität, die kühlt. Sie wollen einfach im Zimmer sein, lesen, Ruhe einkehren lassen. »Woher weißt du das überhaupt?« »Ich habe es kontrollieren lassen. Der Arzt sagt aber, ich sähe nicht so aus, als ob ich ein Problem hätte. Männer mit niedrigen Testosteronwerten wirken muskulär angeblich schwammig und schwabbelig.« Sidney hebt kurz die Bettdecke und lugt hinunter. »Nun ja… Sieht alles okej aus…« »Danke, Sidney!« »Aber was wolltest du nun damit sagen?« »Es ist vielleicht eine Begründung, warum ich mich so enteiert fühle. Vielleicht bist du ja gar nicht der Grund…«

»Das hatten wir schon widerlegt, klappte doch gut beim letzten Mal.« Sidney greift John kurz zwischen die Beine. »Interessant ist, dass ich mich tatsächlich weniger kämpferisch fühle. Wach, bereit, aber nicht unter Druck. Anwesend, aufmerksam, weich. Ein wenig gummiartig, federnd.« »Schön?« »Ja. Aber anders als früher.« »Früher war Kampf.« »Ja.« »Von dem du ja schon länger Abstand genommen hast.« »Ja.« »Gäbe es denn Anlass zu kämpfen?« »Natürlich. Das weißt du doch. Schau dich um, hier und überall. Die Verteilung von Reichtum oder von Chancen. Oder: die Verteilung von Leben und Tod.« »*Das seh ich schon, dass es ungerecht zugehen muss. Mich wundert, dass ich so fröhlich bin.*« »Von wem ist das?« »Keine Ahnung.« »Die Menschen sind etwas Vorübergehendes auf diesem Planeten. Da bin ich sicher. Vielleicht macht mich das gelassener.« »Vielleicht sogar fröhlicher? Manchmal kommst du mir so vor. Das war früher nicht so der Fall.« »Vielleicht sogar fröhlicher ... ja. Wenn man den Tod nicht mehr fürchtet, lebt es sich besser ... und froher.« »Ist das von deinem Meister?« »Nein. Aber er hat mich auf die Spur gesetzt. So wie du ja jetzt mit dem Papst ins Bett gehst.« »*Die intensivsten Freuden des Lebens kommen auf, wenn man die anderen beglücken kann, in einer Vorausnahme des Himmels,* das sagt der Heilige Vater.«

John greift über Sidney hinweg zu der goldenen Schale, die auf dem Schränkchen neben dem Bett steht. Sie ist mit Körperöl gefüllt. »Du erlaubst?« Er beginnt, Sidney von den Füßen her zu massieren, verteilt dazu das leicht nach Zitrus riechende Öl. Seine Finger drücken und streichen sanft über alle Wege, die Sidneys Körper bereithält. Rund um ihre Vagina verändert er nicht das Tempo oder die Intensität, zieht weiter über ihren Körper nach oben. Sidney hat ihre Hand an seinem Schwanz und spielt damit.

»Gib mir auch ein wenig Öl in die Handfläche, John.«

John küsst Sidney, ihre Lippen sind sehr weich.

83

Warren holt John in sein Zimmer. Er ist aufgeregt, drängt John an den Schreibtisch und zeigt auf den Bildschirm. Eine Seite der NEUEN ZÜRCHER ZEITUNG ist geöffnet. *Bläul startet neues Umweltprojekt – Der Schweizer Milliardär Peter Bläul (79) wird, wie schon vorher mehrere Male, große Wasserbereiche, diesmal in Südamerika, erwerben und sie dem Naturschutz unterstellen. Es handelt sich um gewaltige Flächen, größer als die Schweiz.*

»Okej«, sagt John, »ein guter Mann.« »Du erinnerst dich noch an die Verknüpfung mit Amor und Conradi?« »Ja, sicher. Das hast du ja recherchiert.« »Dann lies hier unten in dem Interviewtext: *»Herr Bläul, es gab Gerüchte, dass Ihnen kürzlich sehr viel Geld, sagen wir, abhanden gekommen ist. Können Sie das bestätigen?« »Ich kann Sie beruhigen, daran ist nichts. Es hat kein Money-Leak gegeben. Mir wurde eine entsprechende Nachricht zugetragen, ich habe sie prüfen lassen. Da ist aber nichts. Alles in bester Ordnung.« »Die Summe von 100 Millionen Franken ist nicht verschwunden?« »Wie gesagt, es ist alles in Ordnung, Frau Benatelli. Machen Sie sich keine Sorgen. Und Zahlen würden wir ohnehin nicht kommentieren.«*

»Was bedeutet das?«, fragt Warren. »Das kann vieles bedeuten. A: Es hat keinen Geldverlust gegeben. B: Es hat ihn gegeben, aber Bläul will das aus der Öffentlichkeit heraushalten. C: Es läuft etwas ganz anderes …« Nach einer Pause fügt John hinzu: »Ich weiß nicht, wie es für Bläul ist, bilanztechnisch und steuerlich, wenn ihm 100 Millionen abhanden kommen. Kann er das geltend machen? Wirkt sich das sogar positiv aus? Die Welt des Geldes hat viele Möglichkeiten. Ich frage Sven, der sollte das wissen.« Und: »Klasse, dass du das rausgefunden hast, Warren!« »Was der Bläul mit den Wasserflächen macht, hört sich gut an, oder?« »Ja. Und natürlich auch: Nein. Von wem kauft er? Wer bekommt also das Geld in diesem Fall, in wessen Taschen landet es? Was geschieht dann damit? Ist es Land von Kleinbauern? Das ist sehr interessant!« »Würde Conradi was Besseres mit dem Geld anfangen?« »Eher nicht, der rudert rum, was er damit machen soll …« »Wenn er das Geld überhaupt hat …«

John sieht Warren an: »Genau, wenn er es überhaupt hat …« »Bekommen wir das raus?« »Macht er noch diese Videobotschaften?« »Nein, das hat mit Sizilien aufgehört.« »Danach hat er nicht mehr mit Geldscheinen herumgewedelt?« »Nein, danach ist nichts mehr zu sehen.«

Es ist Abend, durch die Fenster im oberen Stockwerk des alten Hauses fällt Licht. Das Bleulsche Haus ist hell erleuchtet, der Schein dringt bis hier herein. John sieht, dass Bewegung im Haus gegenüber ist, jemand kommt das Treppenhaus hinunter. Er sieht, dass zwei Polizisten vor dem Eingang stehen und offenbar auf Einlass warten. John geht in sein Zimmer, die Polizisten sprechen mit Amor. Er lässt sie herein. John sieht, dass Helena im Treppenhaus von oben kommt. Die Polizisten sprechen mit ihr.

John hat eine Matte ausgerollt und dehnt sich. Ohne Gedanken, eine Viertelstunde. Er legt sich unbekleidet aufs Bett, bedeckt sich. Er liegt auf dem Rücken und sieht eine Weile zur Zimmerdecke hinauf.

Dann schließt er die Augen und lässt den erholsamen Bruder des Todes kommen.

84

Es wird Nacht im Hanggebiet, wenige Häuser zeigen noch Licht. Hier und da flammt ein Außenscheinwerfer auf, wenn eine schleichende Katze passiert. Danach erlöschen sie wieder. Dem alten Hund fällt es schwer, die Treppen zu bewältigen. Ob sie es mit Holgers Pensum aufnehmen könnten? 5000 Stufen jeden Tag! Der jüngere Hund hat es einfacher. Der Dackel läuft gern und hat ebenso gern Gesellschaft. Für ihn ist ihre Dreiergruppe perfekt.

Die Wege und Treppen, oft verhangen von herüberragenden Pflanzen, liegen überwiegend im Dunkel. Man sieht kaum, wo genau der Fuß aufsetzt. Die Frau kennt den Weg gut genug, um durch die Dunkelheit zu finden. Niemand begegnet ihnen.

Die Angeln quietschen nur wenig, als die Frau das Gartentor öffnet. Sie geht an die Seitenwand, holt den Schlüssel aus dem Versteck, das auch Margret benutzt hat, betritt durch den Kellereingang das Haus. Dann beginnt der Anstieg, die Frau macht kein Licht. Die Hunde warten schon an der Tür zum Turm, als sie die letzten Stufen erreicht, und drängen hinein, als sie sie öffnet. Im Raum findet sie sie dann bei Karl Mohr. Er ist im Sessel und atmet schwer. Sie geht zu ihm und greift seine Hand. »Karl. Ich bin es, Almut. Man hat mir gesagt, dass du mich sehen willst.« Der Reeder antwortet nicht.

Sie hat ein Grablicht mitgebracht, dessen Kerze sie ansteckt. Das Licht ist nicht symbolisch gemeint, es ist praktisch. Der Docht wirft einen hellen Schein in den Raum. Plötzlich sind die Gemälde an den Wänden zu erkennen, die vielen Schiffe … Die Frau bewegt das Grablicht nach vorn und kann in Karl Mohrs Gesicht sehen. Seine Augen liegen sehr tief in ihren Höhlen, er hat sie geschlossen. Sein Mund ist faltig und steht etwas offen. Sein Atem rasselt, wenn er ausatmet, und pfeift, wenn er einatmet. Er schlägt die Augen auf und blickt sie an.

»Magst du etwas trinken?« Der Reeder nickt. Die Frau holt Wasser aus der Abseite, wo auch Holger war. Sie setzt den Rand des Glases an seine Lippen und lässt einen winzigen Schluck in seinen Mund laufen. Er hat Mühe zu schlucken.

»Ich sterbe, Almut.« Die Stimme des Reeders klingt jetzt klar. »Hast du Schmerzen?« Er schüttelt den Kopf. »Soll ich jemanden holen?« Wieder schüttelt er den Kopf und fasst nach ihrer Hand.

»Es läuft alles weiter wie bisher. Die Überweisungen kommen über Hark.« »Ich danke dir, ich danke dir für alles.« »Ich wollte dir noch sagen ... ich hätte gerne mehr für dich getan.« »Was du getan hast, war viel. Ohne dich – wer weiß, was aus mir geworden wäre.« Sie schüttelt den Kopf. »Kann ich Hark trauen?« »Ja, vertrau ihm. Aber sei vorsichtig. Die Dinge können sich ändern, wenn ich nicht mehr da bin. Finanziell ist alles gesichert. Er kommt an sein Salär nur, wenn auch deines fließt, das habe ich gekoppelt.« »Wissen die anderen, dass du stirbst?« »Margret weiß es, sie war hier. Meine Kinder werden es früh genug erfahren. Leonie hätte ich gerne noch einmal gesehen. Sagst du ihr das, wenn ihr euch das nächste Mal begegnet, unten am Strand?« »Ich kam heute an dem Haus vorbei. Menschen davor, auch Polizei. Leonie Bleul ist gestorben.«

Sein Atem stoppt, setzt sich dann noch flacher fort. Aus seinen Augen rinnen Tränen. Im Schein des Grablichtes sieht er aus wie ein trauriger, alter Clown. Die Frau streicht ihm über die Wange, wischt die Tränen zart zur Seite. Er sagt: »Sie war eine tapfere Frau.« »Das war sie.« »Der Sohn taugt nicht viel, aber vielleicht verdanke ich ihm doch etwas.« »Amor?« »Er ließ mich einfach liegen. Nicht sehr klug. Doch gab er mir damit Zeit, über meinen letzten Weg nachzudenken. Wie ich ihn gehen will. Gegangen bin. In Frieden, Almut. Jetzt kann der Todeszug kommen.«

Die Frau fragt nicht nach, was mit Amor war. Es braucht sie nicht zu kümmern, so viel hat sie verstanden. Sie spürt die Stille, das Herannahen des Todes in Karl. Sie hört auf seine Atemzüge, schaut ihn an. Die Augen sind wieder geschlossen. Nach einer Weile fängt sie an zu sprechen, spricht leise in seine Richtung, spricht zu sich selbst: »Dein Frieden. Den wünsche ich mir auch. Er entzieht sich mir. Alles, was ich erreichen kann, ist Zufriedenheit für einen Moment. Ich habe meine Bilder, sie sind voller Geschichten. Voller Wind, Wärme, Kälte. Und Licht in tausend Farben.«

Ihre Hand an Karls Hand fühlt die Veränderung kommen. Der Zug des Todes ist nahe. Er nimmt Karl Mohr mit sich. Die Hunde haben sich dicht nebeneinander an die Wand gelegt, ihre Köpfe liegen zwischen den Pfoten. Sie halten Wache und warten, bis die Frau sich wieder rührt. Das wird eine Weile dauern.

Endlich steht sie auf, legt eine Decke über Karl Mohrs Körper. Über seine Beine, um seinen Bauch. Sie steckt die Decke links und rechts fest.

Noch einmal streicht sie ihm über Kopf und Haare, küsst ihn auf die kühle Stirn.

Sie stellt das Grablicht auf die Fensterbank, es grüßt zu den Schiffen, zum Fluss, zum dunklen Himmel.

Dann geht sie das Treppenhaus hinunter.

Der alte Hund hat Mühe mit den Stufen.

Dem Jüngeren fällt alles leichter.

Teil VII

85

Sidney hatte darum gebeten, nicht an der Bestattung ihres Vaters teilnehmen zu müssen. John und Warren hatten sie quasi vertreten, nebenbei auch für den Schutz der Alten gesorgt. Margret und Karl Mohr. Niemand sprach darüber, wer der Greis war, der am Anleger mit ins Boot stieg. Er selbst nicht, und nicht ihre Mutter. Das berichtete John hinterher. Sidney zweifelt nicht daran, dass John trotzdem Bescheid weiß. Das ist sein Job. Und Warren? Er ist vielleicht noch zu jung, um den Wunsch seiner Großmutter infrage zu stellen. Sidney kommt dem Wunsch ihrer Mutter nach, den Namen nicht zu nennen.

»Warum Karl Mohr?« Sidney hatte ihre Mutter damals gefragt, aber keine wirkliche Antwort erhalten. »Er ist ein alter Freund, er hat viel für uns getan.«

Sidney fühlt sich in diesem ›uns‹ mit eingeschlossen, ohne zu wissen, warum. Den Namen Mohr hörte sie zum ersten Mal an diesem Ort. In Missouri fiel er nie, auch nicht am Familientisch in den Gesprächen über Deutschland, die selten waren, sehr selten. Hier ist dieser Name einer von vielen im Dorf, wenn auch einer der wichtigeren.

Dass Sidney nicht mit auf den Fluss wollte, bedeutet keine Distanzierung. Sie hatte vorher Zeit gehabt, von Herbert Abschied zu nehmen. Die Verbringung seiner Asche in den Fluss war ein Akt, den sie sich vorstellen konnte, aber nicht erleben musste. Jetzt allerdings ist die Frage aufgekommen, ob es nicht noch eine Gedenkfeier für alte Freunde geben sollte. Etwas im kleinen Kreis.

Sidney hat die Nacht in der Wohnung ihrer Mutter zugebracht. Hier hört man die Schiffe klarer als oben am Hang. Besonders die großen Antriebsaggregate sind fast körperlich zu spüren. Die tiefen, wummernden Schläge aus den riesigen Rümpfen der Containerfrachter, die helleren Motorgeräusche kleiner Frachter, das Kreischen der Außenbordmotoren von Speedbooten. Zwei neue Binnenschiffe, die regelmäßig vorbeikommen, machen ein besonders störendes Geräusch. Nun sitzen Sidney und Margret auf dem Balkon beim Frühstück.

Sidneys Mutter ist früh aufgestanden, Sidney hat ihre Schritte gehört, offenbar ist sie am Fluss gewesen. Frisch gebrühter Kaffee steht auf dem Tisch, Sidney füllt eine Müslischale mit Getreide und Obst. Ihre Mutter hat sich einen Haferbrei angerührt, der sehr englisch aussieht. »Magenprobleme?«, fragt Sidney. »Ein bisschen.«

»Wen wollen wir zu der Abschiedszeremonie einladen?« »Mir fallen kaum Namen ein. Herbert hat den Kontakt zu seinen früheren Freunden nicht gehalten. Seit wir hier sind, ist ihm hin und wieder ein Bekannter über den Weg gelaufen. Zufällig, er hat die Begegnungen nicht gesucht.«

»Wir haben auch nicht viel Kontakt. Wir könnten frei einladen, einen Aushang beim Bürgerverein machen und sehen, wer kommen will. Das wäre doch auch schön.« »Und wenn niemand kommt?« »Dann ist das eben so. Nicht schlimm.«

Sie möchte jemand Bestimmten sehen, denkt Sidney. Der Name Almut schwebt durch den Raum. Sidney lässt ihn fliegen, greift nicht danach.

»Und wo wollen wir das machen? Bei mir?« »Nein, zu aufwendig. Lass uns in eines der Restaurants am Uferweg gehen. Vielleicht zum BÄCKER?« »Ist ganz schön da. Draußen kann man herrlich unter den Bäumen sitzen.« »Und vorn fließt der Fluss, den Papa so gern mochte.« »Den dein Vater so gern mochte, da hast du recht.«

»Dann machen wir es so?« »Ja, machen wir. Bereitest du das vor, Sidney?« »Mache ich, klar.«

»Wir müssen sehen, dass wir bald einen Termin finden. Es sterben ja viele in letzter Zeit.«

»Wie meinst du das? Wer ist denn noch gestorben?«

»Karl.«

»Karl Mohr? Wann denn?«

»Heute Nacht.«

»Wieso weißt du das schon?«

»Ich war früh auf«, sagt ihre Mutter, als sei das eine Erklärung.

86

Conradi reist ab. John liest die Nachricht von Warren. »Woher weißt du das?« – »Er hat Fahrkarten gekauft.« – »Wohin?« – »Nach Zürich.« – »Wann?« – »Morgen.« – »Weißt du mehr zu unseren Fragen?« – »Kommt gleich.«

John ist unterwegs zu seiner *Motte*, um ein paar Sachen zu warten. Mit den Geschwindigkeiten der Boote steigt der Verschleiß. Er muss die Rolle in einem Umlenkblock auswechseln und will eine kleine Delle im Rumpf spachteln, die er sich bei der letzten Tour reingefahren hat. Andreas und er waren kurz mit den *Motten* gegeneinander gekommen. Nicht schlimm, aber es ist besser, sie gleich zu reparieren.

Das Display blinkt erneut, eine Voicemail von Warren. »Dieser Bläul ist ein sehr beachtlicher Mann. Fast 80 und vielleicht der reichste Mann der Schweiz. Er stammt aus armen Verhältnissen in Bern und hat sich hochgearbeitet, sein Vermögen hat er in den Staaten gemacht, in der Umwelt- und Messtechnik. Vor drei Jahren hat er durch den Verkauf seiner Anteile eingecasht, er wird auf zehn Milliarden Franken geschätzt. Die 100 Millionen von Conradi sind also gerade mal ein Prozent seines Vermögens. Bläul unterstützt Museen, seine alte Uni in Princeton …«

Es hört sich an, als würde Warren eine andere Seite öffnen oder Notizen holen, die Voicemail stoppt kurz. Dann die nächste Nachricht: »Aktuell gibt seine Foundation am meisten Geld für den Ankauf von Wasserflächen aus, 40 Millionen Acres hat er schon gekauft, überall auf der Erde, das sind gut 16 Millionen Hektar.

Wahnsinnig viel Fläche!« John hört am Tonfall, dass Warren beeindruckt ist.

»Das Ganze ist eine Campaign for Nature – die Flächen werden unter Naturschutz gestellt, zum Teil renaturiert. Das Ziel ist, in den nächsten 15 Jahren 20 Prozent der Wasserfläche der Erde unter Naturschutz zu stellen. Mit vielen positiven Effekten, für die Artenvielfalt ebenso wie für den Klimaschutz. Bläul ist auch am Amazonas aktiv. Wo ja gerade ganz andere Sachen passieren… Nicht nur da macht es sehr viel Sinn, was er unternimmt.«

John ruft Warren direkt an: »Das klingt alles beeindruckend, hoch interessant. Aber was ist mit unserer Sache, was ist mit dem Geld von Conradi? Hat er es noch, ist es geflossen? Weißt du mehr?« »Wo das Geld geblieben ist, kann ich nicht herausfinden. Es hat die Überweisungen an Amor gegeben, das ist sicher. Conradi selbst hat aber immer nur überschaubare Summen auf seinen Konten, zumindest auf denen, die ich inzwischen kenne. Das reicht offenbar für seine jeweiligen Aktivitäten, im Prinzip ist es Geld für den Tagesbedarf. Ein paar Tausend Euro, keine Hunderttausende. Übrigens sind die Konten der Galerie in Zürich wieder offen!« »Wieso das denn?« »Keine Ahnung, ist jedenfalls so. Da geht Geld raus und rein, gesperrt ist nichts mehr.« »Vielleicht geht er deshalb nach Zürich zurück…« »Das weiß ich nicht.« »Okej, Warren, vielen Dank. Ich habe Sven informiert, er sieht sich die Geschäfte der verschiedenen Firmen von Bläul an. Er kommt nachher, ich bin unten bei den Booten und berichte dann.«

»Sidney ist da, sie fragt, wann du kommst.«

»Nach dem Sundowner. Wenn ich das schaffe. Gib ihr einen Kuss von mir.«

»Gut, bis nachher!« Warren und John beenden ihr Gespräch.

John rührt den Härter in den Zwei-Komponenten-Spachtel und muss zügig arbeiten, bevor die Paste durchhärtet.

87

Amor und seine Schwester sitzen mit der Pastorin aus der Nachbargemeinde zusammen. Ihre Mutter hat hinterlassen, dass ihre Trauerfeier in der alten Fachwerkkirche am hohen Ufer des Flusses stattfinden soll, wenige Kilometer stadteinwärts. Auch die Erdbestattung ist dort vorgesehen, auf dem 200 Jahre alten Friedhof. Dies alles steht allein in der Macht der Pastorin, denn Frau Bleul hat die Kirche vor Jahrzehnten verlassen, die Pastorin muss dem Wunsch zustimmen.

Bezeichnenderweise hatte Leonie ihre Kirchenzugehörigkeit in den 70er Jahren des vergangenen Jahrhunderts beendet, in den dunklen Jahren. »Gott war anderswo« – so hatte Leonie Bleul manchmal gesagt, wenn das Gespräch auf diese Zeiten kam. Damals hatte das Attentat im Haus gegenüber stattgefunden. Ihr Mann hatte profanere Gründe für seine Distanz zur Amtskirche angeführt: »Denen schmeiß ich doch nicht mein Geld hinterher, das sind alles Rote …«

Die Pastorin und Frau Bleul hatten den persönlichen Kontakt dennoch nie verloren. Frau Bleul stammte aus der Nachbargemeinde, der die Pastorin vorstand, einer Gemeinde in einem ehemals ländlicheren Dorf, das ebenso wie der Stadtteil hier inzwischen mit der großen Stadt verschmolzen ist. Und die höchsten Quadratmeterpreise für Haus und Boden aufweist.

»Hallo, Amor, hallo, Dorothee! Wir haben uns lange nicht mehr gesehen«, sagt die Pastorin, als ihr geöffnet wird. »Guten Tag, Pastorin Engelhardt!«

Die Besucherin ist eine kleine, quirlige Person, beide haben bei ihr den Konfirmandenunterricht besucht. Der Klassiker, die Eltern sind nicht mehr in der Kirche, aber die Kinder werden noch getauft... Amor hat bei seiner Konfirmation gern die Geschenke der Verwandtschaft entgegengenommen, danach sah man ihn nicht mehr oft in der Kirche. Seine Schwester ist eine Zeitlang noch in die Jahresgottesdienste gegangen, zu Ostern und an Weihnachten. Sie hat auch ihre beiden Kinder taufen lassen, eine enge Bindung an die Kirche gibt es auch bei ihr nicht mehr.

Doch mit dem Todesfall ist ihnen das Zeremoniell der Kirche willkommen, besonders da die Mutter es ausdrücklich so gewünscht hat. Sie können nachvollziehen, dass ihre Mutter den Kontakt zur Pastorin aufrechterhalten hat, sie ist eine unkonventionelle Person, menschlich hoch engagiert bei aller zugrundeliegenden Religiosität und Frömmigkeit.

»Eure Mutter hat noch vor Kurzem um einen Besuch von mir gebeten«, teilt die Pastorin mit. »Sie war eine unglaublich tapfere Frau bei all dem Leid, das sie in den letzten Jahren körperlich zu tragen hatte...« Die beiden stimmen ihr zu.

»Leonie hat festgelegt, wie sie die Trauerfeier gern veranstaltet hätte. *Jesus meine Freude*, *Vem kan segla*, sie hat alle Lieder benannt. Habt ihr spezielle Wünsche?« Amor und Dorothee lesen den Zettel mit den Gesprächsnotizen der Pastorin aufmerksam durch. »Das können wir gern so machen. Wir sind einverstanden. Danke.« Dorothee spricht, Amor fällt ihr nicht ins Wort.

»Dann lege ich einen Termin fest, spreche auch mit der Friedhofsverwaltung.«

Die Pastorin zögert: »Was ist mit Helena? Ich habe gehört, die Polizei war hier, um sie zu befragen?« »Ja, es gab wohl einen Hinweis durch den Bestatter, dass es sinnvoll sein könnte, die Todesursache noch einmal zu prüfen.« »Und was hat das mit Helena zu tun?« »Nun, sie war zuletzt bei ihr und hat sie sozusagen gefunden.« »Das heißt?« »Dass die Leiche von Mutter noch nicht freigegeben wurde.« »Wird sie obduziert?« »Das wissen wir nicht. Jedenfalls ist sie noch nicht für die Beerdigung zugänglich.«

»Habt ihr Zweifel an einem natürlichen Tod? Du warst doch auch im Haus, Amor …« »Ich habe keine Zweifel. Und Helena? Warum sollte sie so etwas tun wollen?« »Um Mutters Leiden zu beenden«, sagt Dorothee. Die Pastorin sieht sie fragend an. »Vielleicht sollte ich mit Helena reden.« »Ja, warum nicht? Das hilft sicher auch Helena. Die Befragung war nicht sehr schön! Vor allem, da die Polizei auch noch spät abends kam, als gäbe es dringenden Verzug zu handeln …« »Soll das gleich sein?« Dorothee sieht Amor an. »Von mir aus gerne.«

Amor betätigt die altmodische Klingel, die seine Mutter nutzte, wenn sie nach Helena rufen wollte. »Ich telefoniere auf jeden Fall mit den Behörden, um zu erfahren, wann Leonies Beerdigung stattfinden kann«, sagt die Pastorin noch. »Ich mach ein bisschen Dampf. Vielleicht kann ich so herausfinden, was da sonst noch läuft.«

Es klopft und Helena betritt den Raum. »Helena, die Pastorin möchte kurz mit dir sprechen«, sagt Amor. »Wir lassen euch dafür allein. Sie sagen uns Bescheid, wenn Sie uns noch brauchen, Frau Engelhardt?«

»Ja, das mache ich.«

Die Pastorin begrüßt Helena und bittet sie, bei ihr Platz zu nehmen.

Die Geschwister verlassen den Raum.

88

Conradi sitzt vor dem Café, neben ihm steht die Sporttasche. Er trägt eine helle Leinenhose, braune Schuhe und ein leichtes, helles Sakko. Amor kommt den Bürgersteig entlang und setzt sich neben ihn.

»Wann ist die Trauerfeier für deine Mutter?« »Das steht noch nicht fest. Wir haben keine Freigabe für die Bestattung.«

»Glaubst du, dass Helena da mitgewirkt hat?« »Ich weiß es nicht. Wenn überhaupt, dann im Einverständnis mit meiner Mutter. Helena wäre für sie die naheliegende Lösung gewesen. Eine andere gab es kaum. Mit ihr war sie täglich in Kontakt. Selbst konnte sie es nicht machen. Und Helena hilft, wie wir wissen. Auch wenn es nicht sehr klug gewesen wäre, sie da mit hineinzuziehen.«

»Hättest du es gekonnt?« »Was gekonnt?« »Deiner Mutter … helfen.« »Ich glaube eher nicht. Mich hätte sie auch nicht gebeten, vielleicht hätte sie es mir nicht zugetraut. Bei Helena, einer Angestellten, die sie bezahlt, hätte das für sie anders ausgesehen. Das klingt hart, ich weiß. Und es schließt nicht aus, dass die beiden sich nahestanden.«

»Was hat denn der Arzt gesagt?« »Es gab wohl verdächtige Blutflecken an der Nase und ein paar Details, die die Möglichkeit von Ersticken zeigen. Aber ich kenne mich da nicht aus.« »Zum Glück!«

Die Bedienung bringt Milchkaffee und Wasser.

»Was hast du vor, warum wolltest du mich sprechen?« »Ich fahre nach Zürich, heute noch, ich bin quasi auf dem Weg.« Amor ist erstaunt: »Ist das eine gute Idee, Herr Lauterbach? Da wird man dich schnell als Conradi erkennen …« »Das macht nichts, das darf jetzt sein. Ich will die Sache beenden. Im Sinne der Aktion.« »Aktion? Das heißt?« »Sag mir zuerst, ob du die 100.000 noch brauchst?« »Nicht dringend, ich verfüge jetzt über die Konten meiner Mutter, das ist bereits geregelt. Insofern: nein.« »Dann wäre es gut, wenn du das Geld auf das Konto der Galerie überweist. Ich würde gern etwas damit machen.« »Aber du hast doch noch reichlich … und ist das Konto der Galerie denn wieder zugänglich?« »Na ja, ich habe nicht wirklich viel. Nur noch das hier.«

Conradi zieht den Reißverschluss seiner Sporttasche ein Stück auf, Amor sieht einige Bündel Geldscheine. »Sag ich doch, dass du noch reichlich hast.« »Das ist nur eine Schicht, darunter sind meine Klamotten.« »Und wo ist die ganze Kohle?« »Im Ätna, hast du doch gesehen!« »Haha, das hast du nicht wirklich da reingeworfen! Jedenfalls nicht viel. Du hast mir doch danach die 100.000 geschickt und warst noch teuer unterwegs.«

»Das war alles überschaubar, kein Millionending, nicht mal ein Hunderttausendding …« Conradi grinst. »Ich erzähl dir noch, wie es sich abgespielt hat. Wichtig ist jetzt, dass du überweist. Dann kann ich in Zürich wieder loslegen.« »Du meinst, du öffnest die Galerie wieder?« »Ja, aber das will gut vorbereitet sein. Wir haben ja etwas zu erzählen.« »Du sprichst in Rätseln!« Amor ist nicht sicher, in welchem neuen oder alten Spiel er gelandet ist.

»Lass mich machen. Wir werden einen blitzsauberen Re-Start hinlegen. Inhalte setzen. ES GEHT NICHT UM GELD. Das ist doch ein schönes Gegenthema für die Schweiz, finde ich. Ich versuche, jemanden zu bekommen, der wirklich zieht.« »Wen?« »Warte ab.« »Das ist jetzt kein Fake?« »Ein bisschen inszeniert muss es schon sein …« »Also doch Fake?« »Nein, es wird real, wahr, wirklich, sogar reell, handfest, natürlich.«

Amor ist die Sache nach wie vor unklar. Er bekommt kein Bild davon, was Conradi vorhat. Und Conradi hält sich bedeckt.

»Wann bekomme ich mein Geld dann zurück?« »Dein Geld?« »Na ja, aktuell bin ich der Besitzer der 100.000.« »Aber nicht der Eigentümer. Ich habe es dir nur anvertraut. Und mir gehört es auch nicht, wie du weißt.«

Amor schüttelt den Kopf. »Ich muss bekloppt sein, aber ich mache es. Ich gehe zur Bank und überweise auf unser Konto. Bleibt es dann da drauf?« »Eher nicht.« »Du sagst jetzt aber nicht auch noch: Vertraue mir!« »Ich sage: Warte ab. Es klärt sich bald.« »Etwas mehr Transparenz wäre unter Geschäftspartnern ganz gut …« »Tomorrow, my friend, tomorrow! Oder etwas später …«

Beide nehmen den letzten Schluck aus ihren Tassen. Rundherum ist es voll geworden. So schlecht die Café-Kultur im Stadtteil gepflegt wird, so bereitwillig wird jedes halbwegs ordentlich geführte Etablissement angenommen. Alle Tische sind besetzt, es ist später Vormittag. In diesem Café sitzen diejenigen, die Müsli mögen, einen belegten Bagel, belgische Waffeln. Auf der anderen Straßenseite sitzen die seit längerer Zeit Eingesessenen bei belegten halben Brötchen, Wurst, Käse oder Rührei. Instinktiv haben sich Amor und Conradi bei den überwiegend Zugereisten platziert. Exakt lässt sich das gar nicht mehr trennen. Altreich und neureich, altarm, neuarm, hier gibt es alles.

Amor erhebt sich, Conradi ebenfalls, beide haben dieselbe Richtung. Der eine geht zur Bank, der andere zum Bahnhof. Der Weg zum Bahnhof führt an der Bank vorbei.

Conradi umarmt Amor. »Ich geb dir Bescheid, wie es läuft.« »Ja, mach das. Bist du sicher, dass Zürich eine gute Idee ist?« »Ja, ich bin sicher. Ich war lange genug unterwegs.« »Okay, wenn du meinst. Ich bin mir nicht so sicher.« Sie umarmen sich erneut.

Bevor Conradi über den Zebrastreifen geht, sagt er noch: »Übrigens, Amor, ich habe die Karten von Sidney mitgenommen.« »Welche Karten?« »Die Postkarten. Als Kopien.« »Wieso denn das? Was willst du damit, wie kommst du überhaupt darauf?«

»Ich war bei Warren. Da habe ich sie gesehen und finde sie sehr interessant.« »Aha … Ich finde sie nicht besonders, was hast du damit vor?« »Das wirst du sehen, wenn du nach Zürich kommst.« »Sehr geheimnisvoll, Herr Conradi, sehr geheimnisvoll … was wolltest du denn von Warren?« »Ach, der hat ein paar Sachen für mich gemacht. Das ist ein guter Computerfreak, er kann prima hacken.« »Und das hat er für dich gemacht?« »Klar, wir haben das eine oder andere glattgezogen.«

»Glattgezogen?«

»Ja. Finanzielles … aber ich muss los. Mein Zug fährt bald. Ciao, Amor.« Conradi sprintet bei Rot über den Zebrastreifen, ein Auto muss bremsen.

89

Es klingelt. Sidney sieht, dass Holger vor der Tür steht.

»Hallo, Sidney!« »Hallo, Holger! Was kann ich für dich tun?« »Wenn der Briefträger zweimal klingelt … Du weißt doch!« »Okej, ich steh aber nicht soo sehr auf ältere Herren …« »Ein bisschen Barmherzigkeit, Sidney … Ach, Quatsch. Mir ist wegen der Postkarten eine Idee gekommen. Kann ich die Sammlung noch mal sehen?« »Du hast mit John darüber gesprochen, er hat es mir erzählt. Was ist deine Idee?« »Lass mich erst mal gucken.«

Sidney verschwindet nach oben, Holger nimmt in der Küche Platz. Diese Küche atmet die Jahrhunderte. Er sieht sich um, die Fliesen an den Wänden, die alten Balken, die die Decke abstützen, die offenen Balken, auf denen die Dielen des oberen Stockwerks liegen. Holger hört die Schritte von Sidney.

Er stellt den Karton vor sich auf den Tisch, nimmt Karte um Karte heraus. Sidney sieht noch einmal die Abbildungen vom Fluss, seinen Ufern, den Schiffen, Wellen, Wasser und Himmel. Sie kann keine Botschaft erkennen. Holger betrachtet die Rückseiten, die Stempel auf den Briefmarken. Die Vorderseiten mit den Motiven sieht er kaum an. Es sind 60 Karten, Sidney hat sie seit 1980 bekommen. Erst eine, dann eine zweite, dann nach und nach mehr und mehr. Geschickt nach Missouri, New York, Singapur, in den Oman, nach Deutschland … Überall dorthin, wo sie länger war. Eine Karte jährlich war das Minimum. Manchmal kamen zwei, einmal auch drei.

»Margret hat die ersten Karten für mich aufbewahrt, ich selbst habe sie erst später gesammelt. Ich glaube, Margret hat gesagt, ich solle sie doch sammeln, wer wüsste schon, was sie bedeuten. Aber sicherlich seien sie ein Gruß …«

Holger sieht alle Karten intensiv an, zuckt dann mit den Achseln: »Ich kann leider nichts finden, was einen Sinn ergibt. Ich hatte gedacht, dass die Stempeldaten etwas ergeben oder in den Stempeln selbst irgendetwas zu erkennen ist. Aber da sehe ich überhaupt nichts. Und zu den Motiven fällt dir mehr ein als mir …« »Nein, mir fällt auch nichts auf. Es sind einfach Bilder vom Fluss.« »Da ist jemand Jahr um Jahr hier.«

»Warren hat recherchiert, er hat eine Person in die engere Wahl genommen. Viele Motive sind wohl von der Flussterrasse aufgenommen. Da wohnen zwei Fotografen, genauer gesagt ein Fotograf und eine Fotografin.« »Da komme ich nur hin, wenn ich den Kollegen vertrete. Und neulich war ich da, aber nicht im Dienst. Bei einer Frau mit zwei Hunden.« »Wer ist die Frau?« »Ich weiß es nicht. Ich sollte ihr nur was mitteilen.« Sidney überlegt.

»Die Fotografin, mit der Warren sprach, hat auch zwei Hunde. Machst du das öfter, solche Botengänge?« »Nein. In dem Fall kam der Auftrag von jemandem, dem ich das nicht abschlagen wollte. Glaubst du denn, die Person, die dir die Karten schickt, will gefunden werden?« »Gute Frage. Besonders bemüht darum hat sie sich nicht. Es fühlt sich an, als wolle sie einfach präsent sein. In meinem Leben. Als würde ihr das reichen. Oder ihm. Grußworte, wie Margret sagt. Trotzdem seltsam, nicht zu wissen, von wem sie kommen.«

»Ich hätte mich gefreut, dir helfen zu können. Dass wir hier zwei Todesfälle haben, hast du mitbekommen?« »Frau Bleul von gegenüber ist gestorben, ja. Und wer noch?« »Karl Mohr.« »Ja, stimmt, das hat mir meine Mutter erzählt.« »Das wird eure Treppe verändern. Die Ältesten treten ab.« »Wenn wir meinen Vater dazu zählen, sind es schon drei, die gestorben sind, innerhalb weniger Wochen.« »Leonie Bleul und Karl Mohr innerhalb von 24 Stunden.« »Ja, das ist speziell. Dir geht es aber gut, Holger?« »Ja, danke, ganz okay. Meiner Frau geht es nicht so gut. Die hat es böse mit den Knien.« »Das tut mir leid. Grüß sie bitte und wünsch ihr alles Gute!«

Sidney und Holger gehen zur Eingangstür. Sidney fasst Holger an den Arm: »Du kennst doch hier jeden. Wer würde sich wohl über eine Einladung zu einer kleinen Gedenkfeier für meinen Vater freuen?« »Das müssten dann schon die Älteren sein, ein paar gibt es ja noch. Zwei Kapitäne wohnen weiter unten. Und der Buchhändler müsste ihn kennen. Ich schreib die Namen auf und steck dir morgen einen Zettel in den Kasten.« »Klasse, Holger, du bist ein Schatz!«

Sidney gibt Holger einen Kuss auf die Wange und sagt: »Hast du wirklich schon solche Angebote bekommen? Als Postbote, der zweimal klingelt?«

Holger grinst: »Du weißt doch, Verschwiegenheit ist die Basis meines Geschäfts. Ich weiß zu viel, um darüber zu reden! Und wenn, würde ich es selbst dir nicht erzählen. Tschüss, Sidney!«

90

Dawnpatrol. Diesmal scheint es richtig abzugehen. Schwarzgraue Wolkentürme stehen im Osten über der Stadt und werden starken Wind bringen. So hoch, wie sie jetzt schon stehen, werden sie irgendwann Geschwindigkeit aufnehmen. Und marschieren. Noch ist nicht klar, wohin. Das ist niemals klar bei Gewittern. Zumal Gewitter erst in eine Richtung ziehen können und dann auch wieder zurück. Der Fluss kann eine Barriere sein, muss es aber nicht.

Der Fotograf von der Flussterrasse ist unten beim Podest mit den *Motten*, an der uralten Pappel, deren faltige Rinde sich mit dem Beton arrangiert hat. Niemand nimmt sich gegenseitig die Existenz. Nun gut, ein wenig heben die Wurzeln den Beton an, und sicherlich hemmt der Beton auch das Wurzelwachstum des Baumes. Wie lange die Pappel wohl noch stehen darf, bis die Säge kommt? Es muss eine große Säge sein, denn diese Pappel ist ein Solitär, der einzige Baum an dieser Stelle, nah am Saum des Flusses. Sie besitzt einen gewaltigen Stammumfang, zwei Erwachsene können sie nicht umfassen. Es gelänge gerade mit sechs Armen.

Sven lehnt an der Pappel und sieht misstrauisch gen Himmel. »Was gibt das?«, fragt er den Fotografen, der auch als Wetterkundiger einen Ruf hat. »Unklar für euch. Für mich gibt es gute Motive. Die Sonne scheint gegen das Grau im Osten. Jetzt noch ein paar Schiffe, ein paar Böen und ich habe gut zu tun! Der Fluss wird schon liefern.«

»Wir auch, falls wir überhaupt starten!«, sagt Sven. Er schaut fragend zu John. »Ich glaube, heute kommen nicht mehr viele.«
»Vielleicht Oliver, obwohl er sich ja neulich schon verabschiedet

hat. Das will er sich vielleicht doch nicht entgehen lassen: Finale! Die anderen kommen heute bestimmt nur zum Gucken.« »Und was machen wir?« »Das entscheiden wir gleich, lass uns kurz warten. Dann machen wir vielleicht einen short ride.« »Fliegen!« »Das tun wir ja immer. Aber diesmal am Limit.« »Okej.«

John sagt: »Sven, ich möchte dich etwas fragen, juristisch, steuerlich. Kennst du dich mit Schweizer Recht aus?« »So lala, aber: Ja. Worum geht es denn?« »Wie sind große Vermögen dort abgesichert?« »Was meinst du?« »Sagen wir, einer hat 10 Milliarden Dollar oder Euro oder Franken, welches Risiko hat der noch, davon etwas zu verlieren?« »Wenn er kein Dummkopf ist, ein sehr geringes. Schließlich ist unser System darauf ausgerichtet, dass die großen Haufen größer werden. Dafür gibt es viele Mechanismen und Tausende von Möglichkeiten.«

»Nehmen wir an, 100 Millionen von den 100 Milliarden werden ihm abgezockt, kriminell entwendet.« »Wie soll das denn gehen?« »Nimm es einfach an … Ist das dann versichert? Ist das anders abgesichert?«

»Das kann ich nur im konkreten Fall sagen. Hat die Bank es verschuldet? Dann wird sie das in der Regel über ihre Versicherung regeln. Sogar dann, wenn ein Mitarbeiter betrügerisch gehandelt hat. Da wird erst einmal möglichst geräuschlos vorgegangen. Der Ruf der Bank darf nicht leiden. Ist es kein Fehler der Bank, muss man schauen, wie der Eigentümer sich abgesichert hat. Da gibt es viele Möglichkeiten … Und übrigens: Erst mal muss das Controlling das ja auch merken. Die Eigentümer selbst kommen da kaum drauf. Was meinst du, wie viele Konten, Kontovorgänge, Firmen da zu kontrollieren sind! Wenn nicht ein gescheiter Algorithmus hinterlegt ist, kommt das möglicherweise sehr spät raus. Mancher dieser Milliardäre ist noch old school unterwegs ... In dem Beispiel, das du genannt hast, sind – umgerechnet – von 100.000 Euro gerade mal 1000 verschwunden ... das würdest du auf deinem Konto auch nicht sofort bemerken. Oder doch? Dann fehlt bei dir ein bisschen Masse ... Also im Normalfall wird das dauern, bis es auffällt oder auffliegt.«

»Es ist also eine Frage des Controllings, ob das zügig bemerkt wird. Gesetzt den Fall, diese 100 Millionen wurden abgezweigt, einige Tage oder Wochen wurde dann unbemerkt mit dem Geld gearbeitet und danach kommt das Geld zurück auf das ursprüngliche Konto. Dann wird es doch noch unwahrscheinlicher, dass es auffliegt?«

»Wie gesagt, bei einem modernen Controlling fliegt es auf, bei anderen vielleicht sehr spät, von gar nicht ist aber nicht auszugehen. Auf der anderen Seite: Die haben ja viel zu kontrollieren und wenn die Jahressumme diesen undefinierten Verlust nicht aufweist – was ist denn dann überhaupt vorgefallen? Das wäre ein Superding – einer lässt 100 Millionen, sagen wir, zwei Monate für sich arbeiten, macht dabei nur fünf Prozent plus, dann hat er ja schon gut 800.000 raus. Not bad! Und es können ja auch ganz andere Gewinne in kurzer Zeit entstehen. Danach zurück mit dem Geld. Dass das dann noch einer verfolgt, nun ja ...«

»Hältst du so einen Coup für denkbar?« Sven zögert. »Es widerstrebt mir, so etwas für möglich zu halten. Vermutlich aber ja, unter besonderen Voraussetzungen und Umständen. Und das wäre dann ein echtes Ding. Reden wir hier von etwas Realem?« »Das genau ist die Frage. Fake oder nicht Fake.« »Das sollte sich aber feststellen lassen.« »Im Prinzip schon. Danke jedenfalls für die Auskunft. So hatte ich mir das auch vorgestellt. Mit den heute üblichen Summen und Geldmengen werden Dinge möglich, die früher gar nicht denkbar gewesen wären. Gigantische Geldmengen, die gehandelt werden, und für die es kaum noch individuelle Verantwortlichkeiten gibt. Kontrollierbar sind sie nicht. Erlebbar schon gar nicht. Aber sie sind vermehrbar. Das geht immer.«

»John, der Analytiker. Aber natürlich hast du recht. Da brauchst du dich nur hier am Ort umzuschauen. Zwischen vermögend, reich und stinkreich bis hin zu superreich, also Milliardär, kannst du in unserem kleinen Vorort doch gar nicht mehr unterscheiden. Ob einer komplett arm ist oder genug zum Leben hat, das lässt sich ausmachen. Bei allem anderen stellt sich einzig die Frage: Wie viel von deinem Reichtum machst du sichtbar? Wenn du schlau bist, nur so viel wie nötig. Und dann ist auch die Frage, wie viel du wo und vor allem für wen einsehbar machst. Eine Frage der Taktik, in vielerlei Hinsicht.«

Sven blickt zum Himmel. Die grauen Wolkentürme stehen unverändert über der Stadt.

»Komm, lass uns loslegen. Wenn es rüberkommt, können wir immer noch abbrechen.«

»Okej«, sagt John.

»Let's go! Let's fly!«

91

Das Wasser des Flusses ist steingrau. Schaumkronen hecheln wie weiße Flecken über seine Oberfläche. Die Sicht ist eingeschränkt, weit hinten im Westen zieht eine Regenwand über den Fluss. Ob Meer oder Fluss, das spielt optisch keine Rolle mehr, die langen Perspektiven sind nicht mehr da, der Fluss liegt im geschlossenen Grau gefangen. Ungerührt schiebt sich der Massengutfrachter VOGERUNNER aus der Front heraus und bringt Schüttgut in den Hafen. Ihm entgegen steamt der kleine Chemikalientanker HANNE THERESA gegen den schon heftig böigen Win'd. IMO 9246918 kennzeichnet das wenig beladene Schiff, dessen tiefste Stelle achtern beim Gewicht des Antriebsaggregats liegt. Der Bug ragt hoch auf und zerteilt das graue Wasser des Flusses. Rechts und links weht die Gischt die aufgescheuchten Wellenkämme weg.

92

Die schwarze Wand über der Stadt ist in sich zusammengefallen, doch ein Bruder dieses Ungeheuers hat sich aufgebaut, er kommt von hinten, von Süden und marschiert über den Fluss. Schon länger hat sich die Atmosphäre über dem Alten Land erst seltsam aufgehellt, dann zunehmend verdunkelt. Hohe Diesigkeit entlässt fast alles Licht aus ihren Fängen und füllt bald den Himmel im Südwesten aus. Der Himmel ist tiefschwarz und komplett verschattet, die Sonne gerät in die Defensive. Die Dunkelheit steht auf der anderen Seite des Flusses, erhebt sich nun vollständig und überwölbt den Himmel bis weit über den Geesthang auf der anderen Seite. Über dem Dorf mit dem Treppenviertel wird es Nacht am späten Tag. Wer empfänglich ist für solche Bilder, denkt an Untergang und Apokalypse. Das Ende von allem, den Kinofilmen sei Dank. Urängste rühren sich, die Ahnen würden sich jetzt in eine Höhle zurückziehen und das Ende des Wetters abwarten. Im Mittelalter würde die Kirche das Ereignis zur Ermahnung der ängstlich um die Altäre versammelten Gemeindemitglieder nutzen. Die Wege des Herrn sind unergründlich: *Wie unergründlich sind seine Gerichte, und wie unausforschlich seine Wege!*

Mitten in die Dunkelheit schlägt das Geräusch eines still in der Luft stehenden Hubschraubers einen dauernden Wirbel, auch die Menschen in den Häusern bekommen es mit. Geknatter in der Luft. Warren beugt sich aus dem Fenster, um nach der Ursache des Krachs zu sehen. Auf der Flusstreppe halten Touristen an und blicken nach oben. Der Hubschrauber steht über dem nächsten Hügel mit dem Restaurant auf seiner Spitze. Die Flagge am Mast auf dem Turm, von dem der unbekannte Fotograf so spektakuläre Fotos machte, hängt schlapp herab. Die Ruhe vor dem Sturm. Der Hubschrauber verharrt im Himmel, der Wind der Rotoren gelangt nicht bis nach unten. Und auch dem Gewitter geht noch immer kein Wind voraus. *Es wird kommen aus Zion der Retter …*

Durch die Dunkelheit scheinen die nun eingeschalteten Leuchten in den Häusern. Das Blaulicht mehrerer Polizeiwagen schwenkt unruhig über die Bebauung des Hangs. Die Wagen fahren die schmale und gewundene Hauptstraße hinunter, am Schein der blauen Lichter sieht man, dass einige weiter runter zum Uferweg wollen. Die anderen nehmen Geschwindigkeit auf, um die steile Auffahrt zum Hügel und zum Restaurant anzugehen.

Es ist nicht Warrens Art, solchem Geschehen hinterherzurennen, aber diese Situation ist speziell, gespenstisch ist sie ohnehin. Sie fasziniert und interessiert ihn. Was geht hier vor? Er greift nach Regenjacke und Kappe und verlässt das Haus. Der Hubschrauber steht immer noch über dem Hügel und den Häusern, die Blaulichter sind unterhalb des Restaurants zu sehen, am Uferweg unter der Flussterrasse.

Erste Blitze zucken über den Fluss, reißen ihn in voller Länge in grelles Licht. Grollend folgt der Donner. Eine Regenböe schnellt über das Fahrwasser, der Wind kommt. Ein kleineres Containerschiff zeigt sich beeindruckt und lenkt leicht gegen. Prasselnd schlägt die Regenböe auf die Hangbebauung ein. Die wenigen Bäume, die oben an der Kante der Flussterrasse stehen, weichen mit ihrem Geäst dem Druck nach Norden aus, weg vom Wind. Warren sucht Schutz hinter dem ersten Haus, das am Beginn der Flussterrasse steht. Hart schlägt der Regen auf den Weg, der vor dem Haus vorbeiführt.

Durch den trommelnden Regen läuft die Frau, die sonst mit ihren Hunden unterwegs ist. Sie läuft schnell, wird vorangetrieben von drei Personen, die Warren fremd sind. Warren meint zu erkennen, dass der erste der drei die Frau vorwärts stößt. Wenige Meter von Warren entfernt kommen sie vorbei, sehen ihn aber nicht. Sie haben es eilig, die drei hinteren haben Rucksäcke aufgeschnallt. Der Scheinwerfer des Hubschraubers schwenkt über die Flussterrasse, verharrt nicht bei den Laufenden. Der Hubschrauber hat Mühe, seinen Standort in Sturm und Regen zu halten.

Nun dreht er ab, offenbar wird die Wetterlage zu gefährlich. Die Scheinwerferlichter kippen beim Abflug mit zur Seite.

Die vier Laufenden biegen am alten Fischerhaus nach links ab. Von rechts, vom Fluss herauf, sieht Warren Polizisten die Treppen hochlaufen. Sie haben ihre Waffen gezogen. Die vier schlagen den Weg ins Innere des Treppenviertels ein. Wenn man sich hier auskennt, ist es für Nichteinheimische schwer zu folgen und noch schwerer, nicht auf Finten hereinzufallen. Die Frau, die Warren wegen der Fotos besucht hat, ist einheimisch, sie kennt alle Wege, Stiege, Treppen. Der Vorteil der Wegführung, ihre Winkligkeit, die überraschenden Wendungen, kann sich für die Flüchtenden auch ins Gegenteil verkehren, denn auf den zum Teil mannsschmalen Wegen zwischen den Häusern könnten die vier überraschend gegen die Pistolenläufe ihrer Jäger rennen.

Warren geht davon aus, dass die vier die Gejagten sind. Er sieht, wie die Polizisten ihnen zu folgen versuchen. Die fehlende Lenkung durch den Hubschrauber werden sie kaum ausgleichen können. Wenn aber auf der anderen Seite des Hügels viele warten, wird es dort eine Auseinandersetzung geben – wenn die vier ebenfalls bewaffnet sind. Oder die drei. Denn die Situation der Frau ist Warren unklar. Vielleicht ist sie gezwungenermaßen dabei, vielleicht ist sie auch der Kopf des Quartetts.

Warren bleibt im Schutz des Hauseingangs stehen und versucht, von dieser hohen Position aus zu erkennen, wohin die vier gelaufen sind. Sie müssen bereits auf der anderen Seite der Hügel auf der Höhe sein. Sie können aber auch nach links und weiter nach rechts geschwenkt sein. Warren gelingt es nicht auszumachen, welchen Weg sie eingeschlagen haben. Er sieht keine Lichter, die Hinweise geben, und er kann nichts hören, was ihm hilft. Weitere Polizisten sind die Flussterrasse entlanggelaufen und den Kollegen gefolgt. Er zieht sich in den Hauseingang zurück, will kein Kollateralschaden desorientierter oder panischer Schützen werden. Das gibt es in solchen Fällen immer wieder.

Vermutlich hätten die vier keine Chance auf Entkommen gehabt, wäre ihnen nicht das Unwetter zur Seite gesprungen. Unverdrossen peitscht der Regen von Süden auf den Hang und seine Häuser, rüttelt an Dachpfannen und Reethalmen. Die Straßen- und Wegbeleuchtung scheint den Regen an, erhellt aber nicht die Wege. Der Schein ihrer Leuchten endet außerhalb eines engen Lichtkegels. Warren glaubt nicht, dass die vier noch in der Nähe sind. Er glaubt auch nicht, dass die Polizeikräfte sie gestellt haben. Für die vier kommt es jetzt darauf an, wohin sie sich wenden, wenn sie aus der engen Bebauung herauskommen. Stoppen sie ein Fahrzeug? Wohl kaum. Wenden sie sich zum S-Bahnhof? Mit Sicherheit nicht. Klug wäre es, denkt Warren, wenn sie sich weiter in der verwinkelten Welt aufhielten und erst in einiger Entfernung unauffällig ein Auto besorgten, um dann sehr schnell großen Abstand zu gewinnen. Oder wenn sie weiter nach Westen durch den Wald fliehen würden.

Wer sind die drei? Was hat die Frau mit ihnen zu tun? Immer noch steht Warren in der rückwärtigen, dunklen Ecke des Hauseingangs.

Die Frau, die im Regen vorbeigeht, sieht ihn nicht. Es ist die Frau von der Flussterrasse. Sie kehrt allein zurück.

Soll er ihr folgen? Er weiß ja, wo sie wohnt und wo ihre Hunde hinter der Fensterscheibe der Terrassentür warten.

Wenn sie sich nicht vor den Blitzen ins Haus zurückgezogen haben.

So wie Warren in seinen Hauseingang.

Teil VIII

93

Den Gewitterböen des gestrigen Tages folgte ein veritabler kleiner Sturm. Ein seltener Vorgang: Sturm nach einem Gewitter. Normalerweise folgt auf Gewitter und Durchzug der Fronten erschöpfte Ruhe, ein Aufatmen der Atmosphäre. Hier brach die nächste Windfront los. Offenbar etwas, das draußen auf der Nordsee schon länger drängte, aus der tückischen Nordwestrichtung, die das Meerwasser optimal in den Mündungstrichter des Flusses drückt. Eine klitzekleine Sturmflut entstand, mit Flussschwappen in die Vorgärten und aufs Bootspodest.

Die Sundowner räumen auf. Das Wasser hat das Betonpodest mit den Liegeplätzen nicht stark geflutet, aber Slipwagen und Boote umhergerückt. Dieses und jenes Detail der *Motten* hat es zerzaust, einiges auch zerlegt. Der Wind war spät in der Nacht gekommen, es hatte keine Durchsagen gegeben und keine warnenden Kanonenschüsse. Das kleine Hochwasser war nicht ernst genommen worden. Für die Sundowner wäre es trotzdem angebracht gewesen, aus den Betten zu steigen und die Boote auf die Straße zu schieben, raus aus dem Wasser und aus den sie schlagenden Wellen.

Denn mit dem Wind waren die Wellen gekommen. Nichts, was ein Frachtschiff durchgerüttelt hätte, vom Seitendruck auf die Flächen der Containerfrachter oder Kreuzfahrtschiffe abgesehen ... auch das kann Auswirkungen haben, wie am Touchdown des Containerfrachters am Fähranleger vor Kurzem abzulesen war. Die Boote stehen wieder an ihren Plätzen, der Fluss liegt bei mittlerem Wasserstand friedlich da. Nach Stürmen ist er besonders ruhig, zumindest erscheint es dem ruhebedürftigen Betrachter so. Zwei kleinere Containerzubringer schieben in unterschiedlicher Richtung aneinander vorbei. Ein Kreuzfahrtschiff ist im Westen in der Biegung des Flusses zu sehen. Von Höhe und Färbung könnte es die Königin der Kreuzschifffahrt sein. »Kommt die Queen heute?«, fragt Andreas. »Keine Ahnung«, sagt Sven. »Aber das könnte sie sein.« »Dann gibt es gleich auf die Ohren! Der Sound des alten Typhons zieht einem in den Magen! Und bei uns müssen sie sich ja bemerkbar machen, die Kundschaft will gegrüßt werden, hier wohnt doch für Kreuzfahrten der Euro! ... Erst das Gewitter, dann der Sturm und nun noch das Typhon!«

John fragt Sven: »Hast du die Jagd in der Nacht mitbekommen?« »Klar, das war trotz Gewitter und Sturm kaum zu überhören!« »Ist geklärt, um wen es ging?« »Die Posträuber von neulich. Die Vermutung ist, dass es nicht irgendwelche Ganoven sind, sondern drei RAF-Leute der allerletzten Generation, die turnusmäßig auf Raubzug gehen, um die Kasse aufzufüllen. Auch ein Leben im Untergrund kostet.« »Kaum zu glauben, dass solche Gruppen nach so langer Zeit noch existieren!« Wolfgang wundert sich. »Na ja, Gruppen ist zu viel gesagt. Die Herrschaften sind an die 60 und auch drüber. Es wird vermutet, dass sie nicht mehr in Deutschland leben, nur noch zu den Überfällen einfliegen und mit der Beute wieder abziehen. Vielleicht zahlen sie das Geld auch auf ein Konto ein ... Da geht sicher einiges. Im Übrigen ist es nicht verwunderlich. Wer von denen noch lebt und nicht gefasst wurde, der muss ja irgendwo sein. Dass sie normalen Erwerbstätigkeiten nachgehen, ist unwahrscheinlich.« »Der Postraub ist zehn Tage her«, wirft John ein, »ich finde es seltsam, dass sie wieder auftauchen. Oder dass sie noch immer hier sind.« »Das ist mehr als seltsam. Wo waren sie in der Zwischenzeit? Warum haben sie sich nicht längst vom Tatort entfernt?« »Vielleicht hatten sie eine zweite Aktion vor.« »Möglich ... umso interessanter, wo sie die Tage dazwischen verbracht haben. Hier in der Gegend?« »Offenbar gab es einen Tipp, dass sie noch hier sein könnten, sonst hätte es doch den Einsatz der Polizei nicht gegeben ...«

»Losgegangen ist die Verfolgung oben auf dem Süllberg, danach ging es über die Flussterrasse weiter ...« »Und sind sie weg?« »Sie sind nicht gefasst worden, ja.« »Unser Dorf ist wie gebaut für solche Aktionen, so verwinkelt und versteckt, mit Ecken und Gängen!« »Ohne Gewitter wäre es vermutlich schiefgegangen, was heißt ›schief‹, ... hätte es geklappt, sie festzunehmen! Der Hubschrauber hätte sie wunderbar ausleuchten können! Versuch mal, dem zu entkommen, verwinkelt oder nicht verwinkelt ...« »Vielleicht haben wir Glück gehabt, dass es nicht zu Schießereien oder einer richtigen Schlacht gekommen ist. Die wollten sich mit Sicherheit nicht festnehmen lassen!«

Wolfgang unterbricht: »Anderes Thema: Geht ihr zur Trauerfeier für Karl Mohr?« Sven: »Sicher.« »Meinst du, es ist sinnvoll, zur Kirche zu kommen, oder sind alle Plätze schon belegt?« »Das wird sicher voll, aber wenn du früh kommst, findest du hinten oder auf der Empore wohl noch einen Platz. Versuch es doch. Toute la ville wird sicherlich da sein. Und tout le village.«

John fragt: »Wann findet das statt?« »Übermorgen, elf Uhr. Die Chaussee wird gesperrt, und wir marschieren über die Straße auf den Friedhof zum Familiengrab. Anna Louise Kröger wird singen, die hat Karl gern gehört. Claus Metzger wird an der Orgel sitzen. Der Michel-Pastor wird mit der hiesigen Pastorin durch die Feier leiten. Eine große Geschichte. Willst du etwa auch kommen, John?« »Ich denke schon, er war ja unser Nachbar.«

»Wie geht es Sidney? Ich habe sie lange nicht gesehen!« »Ganz normal, alles okej. Aber sie ist auch viel drüben im Kloster. Es kann sein, dass sie für einige Zeit nach Rom geht.« »Wird immer schlimmer mit ihrem Katholizismus, was?« »Es ist weniger kirchlich, was sie da findet. Außerdem ist der jetzige Papst ja wirklich besonders, anders als seine Vorgänger.« »Das stimmt. Franziskus ist eine Hausnummer, ein Hammer, ein bisschen homophob, wenig feministisch, aber sonst … Auch für einen Lutheraner wie mich einer von Gestalt.« »Ich wusste nicht, dass du gläubig bist!« »Das ist auch zu viel gesagt, ich habe nur Lutheraner gesagt. Ich bin eben noch in der Kirche.« »Ich bin gespannt, was übermorgen in den Predigten gesagt wird. Kommt der Bürgermeister?« »Davon ist auszugehen.«

Andreas fragt: »Machen wir heute den Sundowner?«

»Lassen wir ihn ausfallen! Ich habe auch noch ein bisschen zu reparieren. Ich schlage vor, wir treffen uns morgen wieder.«

»Okay, Jungs, dann bis morgen.«

94

Warren passiert das Haus mit der Wohnung des Fotografen und geht gut 200 Meter weiter zum Haus der Frau mit den Hunden. Diesmal dauert es bis zum Öffnen noch länger als beim letzten Mal. Ein anderer Besucher wäre wieder gegangen. Warren ist sicher, dass er von oben beobachtet wird. Die Frau öffnet, ohne dass sich ein Hund zeigt.

»Hallo, ich bin es noch mal. Darf ich reinkommen?« »Worum geht es denn?« Die Frau sieht erschöpft aus, sie hat rote Flecken im Gesicht und auch an ihren Händen. »Ich möchte etwas mit Ihnen besprechen …« »Ich habe wirklich keine Zeit im Moment …«

Warren sagt: »Ich habe Sie gestern Nacht gesehen.« Die Frau senkt kurz ihre Augenlider, verharrt einen Moment, dann bittet sie Warren herein und schließt die Tür.

»Wie meinst du das, wo hast du mich gesehen?« »Auf dem Weg, etwas weiter vorn, heute Nacht.« »Ja, ich geh manchmal raus. Das ist ja nicht ungewöhnlich.« »Es war während des Gewitters, Sie wissen schon. Sie waren nicht allein, und die Polizei war hinter Ihnen her.« Erst schweigt die Frau, dann fragt sie: »Hast du jemand davon erzählt?«

Diesmal schweigt Warren und fragt: »Wo sind Ihre Hunde?« »Sie sind gestorben, leider.« »Beide zugleich?« »Beide, ja.« »Das ist ungewöhnlich.« »Ja, das ist es.«

Mit dem Gespräch über die Hunde ist zwischen beiden ein Waffenstillstand zustande gekommen. Warren empfindet die Situation nicht als bedrohlich, was er für möglich gehalten, fast erwartet hatte. Aber es fühlt sich an, als würde die Frau trauern.

»Wie sah es denn aus, was du auf dem Weg gesehen hast? Du hast mich gesehen und was noch?« »Sie führten drei Personen im Laufschritt weg, ich würde sagen, zwei Männer und eine Frau. Kurz danach kamen die Polizisten, dann kamen weitere Polizisten. Und Sie haben die drei in Richtung der Lagerfeldschen Villa geführt …« »Wie kommst du denn darauf?« Warren antwortet nicht, es sind auch nur Vermutungen. »Du erwartest sicher nicht, dass ich etwas dazu sage … Möchtest du etwas trinken?« Warren nickt.

Die Frau lässt ihn allein im großen Wohnzimmer mit den großen Fenstern zum Fluss. Kurz darauf kehrt sie mit einer Flasche Wasser und zwei Gläsern zurück. Beide setzen sich auf eine der breiten Fensterbänke. Die Frau sieht müde aus. Nicht wie von einer kurzzeitigen großen Anstrengung, sondern wie von langer Dauer ausgelaugt und ausgezehrt. Ihre Pupillen zeigen weiße Ränder.

Sie legt ihre Hand auf seine: »Es wäre gut, wenn du für dich behältst, dass du mich gesehen hast.« Und: »Ich habe das nicht freiwillig getan.«

»Warum soll ich das tun?« »Weil du damit etwas Gutes tust.«

»Wollen Sie nicht, dass die Posträuber gefasst werden?« »Doch, aber ehrlich gesagt, bin ich da ambivalent. Das hat Gründe. Wichtiger ist mir, dass ich weiter in Ruhe leben kann. Es könnte sein, dass ich es nicht überlebe, wenn ich dabei helfe, dass sie gefasst werden. Wie gesagt, es ist ambivalent. Ich kenne die drei noch aus anderen Zeiten. Es ist wie ein Spuk, eine verkehrte Welt, dass sie hier aufgetaucht sind … Die Vergangenheit kommt zurück …«

»Warum haben Sie meiner Mutter die Postkarten geschickt?«

Die Frau schweigt und blickt auf den Fluss und die Weite. »Das ist nichts, worüber ich sprechen möchte.« »Aber die Karten kommen von Ihnen?« Sie antwortet nicht, widerspricht auch nicht.

Warren ist unsicher, wie er mit der Situation umgehen soll. Für ihn ist klar, dass sie die Posträuber deckt. Für ihn ist klar, dass die Postkarten von ihr kommen. Er vermutet, dass es weitere Verbindungen gibt, über die die Frau nicht reden wird. Noch nicht oder niemals.

Die Grenzen, in denen die Frau ihr Leben lebt, verschieben sich mit Warrens Besuch in einer Weise, die ihr nicht gefallen kann. Doch es kommt keine Aggressivität auf, eher ist es eine tiefe Müdigkeit, die sie gefangen hält.

Zum Glück eskaliert die Situation nicht, Warren fühlt sich immer noch nicht sicher. Wenn sein Eindringen in ihr Haus und sein Wissen über gestern Nacht etwas ist, das sie bedroht, könnte sie auch anders reagieren. Offenbar hat sie ja Umgang mit Schwerstkriminellen.

»Die Hunde sind tot.« Warren wiederholt, was er schon weiß. »Ja.« Die Frau bestätigt das noch einmal. »Das verändert Ihr Leben ja ziemlich!« Sie wiederholt ihr »Ja«. »Werden Sie sich neue Hunde zulegen?« Die Frau scheint zu überlegen. Dann sagt sie: »Hättest du Lust, mit mir einen auszusuchen?«

Warren ist überrascht, plötzlich verringert sie die Distanz. Das ist nicht die bisherige Art der Frau. Warren antwortet: »Vielleicht, warum nicht? Ich komme gern mit, wenn Sie sich welche ansehen.« »Dann lass uns das machen. Ich sage dir Bescheid.«

Es ist wirklich erstaunlich, denkt Warren. Auf diese Art haben wir doch eine Art Deal erreicht.

Ein Deal, dessen Bedeutung ihm nicht klar ist.
Den er aber eingeht.
Etwas Neues hat begonnen.

95

Amor und Dorothee sitzen in der ersten Reihe der alten Fachwerkkirche. Vor Kurzem wurde sie aufwendig renoviert, verrottete Balken mussten ausgetauscht werden, und das Mauerwerk wurde erneuert. Die Pastorin konnte dafür viel Geld einsammeln. Für einen Teil der Vermögenden ist die Kirche immer noch eine der wenigen Möglichkeit zu investieren, ohne auf finanziellen Zugewinn zu schauen. Der Mechanismus ist ein anderer: Sie glauben tatsächlich, Buße zu tun, sie stützen den althergebrachten Aufbau der Gesellschaft, zu dem Kirche gehört, sie erhalten ein Gebäude, an dem sie oft vorbeifahren, das sie schön finden, sie mögen die Pastorin, sie tun etwas Sinnvolles ... Es tut gut, so zu sein. Es macht etwas mit dem, der gibt.

Amor weiß, wer besonders viel Geld gegeben hat. Sie wohnen ziemlich weit von der Kirche entfernt, aber es ist nun einmal die Kirche an der Flusschaussee, an der sie regelmäßig vorbeikommen ...

Conradi könnte mit 100 Millionen Franken einiges für die Kirche tun. Für den Wiederaufbau von Notre-Dame würde es nicht reichen, aber vielleicht in Ländern der Dritten Welt? Amor hat bisher nicht über die Verwendung der Gelder nachgedacht, aber auf der hölzernen ersten Bank und während die Trauergäste ihre Plätze einnehmen, findet er Zeit für solche Gedanken.

Leonie Bleul liegt in einem verschlossenen weißen Sarg. Ihre Schmerzen haben aufgehört, sie musste dafür aufhören zu leben. Die Tote und die Lebenden vereinen sich zum Abschied.

Die ebenfalls renovierte Orgel erklingt, die Trauergemeinde singt, die Pastorin berichtet aus dem Leben der Verstorbenen, es wird gebetet, die Trauergemeinde singt wieder. Amor und Dorothee sprechen nicht, sie überlassen die Worte in der Zeremonie der Pastorin, so wie besprochen, so wie Leonie es festgelegt hat.

Helena weint still. Amor und Dorothee zieht das Zusammenleben mit ihrer Mutter durch den Kopf. Bilder von ihrer Mutter und ihrem vor Langem verstorbenen Vater. Amor, die Schwester und ihre Mutter: Schöne Augenblicke, gute Gefühle, ein bisschen Stress und Missverstehen, Auseinandergehen in eigenständige Leben, die lange Krankheit der Mutter. Sie haben sich nicht mehr oft gesehen. Viel lag auf den Schultern von Helena und den Bekannten im Hanggebiet.

Gekommen sind auch die Seniorenbetreuer und die Spezialisten für mögliche Nachlässe. Helena hat davon berichtet. Leonie war trotz ihrer Krankheit gerade dann in höchstem Maße aufmerksam und hat Helena Zeichen gegeben, wer wiederkommen darf und wer nicht.

Holger ist da, Nachbarn, Schulfreundinnen, diejenigen, die noch leben. Die Reste vom Kränzchen, früher waren es acht Frauen, die sich wöchentlich zum Nachmittagskaffee trafen, Karten spielten und rauchten. Sehr cool! Ehefrauen, Buchhalterinnen, eine Kindergärtnerin, über Jahrzehnte ging das so. Bis die scheinbar Gesündeste plötzlich vom Rad fiel, die, von der alle dachten, sie würde alle überleben. Und genauso ging die Geschichte weiter: Die Zweitgesündeste war die Nächste, die es erwischte, diejenige, die auch im Ruhestand nach strammem Wochen- und Tagesplan agierte, zu Fuß unterwegs war, immer zu Fuß. Aggressive Leukämie. Leonie mit ihren vielen Krankheiten hielt fast am längsten durch.

Die Toten und die Lebenden sind in der Kirche noch einmal in Gedanken vereint.

Amor hat Mühe mit dem Vokabular der Pastorin. Schon bei dem Wort Gott muss er für sich übersetzen, um folgen zu können.

Er sieht zu Sidney hinüber, die auf der anderen Seite mit John sitzt. Sie hat mit Sicherheit keine Mühe. Sie hat keinen Transfer zu leisten, denkt das G-Wort als umfassende Liebe, als Leben an sich, singt melodisch die ausgewählten Lieder mit.

John daneben ist stoischer. Was denkt er? Sicherlich gedenkt er der Nachbarin und honoriert ihren Mut, ihre Ausdauer. Er wird Leonie als Kämpferin sehen. Das christliche Vokabular dürfte seine Sache nicht sein, wird ihn aber auch nicht irritieren. Glaubt John an etwas? Wer weiß.

Der Sarg wird durch den Mittelgang aus der Kirche getragen. Ein Schmetterling flattert durch den Kirchenraum. Auf einem Rollwagen wird der Sarg über die Nebenstraße zum Friedhofseingang geschoben, kurz führt der Weg am gut riechenden, großen Komposthaufen der Gärtner vorbei, dann biegen sie ein ins Urnenfeld, das immer mehr Raum in Anspruch nimmt. Leonie wird traditionell lutherisch bestattet, im verschlossenen Sarg und unverbrannt.

200 Jahre ist der Friedhof alt, ein ganz besonderer Garten der Erinnerung und zugleich Schrebergarten der Angehörigen und Grabstättenbesitzer, mit all den versteckten grünen und gelben Gießkannen und Harken. Erinnerungsort, Andachtsort. Garten der Seelen, wenn es sie denn gibt.

Der Friedhofsverwalter geht dem Trauerzug, dem Sarg und den Sargträgern zum geöffneten Grab voran. Es ist ein prächtiger Friedhof mit vielen alten Gräbern, die größeren zur Butterseite, zur Flusschaussee hin gelegen. Die Idee der Aufklärung, mit der er gegründet wurde, zumindest im Tod allen Menschen Gleiches zuzugestehen und die gleiche Grabgröße, war schnell durch Geldzuwendungen ausgehebelt worden. Geld oder Ideale? Die Sache wurde zugunsten der Toten mit Geld geklärt.

Andererseits: Hier liegen sie dann alle doch nicht weit voneinander entfernt. Die Reeder. Die Volksschauspielerin. Der Ortsgruppenleiter der NSDAP. Die feministische Pastorin. Die viel zu jung Gestorbenen. Der Bordell- und Großgrundbesitzer. Die Spekulanten. Die Buchhalterin. Und immerhin auch ein Muslim auf dem Besitz der lutherischen Gemeinde.

Nach den letzten Worten der Pastorin macht Dorothee den Anfang, ihrer Mutter einen letzten Gruß hinabzuwerfen, die beiden Enkel folgen. Dann sofort Helena; darauf haben Dorothee und Amor bestanden. Danach kommt Amor. Immer noch wird polizeilich ermittelt, auch nachdem der Leichnam endlich freigegeben wurde.

Alle hoffen, dass Ruhe einkehren kann an der Flusstreppe.

River! Der Fluss kommt und geht.

96

Es ist ein besonderer Moment für Conradi, als er den Schlüssel ins Schloss steckt. Er passt, nichts wurde verändert, kein Kuckuck klebt an der Tür. Drinnen riecht es etwas muffig. Der letzte, der hier war, war vielleicht Amor. Vielleicht waren es auch die Reinigungskräfte, sie dürften noch einige Male gekommen sein, bevor sie merkten, dass die Galerie nicht mehr in Funktion war und kein Geld mehr für ihre Arbeit kam. Es ist Zeit durchzulüften.

Conradi schaltet die Strahler an, die Bilder an den Wänden werden ins Licht gesetzt. Alles ist unverändert, so wie er es verlassen hat, und offenbar auch so, wie Amor es verließ. Aus den gegenüberliegenden Geschäften wird herübergeschaut. Nachbarschaftskontrolle funktioniert in den engen Gassen noch. Er selbst hätte auch geschaut, wenn gegenüber, nach längerem Leerstand, plötzlich wieder Leben in die Räume käme. Leben ist übertrieben, im Moment ist es nur Conradi.

Keine zehn Minuten später erscheint der Mann der NZZ. Kein geringes Blatt, das perfekte Medium für Conradis Botschaft.

»Hallo, Herr Conradi, ich freue mich, Sie zu sehen!« »Ganz meinerseits. Schön, dass Sie kommen konnten. Vielen Dank dafür.« »Es gab einiges Rätselraten, was der Grund für die Schließung der Galerie war! Besonders, als man Sie in Videos Geld verbrennen sah. Was ist geschehen?« »Das war ein Fake. Am Ätna ist kein Geld verbrannt worden. Es ging um eine symbolische Handlung zur Infragestellung der Geldkreisläufe.« »Aber wozu diese Aktion? Es wirkte wie ein Auftakt. Danach aber kein Pieps mehr von Ihnen.« »Das stimmt. Danach hat bei mir ein Prozess eingesetzt, den ich nicht vorausgesehen habe. Die Aktion griff zu kurz, sie entwickelte keine wirkliche Kraft.«

»Es gab ja auch das Gerücht, dass es sich um 100 Millionen Franken handelte, die Sie plötzlich zur Verfügung hatten? Eine gewaltige Summe! Gab es dieses Geld?« »Woher haben Sie das? Nein, daran ist nichts. Nein. Es war eine Kunstaktion, zumindest war sie als solche gedacht. Ich will es abkürzen, meine Erkenntnis ging sehr schnell dahin, dass wir gar nicht mehr in Geld denken sollten. Die Aktion war im Grunde kontraproduktiv, weil Geld darin viel zu viel Gewicht beigemessen wurde, als viel zu real erachtet wurde, um daraus natürlich wieder Symbolik zu beziehen. Es geht aber nicht darum, reales Geld zu vernichten, es geht darum, es nicht mehr zu denken. Mit dieser Erkenntnis musste ich erst einmal neu aufbrechen. *Ihr könnt nicht Gott dienen und zugleich dem Mammon,* sagt Jesus in der Bergpredigt. Es dauerte eine Weile, bis ich das begriffen hatte. Die Aktion am Ätna hatte eine andere Wirkung, als ich dachte. Ich bin den Göttern da oben so nah und spiele mit dem blöden Geld. Das war flach, sehr dünn. Das merkte ich aber erst, als ich dort war. Insofern war es eine gelungene Aktion, allerdings anders als geplant.«

»Ich halte biblisch dagegen: *Der Herr hat meinen Herrn Abraham reichlich gesegnet, so dass er zu großem Vermögen gekommen ist.* Das war nur gespielt?« »Ja. Wie gesagt, es geht mir darum, Geld nicht mehr zu denken.« »Aber schön ist es doch, es zu besitzen, nicht wahr? Wir sind in Zürich …« »Ich habe es schon einmal zitiert: *Ich bin nur ein Banker, der Gottes Werk verrich-*

tet.« »Von wem ist das?« »Lloyd Blankfein von Goldman Sachs.« »Klingt zynisch.« »Ich lese es so: Wir sind alle die Banker und haben Gottes Werk zu verrichten.« »Ich bin nicht sicher, ob ich Ihnen folgen kann?!« »*Wie will man für die Armen sorgen, wenn man selbst nichts hat?*« »Das stammt von …?« »Von einem deutschen Professor für praktische Theologie. Von ihm stammt auch dieses: *Investieren widerspricht nicht dem Christentum.*« »Ich halte dagegen: »*Sammelt keine Schätze hier auf der Erde! Denn ihr müsst damit rechnen, dass Motten und Rost sie zerfressen oder Einbrecher sie stehlen.*« »Woher?« »Matthäus 6.«

»Im Neuen Testament behandeln 2804 Verse die Verantwortung des Menschen für Geld und Finanzen, es ist ein Füllhorn!« »Ich halte weltlich dagegen mit einem Ahnherrn, den ich selten zitiere: »*Das Geld ist das dem Menschen entfremdete Wesen seiner Arbeit und seines Daseins, und dies fremde Wesen beherrscht ihn, und er betet es an.*« »Karl Marx, das erkenne ich.«

»Herr Conradi, darf ich fragen, was wir hier gerade machen?« »Ich erläutere Ihnen, was diese Galerie in Zukunft tun wird.« »Bitte, tun Sie das.« »Worum wir uns kümmern werden: NICHT UM GELD.« »*Wir sind vor Gottes Liebe arme Bettler?*« »So etwa! GOTTES LIEBE ist schon mal kein schlechter Begriff, den man aber deuten muss und vielleicht auch leben.«

Der Journalist stoppt den Dialog mit einer Handbewegung. »Sie bestellen den Journalisten einer konservativen Zeitungsredaktion zu sich und ziehen ihn in eine ökonomisch-theologische Zitatbattle. Bin ich bei der ›Versteckten Kamera‹ gelandet oder bei einer neuen Castingshow? Wir beide sind die Live-Acts, und irgendwo sitzen Juroren, die sich gleich umdrehen werden?«

Conradi lächelt: »Ich freue mich, Ihre Neugier geweckt zu haben!« »Ich bin nicht sicher, ob ich neugierig bin oder vollkommen desinteressiert.« »Erinnert Sie das nicht an manches in der Kunstgeschichte, war das Neue nicht manchmal erst verwirrend? Kommen Sie in der nächsten Woche wieder. Ich werde mit keinem anderen Journalisten ein solches Gespräch führen, Sie haben es exklusiv. Aber ich wäre froh, wenn Sie uns ankündigen würden. Heute in einer Woche um 19 Uhr eröffnen wir wieder offiziell. Wir werden Postkarten ausstellen.«

»Postkarten? Habe ich richtig gehört?« »Ja. Und wir werden einen Ehrengast haben, der Sie interessieren wird. Er scheut sonst eher die Öffentlichkeit.«

»Nun machen Sie mich doch wieder neugierig.«

»So soll es sein!«

97

Sidney ist bei Amor im Haus. Sie haben zuletzt wenig Zeit gefunden, beieinander zu sein, schon gar keine Zeit, allein zu sein. Auch jetzt sind andere im Haus, Amors Schwester, Helena und eine Freundin von Helena, die einen Hund mitgebracht hat. Aber für einen Moment ist Ruhe um Sidney und Amor, sie sind im Wintergarten, hoch über dem Fluss.

»River«, sagt Amor.

»Was willst du damit sagen?« »Ach, das kommt mir immer mehr in den Sinn … *All my sins need holy water, feel it washing over me ... The truth and my lies now are falling like the rain / So let the river run.*« Sidney ist berührt von den Zeilen. Sie gibt ihm einen Kuss, schmiegt sich an ihn.

»Sid, ich frage mal so blöd: Was war das mit uns? Und was ist es?« »Was meinst du, Amor?« »Na ja, du weißt schon ...«

Sie sieht ihn an. »Du meinst, weil wir miteinander geschlafen haben?« »Ja.«

»Das war Zuneigung, Nähe, Leben. Auch Liebe.« »Mehr nicht?« »Geht denn mehr, Amor, mehr als Liebe? Möchtest du Fixierung, Festlegung, Sicherheit? Sicherheit vor was? Wäre das immer Bedingung, würde es manche Begegnung ausschließen. Wir waren uns nah und sind es noch, Amor. Es ist das Leben. Das Wunder des Lebens. *Die Sexualität, der Sex,* sind ein *Geschenk Gottes. Kein Tabu,* sagt Franziskus. *Denn es ist die Liebe, die rettet.*«

»Aber Sexualität sieht er bezogen auf die Ehe zwischen Mann und Frau, wenn ich das richtig erinnere.« »Ja, und da beginnt das Problem!« Sidney lacht. »Ich bin verheiratet mit Charles. Habe aber so gut wie keinen Sex mehr mit ihm. Er ist halt nicht da. Ich habe Sex mit John, wunderbaren freundschaftlichen Sex, wir beruhigen und verwöhnen uns damit. Und zuletzt hatte ich Sex mit meinem Nachbarn, den ich sehr mag.« »Du bist besonders, Sidney. Aber es ist auch schwer, sich von dir nicht verwirren zu lassen.« Wieder lacht sie und gibt Amor erneut einen langen, intensiven, erst zupfenden, dann heftigen Kuss.

»So ist das mit dir, Sid. Du küsst mich, und dann gehst du.« »Ja, das Leben geht weiter, Schatz!« »Du glaubst aber nicht wirklich, dass das alles im Sinne von Franziskus ist!« »Hmm, wer weiß! Maria Magdalena war auch nicht ohne ...!«

Amors Schwester und Helena kommen in den Wintergarten. »Entschuldigt, dass wir stören. Amor, können wir dich sprechen? Wir müssen bereden, wie es weitergeht, mit dem Haus, mit Helena, mit dir, wo du hingehst oder bleibst … Wer was macht? Lass uns loslegen!« »Ja, klar.«

Jetzt ist es Amor, der Sidney einen Kuss gibt und sie zur Tür bringt. Sie lässt ihre Hand aus seiner Hand gleiten.

Ihre Fingerkuppen hinterlassen eine Spur, an die er sich erinnern wird.

98

Die Fachwerkkirche auf dem Geestrücken ist Betrieb gewohnt. Hochzeiten, Trauerfeiern, Hochzeiten. Dazu der normale Ablauf des Kirchenjahres und der Kirchenwochen. Bei der Trauerfeier für Leonie Bleul war sie schon gut gefüllt, heute ist sie zu klein. Die Empore ist zu beiden Seiten vollbesetzt, das Kirchenschiff unten ebenfalls, auf beiden Seiten des Mittelganges. In einem dunkel gebeizten, schweren Eichensarg liegt der tote Reeder, der Sarg mit der Flagge der Reederei bedeckt. In den ersten beiden Reihen zur Rechten sitzt seine Familie, die beiden Söhne, eine Tochter, die zehn Enkelkinder, sieben Urenkel, diejenigen Urenkel, die schon sitzen können. Auf der linken Seite sitzen der Bürgermeister, der Wirtschaftssenator, der Vorsitzende des Reederverbandes, die Kollegen Reeder und ihre Frauen. Die Hafenwirtschaft: Schiffsausrüster, Bunkerfirmen, Fastmoker und viele andere. Alte Kapitäne, sogar manche alten Matrosen sind da. Keine Schulkameraden, wie auch bei einem Hundertjährigen? Wer sollte es ihm gleichtun?

Amor ist da, Sven, Andreas ... sogar Holger hat einen Platz ergattert. So hat ihn noch keiner aus dem Viertel gesehen, mit Oberhemd und Schlips, im langen Mantel. Margret Liebermann sitzt in der linken Bankseite, etwa in der Mitte des Kirchenschiffes, Sidney und John neben ihr. Hinten, nicht weit von der Eingangstür, sitzt die Frau, die bis vor Kurzem zwei Hunde hatte. Von der rechten Seite fällt das mittägliche Licht durch die Glasfenster auf die hölzernen Bankreihen, in denen die Farben Schwarz und Weiß überwiegen.

Die Opern- und Musicalsängerin Anna Louise Kröger macht den musikalischen Auftakt mit dem Kirchlied *Schmücke dich, o liebe Seel.* Sie singt den Text des gar nicht weit von hier beerdigten Dichters Klopstock: *Deinen Bund sollst du erneuen, Und dich seines Todes freuen / Lass, Geopferter, mich nahen, Leben! Leben! zu empfahen!/ Hingegeben! Heil der Sünder! Retter! Todesüberwinder!/ Eng ist deines Lebens Pforte! Noch schau ich im dunkeln Worte! / Einst werd ich dich ganz erkennen! Ganz in deiner Liebe brennen!* Die kanadisch-deutsche Sängerin lässt einige Zeilen in Englisch erklingen: *Deck thyself my soul with gladness.*

Ihrem Vortrag folgt der Bürgermeister, ein enger Bekannter des Verstorbenen. Und der Vertreter des Reederverbandes. Der Shantychor aus Finkenwerder lässt ein klassisches, plattdeutsches Rolling Home erklingen: *Dor fohr von Hamburg mol so'n olen Kassen, mit Namen heet de Magelhan / Do weer bi Dog keen Tid tom brassen, dat leet man all'ns bit Obends stohn / Rolling home, rolling home, rolling home across the sea. Rolling home, to good old Hamburg, rolling home, min Deern to di.* Und die Shantys fügen auch eine umgedichtete Strophe ein: *O Magelhan, du oler Kasten, dit Lied sall di een Denkmal sin, / Wenn't regent schraapt de Lüüd de Masten und achtern suupt se unsen Kööm.*

Nachdem sich die Sänger in ihren Matrosenhemden wieder in den hinteren Bereich der Kirche verzogen haben, übernimmt die Hausherrin, die Pastorin. Sie ist zu jung, um Karl Mohr anders als im Alter erlebt zu haben.

Offensichtlich hat sie einen Kern von ihm nicht gutgeheißen, aber gut verstanden, in ihrer kurzen Predigt redet sie nicht drum herum: »Die Kirche weiß, dass sie im Vorletzten lebt, aber vom Letzten zu leben hat. Für Christen gilt der Satz Jesu: *Die Wahrheit wird euch frei machen.* Nach ihr haben wir zu suchen, uns an sie zu halten, auf den Sieg dieser Wahrheit zu hoffen, im Leben und im Sterben. Der Verstorbene hat über den letzten Gang, die letzte Fahrt und Reise pragmatisch gedacht: *»Ich bin dann weg, und das ist alles«*, hat er einmal gesagt. Und: *»Ich glaube nicht. Nicht an die Auferstehung irgendeines Toten, nicht an ein Weiterleben, nicht an das Paradies.«* Ich erlaube mir, dem Pragmatismus Karl Mohrs folgend, und verstehen Sie es bitte nicht als Geringschätzung der Person, mit großem Respekt und in großer Ernsthaftigkeit zu sagen: Er muss sich auch jetzt nicht weiter mit Glaubensfragen beschäftigen. Es ist jetzt nicht mehr die Sache von Karl Mohr. Was jetzt geschieht, das liegt in Gottes Händen.«

Die Pastorin würdigt das Leben des Verstorbenen, geht auf seine Verdienste und Eigenarten ein und spricht die Familienmitglieder direkt an sowie auch seine Freunde und Freundinnen.

Ihre Predigt schließt sie mit einem Wort aus dem 1. Johannesbrief: »*Gott ist Liebe, und wer in der Liebe bleibt, der bleibt in Gott und Gott in ihm.* Gute Reise, Karl Mohr! Panta rhei. Alles fließt. River! Unsere tief empfundenen Wünsche begleiten die Lebenden und die Toten.« Sidney hat bereits in der Hälfte der Predigt links die Hand von Margret genommen und rechts die von John. Die Pastorin segnet, zum Schluss ihrer Predigt, die versammelte Trauergemeinde. Wie auch immer die Versammelten denken und fühlen, es tut gut, etwas zu erhalten, das gut gemeint ist. Einen Segen. Man sieht es den Gesichtern an.

Zu den Klängen der renovierten Orgel bewegen die Träger den Sarg mit dem Leichnam des Reeders durch die Trauergemeinde. Die Flusschaussee ist von der Polizei für den Autoverkehr gesperrt, Sarg und Trauergemeinde ziehen über die Straße zum Haupttor des Friedhofs, vorbei an der großen Steinplatte auf dem ältesten Grab und den Hauptgang hinab. Hohe alte Bäume säumen links und rechts den Weg, alte und neue Grabsteine verweisen auf diejenigen, die zur letzten Ruhe gebettet wurden. Die Sargträger stoppen vor dem Familiengrab der Mohrs, das vom großen Marmorbild eines fünfmastigen Segelschiffes dominiert wird. Es dauert mehr als eine Dreiviertelstunde, bis alle Trauergäste am Grab Abschied genommen haben und das Grab mit dem Sarg allein zurückbleibt.

Die Friedhofsgärtner kommen hinter den Hecken hervor und beginnen, das Grab zu schließen.

Der Berg der Gebinde und Blumen ist hoch und ragt weit auf den Weg hinaus.

99

Überraschenderweise hat die Frau, die keine Hunde mehr hat, ihm eine Nachricht geschickt, ihre Handynummer war nicht unterdrückt. Das passt nicht zu ihrem bisherigen Verhalten, aber zu ihrer letzten Begegnung. Warren ist unten am Uferweg entlanggegangen und steigt die lange Treppe zur Flussterrasse hinauf. Das Haus, in dem der Fotograf wohnt, hat er schon passiert, der Weg mit den Klinkersteinen führt ganz leicht hinauf zum Haus der Frau. Davor wird seit geraumer Zeit ein sehr altes Haus renoviert, Genaues sieht man nicht, es ist unter weißen Planen verschwunden. Möge es darunter restauriert werden und nicht dem langsamen Verfall anheimgegeben sein. Denkmalschutz lässt sich nur durch Verfall aushebeln, aber wer weiß, vielleicht ist auch alles ehrenwert und alsbald prächtig instandgesetzt. Das alte Haus hat eine sehr spezielle Lage direkt am steil abfallenden Hang. Das Haus der Frau liegt nicht ganz so extrem, hält mehr Abstand zu dem wirklich steil zum Ufer des Flusses abfallenden Abhang, fast senkrecht geht es hinter den oberen Häusern hinunter, ebenso schroff geht es hinter den unteren Häusern hinauf.

Die Frau öffnet ihm schnell. Es ist immer noch ungewohnt, dass keine Hunde mehr kommen. »Hallo, Warren! Wie geht es dir?« Der Empfang ist ganz anders als bisher, Warren wundert sich. Was ist mit der Frau geschehen? Er antwortet, dass es ihm gut gehe.

Sie führt ihn wieder ins große Wohnzimmer mit den Panoramascheiben. Über dem Fluss sind nur in der Höhe einige helle Wolken zu sehen, die sich im Jetstream nach Nordosten bewegen.

Der Fluss liegt ruhig da, seine Oberfläche ist kaum gekräuselt, kaum gewellt. Der Wasserstand ist hoch. »Und wie geht es deiner Mutter?« »Ach, auch gut.«

»Ich habe sie in der Kirche bei der Trauerfeier für den Reeder gesehen, mit ihrem amerikanischen Freund, er ist doch Amerikaner?« »Ja, er hat einen amerikanischen Pass. Aber er hat auch lange in Asien gelebt.« »Asien? Wo denn?« »China, Laos, Vietnam, soviel ich weiß.« Die Frau ist aufmerksam. »Und wann war er da? Noch im Krieg?« »Das weiß ich nicht, darüber hat er nicht gesprochen.« »Aber nein, er ist zu jung dafür ...«, sagt die Frau dann. »Ich weiß nur, dass er dort bei einem Meister gelebt hat.« »Einem Meister für was?« »Einem traditionellen Meister, in einer Art Kloster. Ich glaube, er hat eine ganze Zeit da gelebt, als er jung war. Danach ist er nach Amerika gegangen.« »Und in den USA, was hat er da gemacht?« »Das weiß ich nicht genau. Aber Mom und er haben sich bei einer Schießerei kennengelernt! Das weiß ich.« »Einer Schießerei ...?« »Ja, in New York. In einer Kneipe, John hat Sidney da rausgeholt.« »Toll! Da kann sie froh sein ... Und seitdem sind sie zusammen?« »Ja und nein. Sie ist ja mit meinem Vater verheiratet, nicht mit John. Aber zusammen ist sie mehr mit John – und mir natürlich.« »Klar. Das sind ja ein bisschen ungewöhnliche Verhältnisse! Aber toll.«

»Und Sie selbst? Sie haben schon immer hier gelebt?« »Du kannst mich gern duzen, Warren ... Ja, ich lebe hier fast schon ein ganzes Leben, in diesem Haus, an dieser Stelle. Magst du den Fluss?« »Ja, sehr, ich beobachte ihn oft, es fühlt sich gut an, einen solchen Fluss anzuschauen, zu sehen, wie er an keinem Tag gleich ist. Außerdem kommen da die großen Schiffe, und die sind megainteressant. Im nächsten Jahr kommt das größte Schiff, das jemals gebaut wurde, von der Tragfähigkeit am größten. Ein neuer Containerfrachter.« »Du bist gut informiert, Warren!«

»Und du warst bei der Beerdigung von Herrn Mohr.« »Ich war nur bei der Trauerfeier. Da war alles, was Rang und Namen in dieser Stadt hat, einen maritimen Namen hat, sage ich lieber. Keine Schauspieler, Künstler oder so. Das ist eine andere Szene.« »Wieso andere Szene?« »Die maritime Wirtschaft ist sehr traditionell, sehr hanseatisch, man bleibt gern unter sich, sogar recht strikt. Mit Kunst und anderem schmückt man sich gern, hat vielleicht sogar etwas Expertise als Sammler, besitzt aber kaum einen eigenen künstlerischen Sinn. Dafür aber einen umso ausgeprägteren, merkantilen Sinn, es geht darum, mit Handel Geld zu verdienen. Das hat in dieser Stadt eine lange Tradition. Hier geht es im Kern merkantil zu – und kapitalistisch, wenn ich so sagen darf.«

Warren ist aufmerksam geworden. Die Frau benutzt Worte und Begriffe, die er ihr nicht zugetraut hat. Aber er kannte sie ja auch kaum oder gar nicht. Das ändert sich gerade. Offenbar will sie es ändern.

»Was haben Sie … was hast du denn hier dein ganzes Leben gemacht?« »Ich habe ein kleines Vermögen, das mir erlaubt, so zu leben, wie ich lebe. Ich habe dieses Haus – habe es sogar geschenkt bekommen –, und es ist genug Geld für das Monatliche da. Große Sprünge kann ich nicht machen, aber es reicht.« »Gearbeitet hast du nie?« »Nein. Tatsächlich nein. Erstaunlich, oder? Aber ist es bei deiner Mutter nicht ähnlich?« »Ja, das stimmt, sie hat in New York etwas gearbeitet, aber jetzt leben wir von dem Geld, das von meinem Vater kommt.« »Auch der Amerikaner?« »Ja, John bekommt auch Geld. Er beschützt uns ja.«

»Es gibt viele, die hier im Viertel nicht selbst arbeiten, na ja, nicht viele, aber doch einige. Noch verbreiteter ist es, sein schon vorhandenes Geld zu neuem Geld zu machen. Davon gibt es hier noch viel mehr.« »Aber es gibt auch Holger, den Postboten, es gibt Apotheker, es gibt Elektriker, es gibt Lotsen und Seeleute, es gibt Gastwirte, es gibt Künstler, Journalisten … eigentlich gibt es doch alles!« »Ja, sicher, aber das Viertel ist schon anders als andere. Es ist eine ziemliche Ausgeburt des Kapitalozäns, wie man heute sagt, des Zeitalters, in dem das Geld regiert. Das sieht man hier in allen Facetten, mit seinen guten Seiten und den schlechten auch.« »Du redest ein bisschen wie John«, sagt Warren. »Ach ja? Das ist interessant!« »Wieso?« »Ach, es ist doch schön, wenn man gemeinsamen Geistes ist oder von so jemand hört.«

Die Frau macht eine Pause. Sie haben Saft getrunken. Dann spricht sie weiter: »Warren, ich möchte dich um etwas bitten …« »Worum denn?« »Der Fotograf, den du kennst, der nicht weit von hier wohnt …« »Was ist mit ihm?« »Welchen Eindruck hast du von ihm?« »Der ist vielleicht ein bisschen speziell, aber ich kenne ihn auch nicht näher … Warum?« »Ich habe einen Verdacht.« »Welchen denn?« »Dass er Leute mit seinen Fotos erpresst.« »Wie meinst du das?« »Nun, wer so viel fotografiert, wer alle Winkel hier kennt, der hat auch viele Gelegenheiten, das zu fotografieren, was eigentlich privat bleiben soll. Das kann man ausnutzen.« »Ich verstehe, aber wie kommst du darauf, dass er das ausnutzt und Leute damit erpresst?« »Ich habe ihn oft mit Leuten aus dem Viertel zusammen beobachtet, die offensichtlich nicht mit ihm zusammen gesehen werden wollten. Dabei ging es manchmal ziemlich hoch her, auch laut, es gab Streit… Und dabei kam es auch zur Übergabe von irgendwelchen Dingen.« »Das ist spannend. Ich kann ja ein bisschen recherchieren. Mal sehen, was seine Computer zeigen.« »Da kommst du ran?« »Weiß ich nicht, aber ich kann es versuchen.« »Das fände ich gut. Klasse, wenn du das kannst…«

»Ich versuche es. Kannst du mir eine Mailadresse von dir geben?« »So was habe ich alles nicht. Ich hatte ja bis vor ein paar Tagen auch noch kein Handy.« »Du hattest kein Handy?« »Nein, ich lebe etwas altertümlich…« »Warum denn bloß?« »Ach… das hat viele Gründe. Nicht so wichtig. Ich bitte dich, meine neue Nummer niemand anderem zu geben, wirklich niemand. Das Handy ist nur für uns beide, bitte!« Warren ist erstaunt, aber einverstanden. »Deal«, sagt er.

»Und was machen wir, wenn wir wissen, was der Fotograf vor hat?«

»Das sehen wir dann. Es kommt ja auch darauf an, was er wirklich plant.«

100

Nur noch fünf *Motten* fliegen. Oliver hat schon aus Portugal Bilder gepostet, auf denen er auf einem Surfbrett foilt. Sie hatten recht mit ihrer Vermutung, dass er sich das nicht entgehen lassen wird. Jetzt heben auch die Surfbretter ab! Hier sind es noch die fünf *Motten*, die vor dem Strand vorbeiziehen und die einlaufenden Containerschiffe locker achteraus lassen. Es sieht kybernetisch aus, wie ein einziger rückgekoppelter Organismus mit fünf schnellen Teilen, die mal enger, mal weniger eng zueinanderstehen, dabei alle im Bezug aufeinander bleiben. Ein fast musikalisch anmutendes Bild. Oder eines aus dem Ballett.

Sidney sieht zu den *Motten* hinüber, dann zu den Gästen im BÄCKER. Es ist noch warm am Abend, dieses Jahr meint es gut mit den Norddeutschen. Die alten Knochen dürfen länger durchwärmen und durchlüften als in vielen anderen Jahren, in denen man sich fragte: Warum lebe ich ausgerechnet hier und nicht weiter im Süden? Jetzt kommt das lange halbe Jahr, in dem es früh dunkel wird und in dem manchmal tagelang Grau über dem Ort hängt, das bis tief in die Gassen und Treppen vordringt und depressiv machen kann. Irgendwie beschäftigt man sich den Winter über so gut es geht, folgt seinen Geschäften, geht Verrichtungen nach und sehnt sich nach dem Frühling, den ersten warmen Winden, dem Licht, dem Sonnenuntergang im Verlauf des Flusses. Im September und im April gibt es diesen besonderen Sonnenuntergang. Zweimal im Jahr sieht es beim Sonnenuntergang so aus, als versinke die Sonne im Meer. Eine Einbildung. Ein Wunsch. Eine Fantasie und optische Täuschung.

Um im Bild zu bleiben: Hier sind einige alte Knochen versammelt, die kleine Nachfeier für Herbert Liebermann findet statt. Aufgewachsen ist Herbert oben auf dem Geestrücken, am westlichen Ausgang des Ortes, wo die Wälder beginnen. Wo es links zum Wasserwerk hinaufgeht und rechts leicht hinunter zum nächsten Ort, der schon im Hinterland des Flusses liegt. Eine der

Rodelbahnen lag vor seiner elterlichen Haustür, Schröders Wiese. Und früher gab es noch Schnee und Eis! In jedem Winter wartete man auf den ersten Frost und den ersten winterlichen Niederschlag. War der Frost ausreichend stark, wurde mit Wasser nachgeholfen und der Hügel zur Eisrinne gemacht, über die die Kinder mit ihren Schlitten sausten, die Älteren mit den eigentümlichen, unbequemen und unsicheren *Kreeken*, sehr flachen Schlitten, die mit Steuerlatten gelenkt wurden. Eine Erfindung der einheimischen Bootsbauer; Holz hatten sie, Bedarf gab es auch, also bauten sie *Kreeken*. Noch heute gibt es Rankings, welche *Kreek* von welchem Bootsbauer die beste war oder ist. Hast du eine *Krumm*? Die alten Herren am Tisch beim Bäcker kennen sich aus mit *Kreeken*. Alle wuchsen hier auf. Eine kleine Gruppe stammt aus dem Finkentaler Weg, mit denen hat Herbert am meisten Kontakt gehabt. Durch den Finkentaler Weg ging er zum Fluss hinunter, von oben durch Schröders Wiese und weiter auf der Straße – bis dahin, wo er zuletzt wohnte.

Viele sind nicht gekommen, aber einige haben sich doch eingefunden, mit Holgers Hilfe. Sie sitzen draußen unter den flachen Ästen der uralten Linde beieinander, mit Margret und Sidney und Holger. Verwandtschaft hatte Herbert nicht mehr oder nur sehr entfernte, Großneffen, Großnichten, die aber nicht oder nicht mehr im Norden wohnen. Gekommen sind die Einheimischen, die Freunde aus der Volksschule, aus dem Gymnasium, vor allem die aus dem Finkentaler Weg.

Neben dem *Kreek*fahren ist das Eisschollenschippern ein großes Erinnerungsthema. Damals, als es die richtigen Winter noch gab! Mit dem Winter kamen im Januar und Februar die großen

Eisschollen. Mächtige Schollen von drei Meter Durchmesser und mehr und von beachtlicher Tiefe oder Dicke. Im Fluss sorgten sie für ein knirschendes oder raschelndes Geräusch, je nachdem, wie hart das Eis noch war. Flut und Ebbe waren nun gut zu erkennen, die Schollen zeigten die Richtung besser an als das Flusswasser. Die Eisschollen schoben entweder nach links Richtung Hafen oder nach rechts hinaus Richtung Mündung und zum Meer. Wenn Stauwasser war, verharrten sie kurz und kamen zum Stoppen. Der ganze Strom war weiß bedeckt von einem großen Geschiebe, das mit den steigenden Wasserständen für bizarre Uferlandschaften sorgte. Über Wochen lag der Strand voller eisiger Installationen, von denen einige mit der nächsten Flut weiterreisten, andere, sehr große, sehr schwere, sich auch mehrere Wochen auf der Stelle hielten, auf der sie angelandet waren. Das Schippern mit den Schollen im Fluss, das Mitfahren und Reisen, das Springen von Scholle zu Scholle: ein Kinderabenteuer, das nicht ungefährlich war. Aber auch nicht so gefährlich, wie man es sich heute vorstellt. Die Fließgeschwindigkeiten des Flusses waren viel geringer, und die Schifffahrt selbst war wesentlich weniger mächtig als heute.

Andere Zeiten, vergangene Zeiten. Einige von Herberts früheren Freunden berichten von den Wintern, in denen der Fluss komplett zufror und die Schifffahrt zum Erliegen kam. Dann konnte man den Fluss auf dem Eis queren. Das waren wenige Winter, die Alten am Tisch werden sich über ihre Zahl nicht einig. Herbert hätte vermutlich eine weitere Zahl hinzugefügt. Und er hätte ebenfalls zu erzählen gehabt von diesen Tagen, die schon über 70 und gar 80 Jahre zurückliegen.

Drei Stunden sitzt die Runde beisammen. Sidney und Margret

sind Zuhörer von Geschichten und Berichten aus der Zeit am Fluss, als Herbert noch der kleine Herbert war.

Margret sieht sich ab und zu um. Einmal steht sie sogar auf und tritt vor die Tür. Sidney beobachtet sie dabei und weiß, die Person, auf die sie wartet, ist nicht gekommen.

Abschließend bedanken sie sich bei allen für ihr Kommen und wünschen alles Gute für ihr weiteres Leben. In dieser Zusammensetzung wird man nicht noch ein zweites Mal zusammenkommen.

Die Reihe der Toten und der Lebenden wird schon bald neu sortiert werden.

101

Das Schiff macht Welle, die Sonne leuchtet jede Platte des Stahls der Bordwand aus, alle Schweißnähte sind deutlich zu sehen. Der Anker des Schiffes ist eigenartig weit vorgebaut, ragt weit entfernt von der Bordwand über die Wasseroberfläche. Aber noch schiebt das Schiff die Wassermassen zur Seite, um in den Hafen zu gelangen. Geankert wird auch dann nicht. Schwarze Buchstaben stehen klar auf der farbigen Fläche des Rumpfes: BOW TONE kommt. Der Rumpf ist orangefarben; immer wieder Orange auf dem Fluss.

102

Die Frau von der Flussterrasse hat Warren eine SMS geschickt, auf ihrem neuen Handy verwendet sie ausschließlich die alte, sichere Sendungsform: »Hallo Warren, ich muss ein paar Tage verreisen. Kannst du dich um mein Haus kümmern, nach dem Rechten sehen? Du kannst dich dort auch gern ein wenig aufhalten. Passt das?«

Aufs Neue wird Warren überrascht, die Frau öffnet sich ihm gegenüber immer mehr. Jetzt darf er sogar allein in ihr Haus! »Mache ich. Wie lange bist du denn weg? … und wie komm ich rein?« »Ich melde mich, wenn ich zurückkomme. Und DANKE!« Kurz danach eine weitere SMS: »Hast du etwas über den Fotografen herausgefunden?« »Noch nicht viel. Aber ich bin dran.«

Jetzt steht er an der linken Seite des Hauses und findet unter einem lose liegenden Ziegelstein den Schlüssel für die Haustür, wie es die Frau in einer weiteren SMS beschrieb. Warren betritt ein stilles Haus, es ist groß, sehr viel größer als das, in dem er mit Sidney und John lebt. Eine Villa vom Anfang des vergangenen Jahrhunderts, vielleicht von 1920. Einmal hat John für Warren die Häuser des Viertels vorsortiert: die wirklich alten Fachwerkhäuser, zum Teil Jahrhunderte alt; die vielen Bauten vom Beginn des vergangenen Jahrhunderts, an deren Giebel sich oft die Jahreszahl der Erbauung findet. Dieses Haus ist sachlicher, weniger verschnörkelt, nach Johns Einteilung jünger. Es folgten die Bausünden der 1960er und 70er Jahre, grobe Klötze und fantasielose Quader, an denen nur der Blick aus den Häusern schön ist. Dann die wirklich modernen Bauten, mit viel Glas, großen Scheiben und unverputztem Beton. Neben diesen Häusern gab es andere Typen, aber auf diese trifft man immer wieder. Über dieser gemischten Hangbebauung thronen die herrschaftlichen Herrenhäuser, hoch über dem Fluss in den großen Gartenanlagen.

Dieses Haus hat sicher 200 Quadratmeter Fläche, wenn nicht mehr. Warren fragt sich, was die Frau mit so viel Platz macht. Es sieht nicht so aus, als würde noch jemand im Haus wohnen oder früher gewohnt haben. Keine Bücherwand, kein Aktenschrank, die ganze Einrichtung wirkt sehr sachlich und unpersönlich. Warren wundert das, wie kann man so lange so wohnen? Als hätte sie sich hier nie heimisch gefühlt. Die Hundekörbe sind fast schon eine persönliche Note – sie sind stehen geblieben, obwohl sie inzwischen überflüssig sind.

Auf die Frage, wo die Hunde denn hingekommen seien, hatte sie bei seinem letzten Besuch mit dem Kopf über die Schulter Richtung Garten gezeigt. »Was heißt das?« »Hier vergraben.« Sie hatte einen Zeigefinger auf ihren Mund gelegt und mit einem Auge gezwinkert. So eine lockere Geste hatte er an ihr noch nie erlebt.

Warren sieht in den Garten hinaus, ob irgendwo frische Erde zu sehen ist oder ein Schild aufgestellt wurde. Aber nichts. Vielleicht hat sie die Hunde unter dem Rasen bestattet?

Im Haus ist nichts Besonderes zu sehen, ihm fällt auch nichts auf, um das er sich kümmern oder worüber er sie informieren müsste. Alles scheint in Ordnung zu sein. Alle Fenster sind geschlossen, es läuft kein Wasser, der Herd ist kalt und ausgeschaltet.

Warren verlässt das Haus, er zieht die Tür hinter sich zu, schließt ab und steckt den Schlüssel in seine Tasche. Er hat noch nicht alle Räume gesehen, war weder ganz oben noch ganz unten im Haus.

Der Fotograf kommt auf dem Weg vorbei, stutzt und grüßt dann: »Bist du mit deinen Recherchen weitergekommen? Mit den Bildern?« »Nein«, sagt Warren, »nicht wirklich. Haben Sie noch neue Informationen?« »Auch nicht. Vielleicht bleibt alles ein Rätsel. Vielleicht soll es auch nur ein Rätsel sein …«

Sie stehen sich an der Gartenpforte gegenüber. »Und hier, was machst du hier?« »Ich hüte ein. Passe auf das Haus auf.« »Wer wohnt denn hier?« Warren wundert sich. Ist es denkbar, dass der Mann das wirklich nicht weiß, so dicht bei seiner eigenen Wohnung? Ist das glaubwürdig? »Ich gehe hier eigentlich nie lang, gehe gleich bei Schmidts Treppe hoch auf den Berg, gehe runter an den Fluss oder fotografiere die Schiffe von mir aus, von der Flussterrasse. Bei diesem Haus bin ich fast nie.« »Hier wohnt die Frau mit den beiden Hunden. … aber inzwischen ohne Hunde …« »Nanu, was ist mit den Hunden?« »Sie sind tot. Beide.« »Das ist seltsam! Und traurig«, sagt der Mann.

»Haben Sie neulich beim Gewitter Aufnahmen gemacht?« »Ja, klar. Ich war sogar auf dem Turm, das war nicht ungefährlich.« »Dann haben Sie auch die Verfolgung gesehen?« »Das ging ja kaum anders. Aber mich interessierte vor allem das Wetter. Ich habe fantastische Aufnahmen von den Blitzen, mit langer Belichtung. Fantastisch! Ich zeige sie dir gern einmal!«

»Haben Sie auch die Personen fotografiert, die auf der Flucht waren?« Der Mann schaut Warren eine lange Sekunde an: »Das war kaum möglich in der Dunkelheit …« »Aber es gab Blitzlicht, natürliches Licht …« »Das schon. Aber damit Personen zu fotografieren, das wäre hohe Kunst.« »Also ein Fall für Sie!« »Danke für die Blumen … aber das ist doch ein wenig abwegig.«

Der Fotograf setzt seinen Weg fort und Warren beginnt seinen Rückweg zur Flusstreppe.

103

John und die restlichen Sundowner haben ihren Flug hinter sich. Der Wind war gut, beständig und nicht sehr böig. Sie sind alle alerte Typen, sehnig, leicht, anderes geht auf diesen Geräten nicht. Einen Plumpsack lassen die Foils nicht fliegen. Große, lange, kräftige, auch schwere Segler sitzen besser in anderen Booten, nicht in den Ultras, die hier gesegelt werden. Jetzt sind sie auf der Plattform über dem Wasser des Flusses versammelt, alle fünf *Motten* liegen wieder oben auf ihren Plätzen. Nach dem Flug kommt die Rast, die Erholung, das Chillen. Dieses und jenes Bierchen wird aus den Kisten mit dem Tauwerk genommen, hier und da erst ein Energy Drink.

»Chin! Auf die Toten und die Lebenden.« Sven stößt mit John an. »Auf die Toten und die Lebenden!«

»Wie fandet ihr die Trauerfeier für Mohr?«, fragt Andreas. »Ich fand sie okay, sogar ziemlich gut«, sagt Sven, »die Söhne waren nur halb begeistert. Ihnen war es zu nah an den Gedanken des Vaters, sie hätten es gern offizieller, geschäftsmäßiger gehabt.« »Es waren gute Sätze dabei«, sagt John. »Ich fand es stimmig. Eine Veranstaltung der Higher Class, mit ein paar Reminiszenzen an die alte Zeit der Schifffahrt.« »Als Schifffahrt noch mit zwei f geschrieben wurde!«, sagt Andreas. »Man hat gesehen, wie Gesellschaft und

Wirtschaft hier funktionieren. Es gibt eine kleine Gruppe, die die großen Geschäfte macht, es gibt viele kleine Gruppen drumherum, die daran teilhaben. Die Politiker und Repräsentanten dürfen aus der unteren Klasse kommen, dürfen ihren Teil vom Kuchen nehmen; sie bilden das Scharnier, das das Gefüge in Balance hält. Ein Bürgermeister aus der High Class würde untergründig für Unruhe sorgen, die Widersprüche offen sichtbar machen, das würde nicht lange gut gehen. Unsere Gesellschaften lassen wirkliche Beteiligung nur in kleinen Dosen zu, sowohl für unten als auch für oben. Die Verteilung des Geldes ist eine komplett andere Sache. Sicherlich war auch der eine oder andere Sozialfall in der Kirche, aber in verschwindend geringer Zahl. Sogar in den Reederfamilien selbst gibt es ja diese Sonderfälle, mit denen mal gut und mal schlecht umgegangen wird. Ihr kennt den uralten Sohn, der im Gartenhaus untergebracht ist und zu den Feiern im großen Haus nebenan nicht eingeladen wird? Das gesellschaftliche Geschehen ist ein gewaltiger Strom aus Energien und Kräften, Abstoßungen und Anziehungen. Dazu kommen kriminelle Energien, Gier und Habgier.«

Man witzelt ein wenig über Johns Statement, er ist der »Theoretiker«, aber im Kern wissen sie, dass sie Teil dessen sind, was er beschrieben hat. Sven prostet den anderen zu: »River!« Bei ihm klingt das Wort wie Zustimmung und Bekräftigung: Jawohl, hier geht was!

»Wie geht es mit den Firmen bei Mohrs weiter?«, will Andreas von Sven wissen. »Die Geschäftsführungen sind ja schon lange geklärt, sie liegen in den Händen der Söhne. Die Eigentumsverhältnisse sind eine andere Sache. Es stehen einige Auszahlungen an, Karl hat viele Leute in seinem privaten Umfeld bedacht, sein Personal, manchmal auch Leute, die keiner von uns kennt. Überraschend häufig sind auch Nachbarn oder ehemalige Nachbarn von ihm bedacht worden. Grundbucheintragungen sind zu ändern, zum Beispiel ist das Haus der Bleuls nun schuldenfrei und reiner Besitz von Amor und seiner Schwester. Zugedacht war dies bestimmt ihrer Mutter, aber so war es nun einmal, sie hat es ja geschafft, knapp vor Karl zu sterben.« »Das ist doch nobel.« »Wie man's nimmt, alles hat vermutlich Vorgeschichten. Vielleicht ist es eine Art Ausgleich.« »Für?« »Für Früheres. Sie waren ja alle mal jünger.« »Leonie und Karl?« »Vielleicht, ja.« »Und gefällt seinen Kindern das?« »Natürlich nicht. Wir fechten aber nicht an. Es wird so gemacht, wie er es notiert hat. Seine Tochter hat das gegen seine Söhne durchgesetzt. Aber natürlich gibt es erst mal noch eine Vakanz, denn was sind nun seine letzten Notizen? Und es bleiben Rätsel. Zum Beispiel gibt es eine Schenkung an eine Frau an der Flussterrasse, über die wir nachdenken. Er hat dazu offenbar noch recht spät etwas aufgesetzt, jedenfalls gehört ihr nun das Haus, sobald wir das umgesetzt haben. Er hat allerdings Bedingungen an diese Schenkung geknüpft. Die Person muss mit bestimmten anderen Personen Kontakt aufnehmen. Karl hat dazu etwas ungewöhnlich Bibelfestes geschrieben: *Gott sieht auf das bußfertige Herz*. Margret Liebermann wurde übrigens auch bedacht. Ich weiß nicht, ob sie es nötig hat, aber für ihre Restlaufzeit ist gesorgt.« »Restlaufzeit klingt nicht sehr schön«, sagt Andreas. »Nun ja, machen wir uns nichts vor«, entgegnet Sven, »aber lass uns damit aufhören, ich quatsche mich hier gerade um Kopf und Kragen!«

John hört aufmerksam zu. Warren hat berichtet, dass die Frau von der Flussterrasse auf Reisen gegangen ist. Wohin ist sie gereist?

Vielleicht weiß Warren mehr?

Warum ist sie gerade jetzt unterwegs?

104

Warren hat keine Mühe, sich in den Computer des Fotografen zu hacken. Der Mann fühlt sich offenbar sicher, seine Verschlüsselungen sind alt und simpel. Oder er ist ein Techniktrottel. Anfängliche Passwörter sind schlicht Orte, später hat er seinen Geburtstag und ein paar Zeichen hinzugefügt, mal Rauten und Kreuze, mal ein Prozentzeichen. Ein Muster in Varianten, aber leicht zu knacken. Warren kann bis zu seiner Kamera in einem Laptop vordringen.

Interessant wird es, als er in die Tiefe der Dateien einsteigt. Das Archiv gliedert sich in ein Fotoarchiv und ein Personenarchiv. Es sind sehr viele Familien der Viertel verzeichnet, eine Zeile in seiner Excel-Tabelle ist stets eine Person. An die Personen schließen sich Spalten an, bis zu einhundert bei manchen Namen. Die Inhalte reichen von Basisdaten wie Geburtsdatum und Schulbildung bis zu kompletten Medienartikeln. Natürlich sind Verwandtschaftsbeziehungen hinterlegt, auch historische Daten.

Die Fotodateien werden dominiert von Häusern, Blicken auf die Hügel und die Bebauung, und vom Fluss. Offensichtlich ist dieser Ort seine Passion. Warren kann in der Fülle nur Stichproben machen, zum Beispiel findet er einen Ordner MOHR. Darin sind Fotos der Reedereischiffe abgelegt, es gibt auch Fotos von Karl Mohr selbst, seinen Söhnen und seiner Tochter, den Enkelkindern, von Nachbarn und einer Vielzahl von Personen, die Warren nicht kennt. Vielleicht Leute aus der Reederei? Neben Archivfotos der Personen, die der Fotograf offenbar aus dem Netz herunterlud, sind die meisten wohl von ihm selbst aufgenommen worden, überwiegend im Viertel. Die Söhne sind mit ihren Finn-Dinghys auf dem Fluss zu sehen. Aufgenommen, als sie hier noch wohnten.

In dieser Art gibt es zahlreiche Ordner mit Fotodateien. Die Fotos, die Warren sieht, sind nicht kompromittierend, sie zeigen Alltag in den Gängen und auf den Wegen, oft halten sie Begegnungen fest. Karl Mohr mit einem anderen Reeder, mit dem Postboten, mit dem Hotelier des Hotels unten am Strand. Mohr mit dem Bürgermeister und dem Wirtschaftssenator, mit dem Vorstandsvorsitzenden der Sparkasse, der auch im Viertel wohnt – für ihn wurde sogar ein altes Haus abgerissen, ein Flachdachbungalow entstand an seiner Stelle. Warren sieht, dass der Fotograf beim Ausmarsch nach der Trauerfeier vor der Kirche fotografiert hat.

Die Personenfotos sind so gekennzeichnet und verlinkt, dass sie zu Doppeln in den Ordnern von Personen führen, die einen eigenen Ordner füllen. Das ist nicht dumm gemacht, der Mann ist also doch kein Techniktrottel. Die Fotos der Trauerfeier führen zu den Ordnern von Sidney Liebermann, John Cohen, Amor Bleul, Margret Liebermann und auch zu einem Ordner über Warren. Sowie zu einem Ordner mit der Frau und den zwei Hunden – als die Hunde noch lebten.

Was macht der Fotograf mit dieser Datenbank? Warren findet keine Hinweise, keine Ablagen, dass die Fotos in Printmagazinen oder online erschienen sind. Es scheint sich um ein sehr tiefgehendes und jahrelang gewachsenes Archiv der Personen des Viertels zu handeln.

Warren schickt der Frau von der Flussterrasse eine Information über das, was er gefunden hat. Zum Beispiel über den Ordner, der das Kürzel A.L-R. trägt und Fotos von ihr enthält. Als er auf Senden gedrückt hat, dauert es nicht lange, bis sie antwortet: »Danke! Ich melde mich.«

Warren zeigt John seine Entdeckung. Der ist erstaunt, als er hört, von wem die Initiative zu dem Check ausging.

Er lässt Warren einige Ordner öffnen und sieht sich die Fotos an. Als Warren die Fotos von Sidney und John öffnet, hört man ein leises Pfeifen aus seinem Mund. »Warum macht so einer solche Fotos und sammelt sie akribisch?« Warren fragt John. »Das macht man für … einen Nutzen. Nicht nebenher. Es ist ja auch nicht mal so eben gemacht.« »Aber welcher Nutzen kann das sein?«

John schweigt einen Moment. Dann sagt er: »Er macht es nicht aus Vergnügen, sondern um im Spiel zu sein. Für was auch immer. Sicherlich nicht für einen Fotoroman. Aber zum Beispiel für diese und jene kleine Erpressung. Bestimmt sind Fotos darunter, die die Fotografierten nicht gern veröffentlicht sehen. Das heißt, sie haben einen Geldwert. Da kann schon etwas fließen. Und sie zeigen Konstellationen zwischen den Personen. Konstellationen, die ebenso wenig öffentlich werden sollen, die ebenfalls Geldwert besitzen. Saubere Arbeit, Warren!«

John klopft Warren auf die Schulter. »Kommst du auch an Konten ran?« »Ist das interessant?« »Es könnte interessant sein, wie immer!« »Dann versuche ich es, das kann aber dauern.«

»Hast du auch Motive von Sidneys Postkarten gefunden?« »Ja, das habe ich.« »Dann stammen sie also von ihm?!« »Das muss nicht so sein. Sie liegen in einem Ordner mit der Aufschrift A.L-R., darin sind Bilder von der Frau an der Flussterrasse.« Wieder pfeift John durch die Zähne. »Er hat also die Bilder. So wie er sie hinterlegt hat, könnten es die Fotos der Frau sein?« »Ja. Möglicherweise.«

»Sie können von ihm sein, sie können von ihr sein. Auf jeden Fall kennt er sie und hat in den Ordnern einen Bezug auf sie damit verknüpft. Wie kommen wir da weiter?« »Ich frage die Frau, sie hat mir ja den Auftrag gegeben …«

»Okej, mach das, Warren! Noch mal: Große Klasse, was du da geschafft hast!«

105

An den Wänden, mit viel Weißraum dazwischen, hängen Bilder. Kunstvoll arrangiertes strahlendes Licht erhellt sie. Es sind kleine Fotos, bei genauerer Betrachtung entpuppen sie sich als Bilder im Postkartenformat. Exzellente Fotografien, deren Kunstfertigkeit den in Beschlag nimmt, der zu sehen versteht.

Many moons and many Junes have passed since we made land steht wie ein Titel in feiner Lichtschrift auf der Wand, über den rechteckigen Motiven. Bilder von einem großen Strom, vom Himmel über dem Fluss, dem Luft-Meer über ihm, von den Wasserwellen ebenso wie von den Wellen, die der Sand am Boden des Flusses zeigt, wenn die Ebbe das Muster freilegt. Wollte man in Zürich so einen Fluss finden, suchte man vergebens; man müsste der Limmat in die Aare folgen und in den Rhein, dem Rhein folgen bis nah an seine Mündung, dahin, wo der Rhein schon nicht mehr Rhein heißt. Von so einem Strom nah dem Meer sind die Bilder. Bilder der Natur und der Bewegung, des ewigen Hin und Her im Rhythmus der Gezeiten.

Und Farben sind zu sehen, von Grau und Blau zu Rot und Orange bis zum Weiß, das die Sonne schickt, in das man nicht hineinsehen kann und soll. Die Augen würden schnell blind. Die Bilder hängen nicht auf gleicher Höhe, sie folgen selbst einer Bewegung, höher und tiefer, ohne damit etwas Konkretes abzubilden. Auch ihr Abstand ist nicht immer gleich, gleich ist nur ihre Rechteckigkeit. Zusätzlich zu den Bildern sind Sätze zu lesen, fast so viele wie Bilder. Genau ist es nicht zu erkennen, warum bei manchem Bild ein Satz fehlt. *1 No lofty peak nor fortress bold could match our captain's eye / 2 Die Toten und die Lebenden / 3 Denn die einen sind im Dunkeln. Und die anderen sind im Licht / 4 Ein alter Mann steht da und weint. / 5 Das himmlische Konto / 6 Die Tränen der Scham und des Schmerzes haben sich in das Lächeln derer verwandelt, die wissen, dass sie geliebt werden / 7 Selig sind, die verfolgt werden um der Gerechtigkeit willen; denn ihnen gehört das Himmelreich / 8 Die Wohlstandskultur macht uns unempfindlich für die Schreie der anderen und führt zur Globalisierung der Gleichgültigkeit / 9 Every life is many days, day after day. We walk through ourselves, meeting robbers, ghosts, giants, old men, young men, wives, widows, brothers-in-love. But always meeting ourselves / 10 Gott ist sehr hartnäckig* / Neben dem Spruch mit den *Many moons* stehen in Leuchtschrift noch die Worte *Wild is the wind* und *River* an der Wand.

Nah dem Eingang ist auf einem kleinen Schild festgehalten:

Sammlung Sidney Liebermann. 22 aus 60. 1975–2015.

Copyright: Procol Harum, Bert Brecht, Wolfgang Borchert, Die Bibel, Papst Franziskus, James Joyce, David Bowie, Sidney Liebermann, A.L-R.

106

Es ist eines dieser stattlichen, freistehenden Gebäude mit Auffahrt und Garagen, im rechten Winkel gebaut, mit Nebengebäuden, wie man sie in den USA häufig findet. Hölzerne Schindeln wehren das Wetter an den Außenwänden ab, rote flache Pfannen bedecken das Dach. Ein Wohnort der gehobenen Mittelschicht, das Grundstück wird von einem veritablen kleinen Wäldchen umgeben. Die Academy Street ist eine kurze Sackgasse, die zu diesem Haus hinaufführt. Nicht weit hinauf, es ist eher ein Hügel denn ein Berg. Aber von hier oben in Wappingers Falls im Dutchess County, New York, sieht man auf den Hudson River. Der Fluss ist der Tide ausgesetzt, gut 100 Kilometer sind es von hier bis zu seiner Mündung in den Atlantik nahe New York City.

Almut Renger ist die Auffahrt zu Fuß hinaufgegangen, von der

Zugstation ist es eine gute Viertelstunde zu gehen. Hier soll Frau Rudolph wohnen. Sie hat sich telefonisch angemeldet; die Haushälterin hat ihr nicht viel Hoffnung auf ein Gespräch gemacht, aber da sie aus Deutschland angereist sei, solle sie doch gern kommen. Sie selbst sei da und Frau Rudolph ja ohnehin. Das Messingschild mit dem eingravierten Namen RUDOLPH wirkt wie aus Deutschland mitgebracht. Die Haushälterin öffnet kurz, nachdem Almut geläutet hat. Der Ton der Klingel war laut zu hören.

»Hello, I am Mrs Rudolph's niece, we did phone yesterday…« Die Haushälterin schüttelt ihr freudig die Hand und lässt sie eintreten. Das Haus ist eine Mischung aus altem und neuem Mobiliar, einige Ölgemälde hängen an den Wänden und sehr viele Familienfotos, offenbar gibt es viele Enkelkinder in der Familie. Almut Renger wird in das Wohnzimmer geführt, am großen Panoramafenster sitzt eine alte Dame in einem großen Sessel. Sie ist mit einer Decke umhüllt und bewegt sich kaum. Die Haushälterin stellt Almut Renger als ihre Nichte vor, die alte Dame schaut auf, grüßt aber nicht, spricht auch nicht.

Die Haushälterin sagt, sie habe der Besucherin keine großen Hoffnungen gemacht. Frau Rudolph sei nun einmal sehr alt und befinde sich in den Fängen der Demenz. Es gäbe immer weniger Momente von Helligkeit in ihrem Kopf. Almut schaut Frau Rudolph an, Frau Rudolph blickt zu ihr auf. »Tante Ingrid, ich bin es, Almut.« Die alte Dame zeigt keine Reaktion. Almut beginnt – ersatzweise – eine Art Selbstgespräch, das sich an die verstummte Tante richtet: »Wir haben uns zuletzt vor 43 Jahren in Hamburg gesehen. An einem Abend, erinnerst du dich?« Frau Rudolph reagiert nicht. »Karl schickt mich, Karl Mohr. Erinnerst du dich an ihn?« Keine Reaktion. Oder doch, vielleicht eine klitzekleine, Frau Rudolph blinzelt mit den Augen. Hat sie den Namen erkannt? »Karl ist gestorben. Er war euer Nachbar an der Flusstreppe, ihr hattet damals engen Kontakt miteinander, er hat es mir erzählt.« Frau Rudolph sieht weiter zu ihrer Nichte hin. Die Haushälterin hält sich im Hintergrund auf. »Karl ist fast 100 Jahre geworden. Und er ist mein Vater.« Wieder blinzelt Frau Rudolph. »Meine Familie hat damals gegenüber von euch gewohnt. Und ich war die Frau, die die Attentäter zu euch ins Haus geführt hat. Du hast mir die Tür geöffnet. Kurz danach haben meine Genossen deinen Mann getötet.« Almut redet sehr langsam, sie hat die Worte mehrfach innerlich gesprochen, als Mutprobe auf dem Flug nach New York und auf der Bahnfahrt hierher. Sie hat einen trockenen Mund beim Sprechen, sie konnte sich nicht vorstellen, wie ihre Tante reagieren würde. Wenn sie überhaupt angehört werden würde. Irgendeine Reaktion würde erfolgen, so hatte sie gedacht. Welche Reaktion es sein mochte, das überstieg ihr Vorstellungsvermögen. Stille, Schweigen, Schreien. Geschlagen werden. Bedroht? Erschossen? Es gab keine Möglichkeit, das vorwegzunehmen. Jetzt sehnt sie sich nach irgendetwas, das überhaupt als Reaktion gelten kann. Karl hatte diese Begegnung zur Maßgabe für ihr weiteres Leben erklärt, und sie hatte verstanden, dass sie irgendwann wieder in Kontakt mit ihrer Geschichte treten musste. Also war sie seinem Wunsch gefolgt. Die Hände der Bankierswitwe ruhen auf den Lehnen des Sessels, sie nestelt am Stoff, mit dem der Sessel bezogen ist. Almut meint zu sehen, dass sie verstärkt nestelt. Zeigt das eine innere Unruhe? Ist es eine Reaktion? »Tante Ingrid, es ist schade, dass wir nicht miteinander sprechen können. Ich habe den Weg gemacht, um dir gegenüberzutreten, mich dir zu stellen. Ungeschehen kann ich nichts machen. Aber mein Vater hat mir diesen Rat gegeben. Ich bin dem nachgekommen. Ich hoffe, du hast mich gehört! Darf ich dir die Hand geben?« Es gibt keine weitere Reaktion. Almut traut sich nicht, die Hand der Tante zu nehmen, nicht nach ihrer Geschichte; sie brauchte dazu ihr Einverständnis, das sie nicht erhält. Wenn doch das zerstörte Gehirn nur einen Moment Kontakt ermöglichen würde! Aber das geschieht nicht.

»Where are her sons and daughters living?«, fragt Almut die Haushälterin beim Hinausgehen. »New York City. They are coming several times a week. I will tell them that you have been here. Sorry, what is your name, one more time. Astrid?«

Almut verharrt und antwortet dann: »Yes, Astrid. I am a friend's daughter from Germany. Good-bye!«

107

Es gibt ein Foto, welches Karl Mohr beim Betreten des Bleulschen Hauses zeigt. Für einen professionellen Fotografen war das Licht dafür ausreichend, zumal mit den aktuellen technischen Standards. Es ist eine kunstvolle Fotografie, das Licht aus dem Inneren des Hauses fällt auf das Gesicht des Reeders, auf seinen schlohweißen Schopf mit dem vollen, glatten Haar, in der offenen Tür ist das erstaunte, fast erschrockene Gesicht Amors zu sehen. Auf einem zweiten Bild ist durch die Fenster der Eingangstür eine

Situation zu sehen, in der die beiden Männer sehr nahe beieinanderstehen, ungewöhnlich nahe.

Das zweite Foto ist nicht kunstvoll, aber ein Dokument.

Der Fotograf wirft einen Abzug der beiden Fotos in den Briefschlitz in der Eingangstür der Bleulschen Villa. Es ist Abend, der Mann bewegt sich schnell zum Eingang und schnell wieder weg. Offenbar möchte er bei der Zustellung nicht gesehen werden.

Er überlässt sie auch nicht Holger, sondern nimmt sie selbst vor. Eine Zustellung durch Holger ist immer Mitwisserschaft, ob er sie benutzt oder nicht. Das möchte der Fotograf nicht.

Mag sein, dass diese Zustellung schon ein Fehler ist.

Der eigentliche Fehler aber ist, dass John ihn dabei beobachtet.

108

»**Ich konnte** heute Nachmittag bereits in Ruhe schauen und lesen. Ich stand in der Mitte des Raumes und sah mir die Fotografien an. Erst der Reihe nach, dann an einigen Blöcken von Bildern und Fotografien entlang, dann ging ich erneut von Bild zu Bild und stellte fest: Diese Ausstellung trägt den Titel ›River‹ zu Recht. River. H_2O ist ein Wunderwerk, erlauben Sie mir diese Nebenbemerkung. Woher kommt das Wasser, das uns so normal vorkommt? Es ist ein Wunder, das in der Reihe von Wundern eines der gewichtigsten ist – aber nur eine von vielen Bedingungen, die aus Sternenstaub Leben entstehen ließ. Leben ganz verschiedener Art. Eine Art ist der Mensch. Ist die Entwicklung des Universums bisher ein Jahr alt, entstand der Mensch kurz vor Mitternacht am Altjahrsabend. Vergessen wir das nicht. Wir sind Teil eines Wunders, einer Kette von Wundern, von wunderwundersamen Zusammentreffen – man kann es eine göttliche Fügung nennen, geschaffen nach einem göttlichen Plan – der doch etwas länger dauerte als sieben Tage, wie die Bibel sagt. Aber auch wenn man es naturwissenschaftlich betrachtet, bleibt das Entstehen von Leben eine unglaubliche Besonderheit, entstanden aus einer Kette von Bedingungen. Niemand kann sie sich ausdenken, sie kann nur stattfinden. Sie ist das, was ich Natur nenne. Und wofür ich mich einsetze. Warum auch immer es uns gibt, wie lange auch immer wir als Menschen existieren werden, die Natur muss erhalten bleiben. Entwicklungsgeschichtlich spricht nichts dafür, dass wir bleiben, wie wir sind, wir werden uns zu etwas anderem entwickeln, bis wir nicht mehr Mensch heißen. Vielfalt des Lebens ist das höchste Gut, ohne das wir nicht existent wären.

Was hat das nun mit dieser Ausstellung zu tun? Die Bilder zeigen Licht, Luft und Wasser. Plus Gravitation, denn sonst würden diese Elemente nicht so gestaltet sein. Wir sind damit bei den Universalien des Universums, den elementaren Kräften. Gravitation ist nicht abschirmbar, das unterscheidet sie von fast allem anderen. Wenn man in die Bilder hineinfühlen könnte, käme Temperatur hinzu. Etwas weiteres Universelles, ohne das alles um uns herum ebenfalls nicht existieren würde. Aber ich schweife schon wieder ab.

Lassen Sie sich von diesen kleinen Bildern faszinieren, sehen Sie sie einfach an. Sie alle wissen, was sie zeigen. Das ist das Erstaunliche dieser Ausstellung. Hier ist nichts Künstliches, nichts Erfundenes, nichts wird enthüllt und entlarvt, alles ist bekannt und offenbar, nichts bleibt verborgen, alles gibt sich zu erkennen, so wie es ist. Ist das dann Kunst? Diese Frage kann man stellen, aber sie ist unerheblich, sie tritt hinter die direkten Aussagen zurück.

Die Zitate sind ebenso wenig verrätselt wie die Bilder. Es sind Aspekte unseres Lebens und seiner Deutung, der Zielsetzungen und der Gewichtungen. Es sind Notizen, Merksätze, Deutungen ganz unterschiedlicher Autorenschaft. Ein Thema stellen die Aussteller hauptsächlich neben die Bilder, nicht nur, aber, wie ich finde, hauptsächlich: die Bedeutung dessen, was Liebe genannt wird. In unterschiedlicher Weise, mit sehr unterschiedlicher Deutung. Mal profan, mal schwärmerisch, mal philosophisch, mal religiös. Dazwischen stehen sehr alltägliche Dinge.

Im Kern beziehen sich die Zitate unter dem Namen Liebe auf eine Kraft, die dem Leben innewohnen kann. Liebe ist so etwas wie der Geist, der der Natur innewohnt, sie schöpft, sie schafft, sie kreiert.

Würde sie realisiert, würde sie umfassend gelebt, wäre Geld schlagartig machtlos, wäre es nur noch das, was es sein soll, Mittel zum Zweck, Maßnahme, Maß. Ich glaube, diese Ausstellung ist eine Manifestation der Abwesenheit von Geld. Wenigstens der wünschbaren Abwesenheit von Geld. Und der Hinweis, was Kunst demgegenüber sein kann. So verstehe ich jedenfalls den Impuls von Herrn Conradi. Man braucht dafür nicht Geld zu verbrennen, so wie Sie es vorgeführt haben, lieber Herr Conradi, sondern kann das Geld einfach abwesend machen. In der Natur ist es so, und in der Liebe ist es so. Beide stehen für die Kräfte, die dem Leben innewohnen. So verstehe ich diese Ausstellung.«

Das Vernissagepublikum hat zunehmend gebannt an den Lippen und Worten des Redners gehangen. Jetzt bricht ein erst verhaltenes, dann immer lauteres Klatschen die Stille, das lang anhält. Conradi bittet schließlich, mit einer beruhigenden Handbewegung, den Applaus abebben zu lassen: »Lieber Herr Bläul, wir bedanken uns sehr, sehr herzlich für Ihre Worte! Wie ich finde, haben Sie diese Ausstellung so gedeutet, wie man sie deuten soll. Meinen herzlichen Dank dafür! Die Fotografin selbst kann heute leider nicht anwesend sein. Sie ist verhindert. Aber die Sammlerin ist unter uns. Herzlichen Dank, Frau Liebermann, dass Sie uns die Ehre geben, gemeinsam mit Ihrem Mann hier zu sein. Herzlichen Dank, dass ich Ihre Ausstellung kuratieren durfte, Sidney Liebermann!«

Den Eröffnungsreden folgen die üblichen Rundgänge der Besucher zu den Bildern, kleine Stehrunden im Gespräch. Peter Bläul und seine Begleiterin, Sidney und Charles, Kaspar Conradi sowie einige Zürcher Freunde bewegen sich nach nicht langer Zeit zur Kronenhalle, wo Conradi im Namen von Bläul einen Tisch reserviert hat.

»Es ist gut, dass wir uns kennenlernen, Herr Fabianski«, sagt Bläul zu Charles, der zustimmt, denn deswegen ist Charles aus New York herübergeflogen. Bläul hat er noch nicht im Portfolio, das sollte er aber.

»Ich freue mich ebenso, Sie kennenzulernen, Frau Liebermann«, ergänzt Bläul. »Sagen Sie bitte Sidney, das ist weniger förmlich! Ja?« »Aber gern … Sidney!«

Die beiden stoßen an, dann lassen alle die Gläser auf die gelungene Ausstellungseröffnung klingen.

Teil IX

109

Almut ist in ihrem Haus, vom Hudson zurück am heimatlichen Fluss. Der Fluss hier ist breiter als der Hudson, und es fahren größere und mehr Schiffe. Der Fluss ist silbergrau, er bedeckt die weite Fläche bis zum anderen Ufer, es ist kurz vor Hochwasser. Seine Oberfläche ist gewellt, aber der Starkwind, der den Tag über von Westen wehte, hat sich gelegt. Almut bemerkte den Wind beim Landeanflug, der Pilot hatte Schwierigkeiten, das Flugzeug ruhig auf die Räder zu setzen, es schaukelte und rumste, bis Gegenschub gegeben werden konnte.

Almut ist mit der S-Bahn quer durch die Stadt gefahren, am hiesigen Bahnhof in den kleinen Bus gestiegen und hat sich einmal herumfahren lassen; vom Bahnhof durch das Dorf im Oberland, die gewundene Hauptstraße durch das Treppenviertel hinab, den Uferweg an den Häusern rechts und dem Strand links entlang; dann durch den dunklen Finkentaler Weg, der tief in der Schlucht liegt und den steilen Berg hinauf. Oben ist sie ausgestiegen und die wenigen Hundert Meter zur Bergterrasse gegangen, die um den Berg herumführt, flussseitig hinabgestiegen zur Flussterrasse, und dann zu ihrem Haus.

Warren hat vermutlich gelüftet, es riecht nicht abgestanden. Sie mag Warren. Er weiß nicht, dass sie seine Tante ist. Aber vielleicht ahnt er etwas. Sie traut ihm zu, dass er ein Gespür dafür besitzt. Sie traut ihm auch zu, dass er Schlüsse zieht. Der Junge hat etwas Ungewöhnliches, zugleich Gewissenhaftes, ohne damit ganz aus seinem Alter zu fallen. Sie glaubt nicht, dass er schon eine Freundin hatte oder hat. Vielleicht ist der libertäre Umgang ihrer Schwester mit Liebesdingen auch ein zu verwirrender und aufdringlicher Einstieg in diese Dinge. Sie findet Zurückhaltung in Warrens Fall nachvollziehbar.

Bei Sidney kommt viel zusammen; sie ist sehr frei auf dem Land aufgewachsen; stolz, so früh ein Kind bekommen zu haben; frei, es nicht anzunehmen, um ihr eigenes Noch-erwachsen-Werden nicht abzuwürgen. Danach die politische Zeit in New York, die für sie selbst eine sexuell libertäre Zeit war, nach dem frühen Kind. John hat sie aus dem Schusswechsel gezogen, und die beiden sind sich bis heute treu geblieben. Trotz Charles.

Almut sitzt am großen Fenster ihres Wohnzimmers, das Licht davor dunkelt langsam ein, im Osten dominieren schon die elektrischen Lichter der großen Stadt. Die Schiffe, die vorbeifahren, zeigen ihre Positions- oder auch Gefahrenlaternen.

Almuts politische Zeit war anders als die von Sidney, deutscher, grimmiger, psychotischer. Sie hält ihre gesellschaftliche Analyse bis heute für grundsätzlich zutreffend. An den Machtverhältnissen hat sich nicht viel verändert. Es gibt immer noch Anlass für politischen Zorn, nur lebt sie ihn nicht mehr. Sie selbst hat schwerste Schuld auf sich geladen, ohne zur Rechenschaft gezogen zu werden. Ihr Vater hat sie sehr schnell in Jordanien suchen lassen, wohin die Attentäter und sie geflohen waren. Mithilfe eines Schulfreundes, der auch heute noch im Viertel wohnt. Damals war er so jung wie sie, Teil der linken Gegenöffentlichkeit, privat mit ihrem Vater bekannt, dem Reeder.

Sie war nach dem Attentat in der Gruppe unter schwersten psychischen Druck geraten, ihr Leben wurde zur Hölle. Sie hatte ihre Rolle beim Attentat erfüllt und war danach in der Hackordnung auf die unterste Stufe gestellt worden. Praktisch war sie Freiwild, die Gruppe schützte sie nicht, auch nicht vor sexuellen Übergriffen. Geholfen hatte ihr die Mentalität mancher palästinensischer Kämpfer, von denen sie lernte. Es erinnerte sie an die Stellung und die Techniken der Ninjas, an das, was sie davon kannte. Sie hatte ein Vorbild benötigt, um dort zu überleben.

Ihre Flucht aus der Gruppe war risikoreich gewesen, aber sie hatten es über den Libanon, die Türkei und Griechenland nach Sizilien geschafft, wo ihr Vater Freunde und Vertraute kannte. Ihr Vater war gekommen und hatte den scheinbar absurden Plan entwickelt, ihre neue Identität dort zu platzieren, wo sie sich auskannte und wo niemand sie jemals wieder erwarten würde, wie er sagte. Ein Leben auf der Flucht bleibt unruhig, warum also nicht an einem bekannten, aber unerwarteten Ort sein und sich unauffällig verhalten? Zwei Jahre war sie noch in Sizilien geblieben, danach in dieses Haus gezogen, in dem sie seit Langem lebt. Kein Tag davon ein normales Leben. Vermutlich niemals mehr. Ob sie gebüßt hat, das weiß nur sie.

Es klingelt, sie verlässt das Wohnzimmer, schaltet die Außenbeleuchtung an, schaut durchs kleine Spiegelfenster in der Eingangstür. Sie freut sich, dass Warren kommt, und öffnet ihm. »Ist alles in Ordnung?«, fragt er. »Ja! Danke, dass du nach dem Rechten gesehen hast!« »Gern geschehen.« »Möchtest du etwas trinken?« »Ja, gern.« Sie gehen in die Küche, Almut stellt Warren und sich je ein Glas Saft auf den Tisch. Die Küche ist nicht so groß wie die im Turmhaus ihres Vaters, aber auch diese ist stattlich.

»Ich habe schlechte Nachrichten«, sagt Warren. Almut ist beunruhigt. »Der Fotograf hat Fotos von dir aus der Gewitternacht. Er hat auch noch andere Fotos, wie du in das Haus vom Reeder gehst, kurz bevor er gestorben ist. Überhaupt hat er viele Fotos von dir – als Person. Und er hat die Fotos vom Fluss, die meine Mutter geschickt bekommen hat.«

Almut schweigt. Das sind viele Informationen auf einmal. Was weiß der Fotograf, der sich offenbar sehr für sie interessiert? Sie hat bemerkt, dass er ihr nachschleicht. Was Warren sagt, überrascht sie nicht. Aber alles zusammen zeigt, dass Maßnahmen nötig sind, um ihre Identität neu zu sichern. Vielleicht war es ein Fehler, Warren so nah an sich heranzulassen, aber nun ist es geschehen. Der Wunsch, zumindest zu ihrer Familie ein vertrautes Verhältnis zu entwickeln, war überwältigend geworden, gerade nach dem Tod ihres Vaters. Sie hatte die Nähe zu diesem Ort mit den Postkarten symbolisiert, hatte versucht, wenigstens anonym eine Verbindung aufrechtzuerhalten. Ein Risiko war sie damit ohne Zweifel eingegangen, jetzt ist es größer geworden.

Welche Gefahr der Fotograf darstellt, ist ihr im Moment noch nicht klar. Ein Mann vom Staatsschutz oder anderen Diensten ist er nicht, sonst würde sie hier nicht mehr sitzen. Es sei denn, man benutzt sie als Lockvogel für ehemalige Genossen, das hat ja schon einmal fast geklappt. Was treibt den Fotografen an? Ist es banales kriminelles Handeln? Dann könnte vielleicht Geld helfen. Obwohl mit dem ersten Deal ein Zaun eingerissen würde, der niemals mehr zu reparieren sein würde.

»Woher hast du die Informationen über den Fotografen?« »Ich habe Zugang zu seinen Computern.« »Hast du eine Ahnung, warum er das macht?« »John sagt, er ist ein Erpresser. Offenbar erpresst er zum Beispiel Amor.« »Amor? Womit erpresst er ihn denn?« »Amor hat wohl den Reeder getroffen, kurz bevor er verschwunden ist. Da war etwas, ich weiß nicht, was.« »Und der Fotograf hat davon Fotos? Von den beiden?« »Ja, so sagt John.« Almut stutzt. »Und woher weiß John das?« »Durch mich, ich habe ihm die Fotos gezeigt, die der Mann gemacht hat.«

Almut denkt einen Moment nach, dann fragt sie: »Hat John irgendetwas vor?« »Das weiß ich nicht.« »Wenn du es wüsstest, was wäre es dann wohl? Du weißt, wie John denkt.«

»Ich vermute, es gefällt ihm nicht, dass der Fotograf das macht. Es ist ihm zuwider.« »Und was macht John in solchen Fällen?« »Sicherlich geht er nicht zur Polizei. Ich denke, er wird mit dem Fotografen reden.« »Reden? Was soll er denn reden?« »Na, dass der Mann diese Sachen sein lässt.« »Und du meinst, Reden hilft da?«

»Wenn John mit ihm redet, wird das Wirkung haben. Es ist ja John. Der Mann wird merken, dass er sich in Gefahr begeben hat.«

»Ich kann mir nicht genau vorstellen, wie John das machen will. Aber natürlich interessiert es mich. Weil der Mann ja auch Fotos von mir hat.«

»Hat er dich erpresst?« »Nein, hat er nicht. Weshalb auch, womit?«

Warren nimmt an der Frau eine Veränderung wahr, seitdem sie über die möglichen Maßnahmen von John sprechen.

Warren hat das Gefühl, dass die Müdigkeit von der Frau weicht.

110

Es fühlt sich an wie Abschied. Sidney ist im Kloster. Irgendetwas sagt ihr, dass die Dinge sich gerade ändern, dass es Zeit wird, sich anders zu positionieren, anderes aufzunehmen. Innerlich oder äußerlich. Innerlich und äußerlich.

Die Kapelle in Neuenfelde im Alten Land ist dafür der richtige Ort. Dabei ist dies ein erstaunlicher Standort. Bei Kloster denkt man an Abgelegenheit und Einsamkeit. Dieses Kloster liegt in Schlagweite der großen Stadt. Die Ufer der nahen Flussinsel Finkenwerder sind nicht mehr die natürlichen Regionen, die sie jahrhundertelang waren. Es gibt kaum noch Fischer, es gibt kaum noch Werftarbeiter auf der Insel. Hier regiert jetzt die Luftwerft, auf der die Flugzeuge Farben, Logos und Sitze erhalten und wo die Triebwerke vor dem Dauerbetrieb überprüft werden. Gleich dahinter im großen Obstanbaugebiet liegt das Kloster, und im Oval des Andachtsraums sucht Sidney die Stille.

Rechts stehen die Stühle im Halbrund, links die tiefen kleinen Bänke zum Knien. Für die Nonnen und für ihre Gäste. Ein Modellschiff schwebt halbhoch im Raum, auch die große Wandplastik über dem Altar zeigt ein Schiff. Holz und Licht und das

Mauerwerk sind die tragenden Elemente des Raums, der für Gedanken und Einkehr bestimmt ist.

Wir Schwestern leben in einer festen und beständigen Bindung an Gott und unsere Gelübde des Gehorsams, der Armut und der ehelosen Liebe zu Gott. So sprechen die Nonnen.

Wir wollen frei werden von allen Zwängen und Abhängigkeiten und dorthin gehen, wo Gott auf uns wartet.

Sidney ist gekommen, um die *Waffenrüstung Gottes* anzulegen, den *Gürtel der Wahrheit*. Sie hat mit ihrer Mutter geredet, ein langes, klärendes Gespräch.

Nun will sie Almut sehen und bereitet sich darauf vor.

111

John hat Amor angesprochen und ihn davon in Kenntnis gesetzt, dass er den Fotografen am Briefschlitz sah. »Erpresst er dich?« »Womit soll er mich denn erpressen?« »Erpresst er dich?« John sieht Amor direkt an und lässt ihm keinen Spielraum für eine ausweichende Antwort.

»Er will Geld von mir, ja!« »Hat er Grund zu der Annahme, dass du zahlst?«

»Ich fühle mich schuldig an Karls Tod. Ich bin es vermutlich nicht, nicht direkt, aber ich fühle mich schuldig. Das nutzt er aus.«

»Willst du dich dagegen wehren?« »Ich weiß es noch nicht. Ich will damit nicht in die Öffentlichkeit, es reicht, dass Helena immer noch verdächtigt wird … Wir sollten jetzt zur Ruhe kommen.

Und Karl ist ja leider nicht mehr zu helfen. Warum sollen die Toten das Leben der Lebenden beeinträchtigen?«

»Also willst du dich wehren?« Amor sieht John an: »Ja. Das ist besser.« »Dann tun wir das.«

»Was tun wir?« »Wir wehren uns. Wenn wir dich da rausholen, hört er damit vielleicht auch bei anderen auf.« »Macht er das denn auch bei anderen?« »Davon gehe ich aus.«

Amor gibt John die Hand. »Was heißt das, was willst du tun?« »Was ist denn zwischen euch vereinbart? Wann meldet er sich wieder?« »Ich vermute, er kommt heute Abend vorbei.« »Das ist gut. Lass die Dunkelheit kommen und auch ihn.« »Was willst du machen?« »Das hängt auch von ihm ab.«

Amor findet das Gefühl unbehaglich, nicht zu wissen, was John vorhat. Zugleich ist er froh, dass es so ist. Er will, dass der Spuk verschwindet, die Sache mit Karl Mohr verfolgt ihn bis in die Träume. Ihr letzter Streit läuft als Endlosschleife in Amors Nächten. Amor geht ängstlich schlafen und wacht morgens wie gerädert auf. Dazwischen findet der Streit statt. Und der Sturz von Karl Mohr. Und Amors Gefühl, dass er ab dieser Minute ein Getriebener sein wird. Lebenslänglich als Strafe für eine Unbeherrschtheit.

Aber John ist entschlossen. Ist bereit, so wie John immer bereit ist.

Dieses Gefühl hatte Amor schon, seit John ihm bei der ersten Begegnung die Tür öffnete.

112

Zeit für Abschiede. Herbert, Leonie und Karl sind schon gegangen. Jetzt will auch Margret gehen, zurück nach Missouri. Sie hat die Wohnung gekündigt und genießt die letzten sonnigen Herbsttage, streift durch die Wälder, die fast aus dem Ufer emporwachsen oder zu ihm hinunter, je nachdem, von wo aus man sieht.

Am Wasser stehen Schilf und Weiden, hier und da folgen Apfelbäume in den Parks am Ufer. Dann kommen Kiefern, Tannen, Platanen, Walnuss, Ilex, Eichen und die Herrscher des Waldes, die Buchen. Gäbe es den Menschen und seine Eingriffe nicht, stünden hier grüne Buchenwälder, mit wenigen Rotbuchen.

Aber der Mensch hat alles zu Plantagen gemacht, eingegriffen, gestaltet, gerodet, neu gesetzt. Dies ist keine Wildnis wie in manchen Teilen Missouris, dies ist gebändigte Natur. Margret mag auch diesen zivilisierten Wechsel der Bäume, Sträucher und Hecken.

Was ist schöner als eine alte Kiefer? Gen Westen, in Richtung der Heidegebiete, nehmen die Kiefern zu. Margret mag deren dicke, schorfige Rinden und wundert sich immer wieder, wie diese auf trockenem Boden stehenden Bäume so lange Leben entfalten können.

Bäume sind die größten Pflanzen der Erde. Missouri besitzt nur noch Reste seines früheren Waldbestandes. Hier am Fluss haben erstaunlich viele Stellen mit Wald gegen die wuchernde Stadt standgehalten. Die Lage am Flussufer versorgt die Bäume mit ausreichend Niederschlag, die Wetter ziehen den Fluss hinauf und regnen sich an den Hängen ab. Die Bäume fangen den Regen, bevor er in den Kreislauf im Fluss zurückkehrt.

Was sind die Menschen in ihrem Lebenslauf anderes als Bäume und Pflanzen? Sie entstehen aus einem Keim, sie wachsen, sie vergehen. Mal länger lebend, mal kürzer.

Margret nimmt Abschied. Von dieser Gegend und dem Erlebten, das sich über Jahrzehnte erstreckte. Sie will heim.

Margret hat Helena gefragt, ob sie sie begleiten mag. Das Verfahren wegen Beihilfe zum Sterben ist immer noch nicht ad acta gelegt. Das bedrückt Helena, nach Margrets Frage hat sie sich Bedenkzeit erbeten. Es verlockt, die Sache räumlich endlich hinter sich zu lassen. Richtige Beweise gibt es ohnehin nicht, wenn auch die Gerichtsmedizinerin auf mögliche Indizien hingewiesen hat. Gesorgt wäre aber auch hier für Helena, es ist nicht geplant, das Bleulsche Haus zu verkaufen, sie könnte wohnen bleiben. Zudem hat Karl Mohr auch sie bedacht, ein überschaubarer Betrag, aber immerhin. Und Arbeit gäbe es, Bedarf an Pflege ist in den Häusern rundherum vorhanden.

Die Flusstreppe hat sich durch die Todesfälle verändert. Sie war schon immer eine Treppe des Todes, des natürlichen und des ungewöhnlichen und auch des gewaltsamen Todes. Vielleicht ist es gut, Abstand herzustellen. Die Lebenden sollten nicht zu nah und nicht dauerhaft bei den Toten bleiben.

Margrets Handy summt in ihrer Manteltasche. »Ja? Helena?« »Hallo, Frau Liebermann!« »Ja, Helena?« »Ich nehme an! Ich komme mit.« »Das finde ich toll! Du wirst sehen, es wird dir gefallen. Ich freue mich sehr, dass du mitkommst. In der nächsten Woche geht der Flug. Ich buche gleich für dich dazu, wir müssen uns dann schnell um die Formalien kümmern. Ich denke, bei dir gibt es keine Vermerke, die gegen eine Ausreise sprechen?« »Das weiß ich nicht. Ich weiß nicht, was die Deutschen aktuell hinterlegt haben, ich weiß nicht, worauf die Amerikaner achten.« »Ich kläre das und sage dir dann schnell Bescheid, Helena. Und noch mal: Ich freue mich.«

Dann tippt Margret auf das Symbol mit dem roten Telefonhörer.

River.

Sie werden das große Meer überfliegen, in das dieser Fluss und auch der Missouri fließen.

Die Dinge kommen zusammen.

113

***Wir kämpfen** nicht gegen Menschen.* Die Losung des Tages liegt im Flur vor der Küche auf der hölzernen Anrichte. Die Weisheit stammt aus dem Epheserbrief, so besagt es der Zusatz auf dem Papier. Sidney hat etwas aus dem Kloster liegen lassen. John geht an der Losung vorbei, als er das Haus verlässt. Es ist dunkel, die Flusstreppe wie immer sparsam beleuchtet. Zwischen den Häusern, Sträuchern und Bäumen könnte etwas mehr Helligkeit sein, es würde Sicherheit geben. Manche Anwohner haben Leuchten aufgestellt oder ins Mauerwerk eingelassen, damit Licht auf den Weg scheint.

Aus dem Vorgarten von Johns und Sidneys Haus führen drei Stufen zum gepflasterten Weg. Schräg gegenüber steigt man fünf Stufen zur Eingangstür des Bleulschen Nachbarhauses hinauf. Weder Innen- noch Außenbeleuchtung sind angestellt. John hört das Klicken, als die Eingangspforte des eisernen Zaunes ins Schloss zurückfällt. Kurz danach folgt das Zuschlagen der schweren Eingangstür.

Hinter ihren Scheiben sieht er die Silhouetten. Amor stößt den Besucher gegen die Schulter, der wehrt sich. Amor stößt den Mann stärker, der Fotograf weicht auf eine niedrigere Stufe im Treppenhaus aus.

John hat die schwere Haustür mit dem Schlüssel geöffnet, den Amor ihm zugesteckt hat. Der Fotograf ruft: »Helfen Sie mir! Er will mich umbringen!« Es ist mehr als Besorgnis, er hat Angst. »Ich wollte reden, ich wollte die Sache klären. Er hat gesagt, dass wir uns bestimmt einigen werden. Das war eine Lüge, er wollte nur meine Gutmütigkeit ausnutzen. Er hat mir eine Falle gestellt!«

Amor tritt von dem Fotografen zurück. In ihm laufen die Bilder ab, die er lange erfolgreich ausgeblendet hat. Bilder von einem Streit im Heizungskeller, von einem Sturz und einer Pfütze, die sich ausbreitet. Langsamer als Wasser. Blut ist dicker als Wasser. John steht eineinhalb Armlängen vom Fotografen entfernt, auf gleicher Höhe mit ihm. Mit seinem Eintreten hat sich die Situation grundlegend verändert, Amor ist nicht mehr der Handelnde. John übernimmt, das spürt der Fotograf.

John sagt: »Es war ein Fehler, hierherzukommen«.

Der Fotograf starrt John an und sagt tapfer: »Ich bin bereit, zu einer Einigung zu kommen. An mir soll es nicht liegen.« Gleichzeitig zieht er den Kopf zwischen die Schultern. Als würde er erkennen, dass er sein Blatt überreizt hat.

John sagt: »Sie sollten Ihre Situation realistisch einschätzen. Ich empfehle Ihnen, sich damit zu beeilen.«

Der Fotograf nickt ungewollt und unwillig. Drei Männer, keiner von ihnen rührt sich. Aber die Zeit wird nicht ewig stehenbleiben.

»Wir brauchen einen Deal«, sagt der Fotograf. Er bemüht sich, kompromissbereit zu klingen. Solange er redet, werden sie ihm zuhören. Wenn er nicht mehr zu reden aufhört, müssen sie ihm immer weiter zuhören. Aber er weiß, was in diesem Keller alles passieren kann, denn er hat es fotografiert. Weil es sein Beruf ist, zu sehen und zu fotografieren. Bis jetzt war es sein Talent, daraus Profit zu schlagen. Aber bisher war John nicht involviert. Im Treppenviertel gibt es eine Zeit vor John und eine Zeit mit John. Dem Fotografen gefiel die Vergangenheit besser, in der Vergangenheit konnte man freier atmen. In der Vergangenheit hatte es der Fotograf mit Menschen zu tun, die etwas zu verlieren hatten, ihren guten Ruf vor allem. Sie waren bereit, dafür einen Preis zu zahlen. Ein solches Vorgehen war Teil ihrer Welt: Die Dinge haben ihren Preis, wertvolle Dinge haben einen höheren Preis. Und wer nicht arm ist, fällt nicht in die Armut, wenn er den Preis bezahlt.

John darf er damit nicht kommen. Der Fotograf möchte nicht erleben, wie es sich anhört, wenn John verächtlich lacht.

»Was für einen Deal brauchen wir?«, fragt Amor.

Selten war der Fotograf für eine Frage so dankbar. Endlich kann er wieder reden. Reden, das kann er, reden und fotografieren. Und hinterher den Wert seiner Bilder durch geschicktes Reden steigern. Amor hat gefragt, aber für die Antwort wendet er sich an John: »Sie wollen etwas haben. Dafür möchte ich etwas bekommen.

Ich werfe Herrn Bleul persönlich nichts vor. Das dürfen Sie nicht glauben. Ich bin kein Erpresser. Wenn alle Bilder bei dem gelandet sind, für den sie am wertvollsten sind, freue ich mich, und jeder von uns geht seiner Wege.«

»Ich brauche keinen Deal«, sagt Amor. »Sie irren sich!«

»Dann gebe ich die Bilder weiter, das wird Ihnen leidtun. Ich kann gehen, wann ich will«, sagt der Fotograf. Es klingt pampig, wie ein Zitat aus dem falschen Film. Amor macht keine Anstalten, ihn zu stoppen. Aber der Fotograf ist nicht beruhigt. John müsste zurückweichen, alles kommt auf John an. Solange John sich nicht rührt, ist die Tür, die ins Freie führt, zugemauert.

»Sie wollen nicht gehen«, sagt John. Es ist keine Frage, es klingt nicht falsch und nicht neunmalklug. Es ist nicht der Zettel mit einer Losung, wie die Nonnen sie im Kloster anbieten.

John sagt: »Die Flusstreppe ist der Ort der Toten und der Lebenden. Wir sollten nicht in den Kreislauf der Natur eingreifen. Es sind erstaunliche Dinge, mit denen hier gehandelt werden soll. Auch wertvolle Dinge. Geld für Schweigen – das ist eine andere Welt, ein anderes Niveau. Wollen wir so einen Deal, Amor?«

»Nein.«

John wendet sich an den Fotografen: »Wer angreift, erschafft Sieger und Verlierer. Wollen Sie das?« Eifrig wie ein hochmotivierter Musterschüler antwortet der Fotograf: »Hier gibt es nur Gewinner. Herr Bleul hat dann seine Ruhe. Ruhe ist gut. Gleichgewicht ist gut. Wie Sie richtig sagten: Ruhe für die Toten und Ruhe für die Lebenden. Darum geht es. Im Grunde wollen wir doch alle das Gleiche. Wir haben nur falsch angefangen. Das nehme ich auf meine Kappe.«

John sagt: »Aber am Ende haben Sie das Geld. Wir möchten nicht, dass das Geld auf diese Weise regiert. Das hat Geld nicht verdient.«

»Ich verstehe nicht«, sagt der Fotograf verdutzt. Dieser John redet immer unverständlicher. Als würde er kaum Wert darauf legen, dass man ihn versteht. Aber man kann ihn nicht auffordern, Klartext zu reden. Weil er dann wütend wird. Weil er dann tut, was er nicht lassen kann, und danach wird sich sein Herzschlag nicht im Geringsten verändert haben.

»Wir müssen endlich zu einem Ergebnis kommen«, sagt der Fotograf. Er darf nicht zulassen, dass sie ihn ausbremsen. Man verliert seinen Ruf nur einmal, und danach wird man sich nie wieder einen Ruf erkämpfen können. Und wenn man 50 Jahre eine Schweinerei nach der anderen fotografiert. Aber dann ist man der Fotograf, den man nicht ernst nehmen muss. Dann ist man tot, mag das Herz auch noch so schnell schlagen.

John sagt: »Um von den Lebenden auf die Seite der Toten zu wechseln, bedarf es eines einzigen Schlages. Glauben Sie mir.« »Geld oder Leben, Herr Wilhelm!«, sagt Amor. »Das ist ja genau der Deal«, sagt der Fotograf beflissen. »Geld oder Leben, und jeder geht seiner Wege.« »Ich rate zu: Leben«, sagt John. »Ich rate dringend und aufrichtig dazu. Und ich werde es nicht mehr oft tun.«

Würde John reden wie ein Buch, könnte es der Fotograf möglicherweise ertragen. Aber dieser Gegner knausert mit jedem Wort. Er wägt seine Worte ab, streicht neun von zehn, und mit dem Rest verbreitet er Furcht und Schrecken. Denn er steht dabei vor einem, er hat einen Körper, der seine eigene Sprache spricht.

Diese Sprache versteht der Fotograf, und die Worte dieser Sprache machen ihn wahnsinnig. Selbst wenn Amor sich jetzt umdreht und verschwindet, schwebt er in Lebensgefahr. Dann erst recht, denn dann hat John keinen Augenzeugen für das, was er tun wird. Und der Fotograf fällt als Zeuge aus, weil Tote nicht sprechen. Der Fotograf fürchtet sich vor körperlichen Schmerzen, er mag ja nicht einmal Spritzen.

»Kann ich gehen?«, fragt er.

Es soll so klingen, als würde immer noch auf Augenhöhe verhandelt werden. Aber eine Verhandlung hat es nie gegeben und es gibt sie in dieser Sekunde weniger denn je.

»Bitte«, sagt John und gibt den Weg zur Haustür frei.

Zögernd und so ungelenk, als würde er sich erinnern müssen, wie man Treppenstufen erfolgreich überwindet, bewegt sich der Fotograf nach oben. Und fürchtet sich vor dem Moment, in dem John doch noch angreift. Endlich angreift.

Aber den Gefallen tut John ihm nicht. Er weiß, dass der Fotograf in den letzten Minuten eine Sprache gelernt hat, die er nie vergessen wird. Eine Sprache, die einen künftig immer begleitet. Man muss sie nicht hören, um sie zu verstehen. Man spürt sie mit jeder Faser.

Der Fotograf greift zur Türklinke und weiß, dass er dafür bestraft werden wird. Aber nichts passiert, und seine Angst steigt ins Unermessliche.

Draußen vor der Tür ist es dunkel.

Keine Dämmerung, keine Nacht, nur Schwärze.

Wie auf Bildern, die nicht belichtet sind.

114

Was wird mit der Turmvilla geschehen, dem Stammhaus der Familie Mohr? Sven ist zu den beiden geschäftsführenden Söhnen nach London gereist, die der Reederei vorstehen. Sie haben ihm übertragen, die Dinge in Hamburg in ihrem Sinn zu regeln. Es gibt mehrere Testamente ihres Vaters, zurzeit prüft das Amtsgericht, welches der wirklich letzte Wille des alten Reeders ist und ob sich aus den vorherigen Schriftstücken eventuell Ergänzungen ergeben. An sich ist es für die Söhne unerheblich, was genau in wessen Hände gerät, sie verfügen über ausreichend eigenes Einkommen und Vermögen.

Jetzt geht es darum, den Daumen auf die Dinge zu setzen, die nicht klar geregelt sind, wo Ansprüche geltend gemacht werden können und wo sich Verfahrensfehler mittelfristig unheilvoll auswirken könnten. Weggeschenkt wird nicht. Und der Alte ist tot, letzter Wille hin, letzter Wille her. Sein Wille geschehe?

Man soll den Willen der Toten nicht überstrapazieren. Immerhin geht es hier um die Lebenden. Dass der Familie Bleul fällige Rückzahlungen erlassen werden – nun gut. So sei es denn. Dass Holger ein Bakschisch bekommt, unseretwegen ja. Dass das Personal einiges erhält, natürlich. Dass die Gesellschaft zur Rettung Schiffbrüchiger ein neues Tochterboot für den Helgoländer Seenotrettungskreuzer spendiert bekommt, gut, das ist fast schon Marketing, aber auch ein bisschen üppig. Einige Adressen in den USA, Ecuador, Chile und Australien geben noch Rätsel auf. Man kann es polyglott nennen, so waren die Kontakte des Alten eben.

Aber was soll es, dass die Frau von der Flussterrasse sich um die

Villa kümmern, sie verwalten soll, über deren Nutzung befinden und das auf Lebenszeit? So lange soll die Villa nicht veräußert werden. Das schmerzt schon. Immerhin ist es das Stammhaus, immerhin besitzt das Haus einen gewissen Wert. Andererseits haben sie es mit einer Anfechtung auch nicht eilig, denn der Wert der Immobilie steigt, und wenn die Frau es gut macht, warum denn nicht? Sie wird dafür ja nicht entlohnt. Aber wer ist sie überhaupt?

Sven soll das klären, danach wird man beraten, entscheiden und handeln. Eins nach dem anderen. Ein bei ein, sagt man hier. Das Ziel bleibt dabei stets im Blick. Nichts wegschenken. Den Daumen draufhalten. Das Gefüge sichern. Die Dinge kontrollieren.

Das meiste lässt sich nun mal mit Geld am besten steuern. Und am allerbesten geräuschlos.

Geräuschlosigkeit ist eine hohe Tugend, um Ziele zu erreichen.

115

Matrosenversammlung auf dem Arbeitsdeck der XIN SHANGHAI. Nach 57 Tagen auf See lockt die Stadt, die Hafeneinfahrt ist das aktuelle Ziel, so kurz der Aufenthalt auch werden wird. Der Fluss spiegelt das Grün des Containerschiff-Rumpfes, die selbst verursachten Wellen brechen die Einfärbung auf seiner Oberfläche. Wie klein die Menschen auf dem riesigen Schiff wirken! Für einen Moment haben sie noch Ruhe, beschienen von der Sonne, bis das Anlegemanöver beginnt und die Durchsagen von der Brücke aus den Lautsprechern kommen.

116

Charles Fabianski ist mit Sidney aus Zürich gekommen und wird einige Tage hier sein, vielleicht auch länger. Er wohnt im Hotel in der Nähe der Kirche im benachbarten Stadtteil, eine gute Adresse, auch für seine Klientel und Kundschaft. Den russischen Besitzer kennt er und hat zugesagt, eine kleine Finanz-Séance abzuhalten. Das macht er in einem eher allgemeinen Rahmen wie diesem so gut wie nie, doch er hat dann doch zugestimmt. Eine kleine Runde handverlesener Gäste wird von ihm Einblicke in die aktuellen Geschehnisse an den Finanzmärkten erhalten, er wird sie mit Bitcoins und anderen Spezialitäten grillen. Ein wenig Spaß für ihn soll dabei sein. Herauskommen wird am Ende üblicherweise, dass sie alles verstanden haben. Aber alle wissen, dass dem nicht so ist und dass sie sich lieber einem Mann wie Charles anvertrauen sollten. Sicher ist sicher – so unsicher es vielleicht ist. Man wird sich in der Weinwirtschaft zusammensetzen, Charles wird dafür aus der Flusssuite herunterkommen.

Sidney wird manchmal hier sein. Und natürlich Warren.

Warren und Charles sitzen am Fenster über dem Fluss, zwei Sessel stehen sich leicht zum Fluss gedreht gegenüber, getrennt von einem niedrigen Tisch. Der Strom ist schon enger, genau hier beginnt die eigentliche Einfahrt in den Hafen. Oder andersherum: Hier beginnt die Ausfahrt Richtung Meer und Ozean, schon bald weitet sich der Fluss. Gegenüber liegt das industrielle Areal, auf dem zivile und militärische Flugzeuge ausgestattet werden. In den 30er Jahren war man auf den Bau von Wasserflugzeugen spezialisiert. Vor den Flugzeugen wurden auf der Insel Handelsschiffe gebaut, etwas weiter links, näher zur großen Stadt.

»Warren, was sind deine Pläne? Wofür interessierst du dich gerade?« Die Frage eines Vaters, der den Alltag seines Sohnes selten erlebt, dessen Themen mit Zeitverzögerung erfährt und durch einen dauerhaften Jetlag mit ihm verbunden ist. Warren und Charles schreiben sich, facetimen. Skypen ist im Moment out, warum auch immer. Bald werden sie schon andere Systeme benutzen, Warren, der digital Native, wird sich nicht bei überholten Anwendungen aufhalten wollen.

Warren nimmt einen Schluck Cola mit Eis. »Ich habe keine besonderen Pläne. Ich helfe John, ich helfe Mom. Von John kommen immer wieder Rechercheaufträge. Ich gehe eigenen Sachen nach. Damit ist der Tag ziemlich ausgefüllt. Und dann ist ja auch noch die Schule.« »Läuft es da gut?« »Ja, schon.« »Die Basis muss stimmen. Richtig los geht es ja erst nach der Schule. Was recherchiert ihr denn gerade?«

»Im Moment geht es um einen Fotografen, der Leute erpresst.« Charles stutzt. »Und den kennt ihr?« »Klar, der wohnt im Viertel. Hier kennt sich jeder. Zumindest weiß man voneinander.«

»Und was machst du genau?« »Ich hacke den Computer von dem Mann und gebe John Bescheid, was er darin macht.« »Du kannst hacken?« »Für den Hausgebrauch, klar. Haben mir deine Jungs doch gezeigt.« »Meine Jungs, so so. Aber gut… Und was macht der Fotograf genau?« »Neben vielen anderen Motiven fotografiert er auch Leute. Vielleicht Leute, die nicht zusammen gesehen werden wollen.« »Und die erpresst er dann?« »Das vermuten wir, ja. Er hat auch Fotos von uns, von Mom, von John, von Amor, von mir …« »Dann verstehe ich, warum sich John dafür interessiert. Das ist dann seine Pflicht.«

»Von Almut hat er auch Fotos.« »Wer ist Almut?« »Eine Frau, die ich kennengelernt habe, die auch hier wohnt. Ich habe ihr Haus betreut, als sie in New York war.« »Und was macht diese Frau?« »Och, die lebt wohl von ihrem Geld, arbeiten geht sie jedenfalls nicht.« »Eine Kundin vielleicht.« »Von dir? Nein, eher nicht, so viel Geld hat sie nicht. Obwohl, jetzt erbt sie vielleicht gerade.« »Was erbt sie denn?« »Sie erbt nicht richtig, aber sie ist beauftragt, ein Haus zu verwalten oder zu bewahren.«

»Welches Haus, kenn ich das?« »Kann schon sein, es ist ein paar Häuser weiter runter an der Flusstreppe, ich meine, weiter runter von uns, von Mom und John und mir. Und von Amor.« »Wem hat das Haus denn gehört?« »Karl Mohr.« »Dem Reeder?« »Ja.« »Der ist gestorben, nicht wahr?« »Woher weißt du das?« »Ich berate ab und zu seine Söhne bei Investitionen. Manches machen wir auch zusammen, früher ausschließlich in der Schifffahrt, inzwischen machen sie auch anderes.« »Ja, das Haus von der Familie ist es.« »Dann kenne ich es tatsächlich. Und was hat die Frau damit zu tun, ich meine, mit der Familie?« »Das weiß ich nicht genau, irgendwas ist zwischen ihr und diesem Karl gewesen.«

Charles schwenkt zu einem anderen Thema um: »Hast du Lust, mal wieder nach New York zu kommen?« »Bleibst du länger da?«

»Ja, ich bin hauptsächlich dort, woanders bin ich nur im Hotel. Du kannst gern mal wieder länger kommen, ich fände es gut.«

»Mom will ja vielleicht eine Zeit lang nach Rom.« »Nach Rom?« »Hat sie gesagt, hat sie mit dir noch nicht darüber gesprochen?« »Nein.« »Dann ist es sicherlich auch noch nicht fest. Sie wird es zuerst mit dir besprechen, das ist ja klar. John will vielleicht auch weg.« »Wohin?« »Nach Laos. Zu seinem Meister.« »Das macht er ja ab und zu.« »Ja.«

»Dann wäre es doch ganz passend, wenn du ein paar Monate kommen würdest.« »Ich habe aber keine große Lust, schon wieder die Schule zu wechseln.« »Vielleicht geht es so lange auch ohne. Dann hast du Privatunterricht, und danach schauen wir, wo du hinwillst, wo Mom und John dann hingehen …« »Ich überlege es mir.«

»Das finde ich gut! Ich muss jetzt runter, muss denen ein bisschen was erzählen.« »Ist das interessant? Soll ich mitkommen?« »Kannst du gern, aber du kennst das meiste. Dich halte ich ja sowieso auf dem Laufenden.« »Okay, ich komm mit. Kann ich so gehen?«

Charles sieht auf Warrens Jeans, sein Hemd, seine Schuhe.

»Putz die Schuhe noch mal. Schuhe sind wichtig.«

117

Amor sitzt im Wintergarten, wartet auf die ersten Sonnenstrahlen. Heute Nacht war Zeitumstellung – zurück zur Winterzeit, die Sonne kommt früher. Es wird ein paar Tage dauern, bis er sich daran gewöhnt. Seine Nacht war schlaflos. Er wird nach Zürich gehen. Zu der Ausstellung von Sidney, von der Conradi ihm ausführlich berichtet hat, will er noch nicht reisen, das würde ihm zu schnell gehen. Conradi ist zu sehr unter Dampf, und Amor ist immer noch nicht klar, unter welchem Dampf, was genau ihn umtreibt, wohin das gehen soll. Ihm ist auch nicht klar, was die Geschichte mit Peter Bläul bedeutet. Was hat es mit dem neuen Galeriemotto auf sich? ES GEHT NICHT UM GELD. Was soll das heißen?

Conradi meldet sich nicht. Das kommt ihm bekannt vor. Diesmal trägt es ihn zurück nach Zürich und nicht von dort weg. Und dann?

Sein Kopf ist leer, endlich. Dafür hat er die schlaflose Nacht gebraucht. Er hat an Sidney gedacht, hat an seine Mutter gedacht. An Karl Mohr. An Helena. An die Lebenden und die Toten.

Er hofft noch, dass Helena bleibt und nicht mit Margret Liebermann nach Missouri geht. Sie hat es verdient, hierzubleiben. Außerdem muss sich jemand um das Haus kümmern. Seine Schwester überlegt, ob sie es umbauen lässt. Ob sie die erste Etage, das Hochparterre vom Uferweg aus, zu ihrer Wohnung macht. Eine große Küche einbaut, das Bad modernisiert. Während der letzten Jahre ist nichts mehr am Haus gemacht worden. Für ihn hat sie das obere Stockwerk vorgesehen. Oder Helena könnte sich dort ausbreiten. Aber klar ist das alles nicht.

Amor will erst nach Zürich gehen und nach dem Rechten sehen.

Wo ist Conradi? Warum meldet er sich nicht? Stimmt es, dass Sidney nach Rom gehen wird? Was will sie dort? Zum Papst? Nonne werden? Bestimmt eine sehr besondere Nonne. Er hätte Lust, sie dort zu besuchen, große Lust. Rom! Mit Sidney!

Hinter den Bäumen graut es, für einen Moment sieht der Fluss noch dunkel aus, dann erhellt sich seine Oberfläche. Ein rotes Gleißen legt sich von Osten auf seine Oberfläche.

Für einen Moment ist noch Windstille, dann kräuselt allererste leichte Thermik die oberste Wasserschicht.

Die rote Spiegelung auf der Flussoberfläche bricht.

118

Wenn einer über 40 Jahre mehrfach in der Woche 5000 Stufen bewältigt hat und aufhört zu arbeiten, dann ist das einige Medienmeldungen wert. RTL Nord ist da, das Rote Sofa des NDR lädt ein, regionale Zeitungen wollen berichten. Der Wunsch ist immer gleich: Können wir mit auf Tour kommen? Wir machen ein paar Fotos, wir drehen ein bisschen. Nehmen Sie uns einfach mit auf Tour. Holger macht das, er nimmt alle mit. Ende dieser Woche ist Schluss, danach beginnt das Privatleben.

Ein Blatt titelt »Er war der wichtigste Mann des Viertels!« und zitiert eine Bewohnerin. Ein anderer erzählt, wie er den Postboten morgens um fünf in der ersten Vorortbahn traf, er selbst kam von einer Feier zurück, Holger war auf dem Weg zum Dienst. Um halb fünf Uhr morgens steht er auf und fährt um halb sechs zur hiesigen Dienststelle. Da wird erst einmal sortiert, danach verteilt. Dann geht Holger auf die Walz, mit den großen Schlüsselbunden. Traditionelle Post ist kaum noch zuzustellen, stattdessen Werbung und Rechnungen. Kaum noch Briefe und sehr selten Postkarten, zum Beispiel bei Sidney.

Wenn der Postmann zweimal klingelt, ist so etwas vorgekommen? Es bleibt dabei: Verschwiegenheit und Diskretion sind Grundbedingungen für die Beziehung zu seinen Kunden. Ohne die geht es nicht. Das soll bis zum letzten Schritt so bleiben. »Auch wenn einige es gar nicht verdient haben«, sagt er.

Eine Postkarte für Sidney. Sie zeigt den Fluss in den frühen Morgenstunden, ein kitschiges Rosa liegt auf seiner Oberfläche, an der rechten Bildkante kräuselt eine Brise das glatte Tuch, das auf dem Fluss zu liegen scheint.

Holger erläutert bei der Zustellung: »Solche Bilder gab es auch früher schon, die hat es immer gegeben. Ich schick dir welche oder komm mal wieder vorbei.« »Mach das, Holger! Ich würde mich freuen. Aber erst mal bin ich nicht da.« »Und John und Warren?« »Die wahrscheinlich auch nicht. Wir sind eine Zeit lang weg.« »Wohin geht es?« »Süd, Ost und West. Wie immer, dem Leben auf der Spur«, sagt Sidney lachend und gibt Holger einen Kuss auf die Wange. »Danke« sagt er und umarmt Sidney.

Gegenüber hat er einen amtlichen Brief zuzustellen. Er klingelt, um ihn Helena persönlich zu übergeben, sie muss den Erhalt quittieren. Helena öffnet, sieht das amtliche Schreiben, den Gerichtsbrief. »Ist die Sache immer noch nicht ausgestanden?«, fragt Holger. Was wird Helena machen? Sich der Sache stellen, damit eine Klärung erfolgt, wie auch immer? Oder sich mit Margret morgen davonmachen? Sie sagt es nicht, vielleicht weiß sie es selbst noch nicht.

Holger geht die Flusstreppe hinunter. 1974 trat er seinen Dienst an, als das Viertel nach dem Attentat in Verstörung und Trauer lag und die Häuser an der Flusstreppe sich schnell leerten. Die Rudolphs waren sofort weg, auch die Liebermanns verschwanden. Nur eine kam zurück, ohne dass Holger das bemerkte oder wusste. Sie kam ja auch nicht in seinen Beritt zurück, sondern zog auf den nächsten Hügel.

Die Geschichte zieht einen neuen Vorhang vor das Geschehen, eine Episode ist vorüber, die Häuser stehen leer. Wie immer wieder mal, aus vielen Gründen. Manche besitzen viele Häuser und Wohnungen, die sie reihum bewohnen müssen. Aber es ziehen auch neue Bewohner nach. Betagte Menschen ziehen um, die Kinder und Enkel ziehen ein. Die ganz Alten verlassen das Viertel, um in eine Seniorenresidenz umzusiedeln.

Der Fluss fließt weiter. Hin und her.

Wie immer.

Er kann nicht anders und will nicht anders.

119

Arktischer Rauch lässt Schiffe und die gegenüberliegenden Ufer unscharf werden. Für wenige Minuten bleibt die Luft über dem Fluss so kalt, dass die Feuchtigkeit kondensiert, dann erwärmt die

Sonne die Luft schon wieder. Der Fluss und das Luftmeer über ihm bieten ein Spektakel. Wer sehen kann, der sieht. BACO-LINER 3 ist oben klar gezeichnet und gut zu erkennen, zwischen Wasserlinie und Fluss steht der Rauch.

120

Die frühmorgendliche Stunde ist vorüber, Almut kehrt in ihr Haus zurück, sie hat den Seerauch fotografiert, der für Momente auf dem Fluss lag. Jetzt steht ein blassblauer Himmel über dem Fluss, und Wind ist aufgekommen. Sie trägt noch den blauen Anorak, der sie frühmorgens schützte, sie hat den Reißverschluss geöffnet, beim Anstieg zur Flussterrasse ist ihr warm geworden.

Was wird sie mit dem Mohrschen Haus tun? Warum wollte Karl das so? Werden Karls Kinder es akzeptieren, dass eine Fremde das Haus auf Lebenszeit übernimmt? Was ist mit Warren? Wird er mit seinem Vater in die USA gehen? Almut wäre es lieb, er würde bleiben.

Es klingelt an der Tür. Almut öffnet. »Frau Renger?«, sagt ein Mann in Uniform. Almut zuckt kein bisschen zusammen, als sie ihren richtigen Namen hört. Sie sagt einfach nur: »Ja.« Hinter dem Mann stehen weitere, alle haben eine Hand an der Waffe. An der Wegbiegung sieht sie die Vermummten vom SEK.

Sie bewegt sich vorsichtig, will keinen Anlass für einen weiteren Toten in dieser nicht endenden Geschichte geben, die aus ihrer eigenen Vergangenheit herrührt.

»Kann ich ein paar Sachen einpacken?« Der Beamte nickt und folgt ihr unmittelbar, weitere Personen kommen mit ins Haus. Sie wird keine Sekunde aus den Augen gelassen, der Abstand der Beamten beträgt nie mehr als zwei Meter.

Almut packt Kleidungsstücke und Hygieneartikel ein. »Darf ich jemand eine Nachricht schicken?« »Nein«, sagt der Beamte strikt, »lassen Sie uns jetzt gehen.« Almut erwägt, die Zyankalikapsel, die sie mit den Hygieneartikeln einpackte, zu zerbeißen. Sie tut es nicht.

Vielleicht wird sie nach zehn Jahren entlassen werden und kann mit Mitte siebzig zurückkehren. Und dann erstmals nach über 40 Jahren wieder aufbrechen. Vermutlich wird dann niemand mehr da sein, nicht Warren, nicht Sidney, nicht Margret. Nicht Karl und nicht Herbert. Sie stellt sich dem, was sie vor langer Zeit getan hat.

»Gibt es Haustiere, die zu versorgen sind?« »Nein, nicht mehr«, sagt sie. »Die haben die Genossen schon erschossen.«

Sie war mit Sidney verabredet, der Impuls ging von Sidney aus. Der Moment am Telefon hat Almut tief berührt. In gewisser Weise war sie damit in die Familie zurückgekehrt.

Dieses Treffen wird jetzt ausfallen. Aber vielleicht wird Sidney sie besuchen können, nach einiger Zeit.

Erst einmal wartet ein großer Prozess auf sie, der vermutlich letzte, große RAF-Prozess. Ein Medienereignis erster Klasse.

121

»**Spieltheorie**, verstehst du?« Conradi hat sich bei Amor gemeldet, offenbar ist er nach wie vor in Zürich und betreibt die Galerie. Er ist erfreut, dass Amor zurückkommen will. »Restart!«, hat er geschrieben. Jetzt schreibt er von der Spieltheorie, eigentlich eher von seiner Praxis. Conradi ist gerade ein wenig aus dem Häuschen. Er sitzt am Computer und hat sich bei einem Bitcoin-Portal angemeldet, genauer: bei einem Bitcoin Trader. Darauf gekommen ist er durch Interviews, die Peter Bläul gegeben hat. Was Bläul sagt, ist für Conradi gerade Gesetz. Von Bläul ist zu lesen, dass man mit einem kleinen Einsatz sicher zu sehr viel Geld kommen kann. Aus 350 Franken Einsatz macht der Bot kontinuierlich Stunde um Stunde mehr Geld, sagt Bläul, so lautet die Meldung. Conradi hat dies Amor gerade geschrieben.

»Es geht ja schon lange nicht mehr darum, mit Arbeit Geld zu verdienen, sondern darum, mit Geld Geld zu verdienen. Jetzt gibt es dafür diese Bots. Das ist sensationell, das verändert die Gesellschaft. Diesem Geld steht kein Wert gegenüber, es ist pure Vereinbarung, reiner Glaube. Wenn man sich gegenseitig vertraut, hat jeder genug. Es gibt keine Reichen und keine Armen mehr, alle haben auf ihrem Konto so viel, wie sie wollen. Und sie können jeweils besorgen, was sie brauchen. Genial!«

Auch andere Prominente hätten inzwischen solche Interviews gegeben, Dieter Bohlen, Lena Meyer-Landrut, Jogi Löw, Christoph Waltz, Thomas Gottschalk, ganz viele.

»Kaspar!«, hat Amor in sein Handy getippt. »Kaspar, merkst du nicht, dass da ein Fake läuft?! Das kann nicht sein! Das ist doch komplett unlogisch!«

»Aber wenn sogar Bläul es sagt…!« »Bläul hat es wahrscheinlich niemals gesagt! Bestimmt weiß er gar nichts davon.« Pause auf Conradis Handy.

»Aber die Idee ist doch klasse! Das ist große Kunst!« »Oder ein großer Betrug!« »Genial! Auch genial! Einfach geil, geil, geil.«

Es liest sich, als würde seine eigene Geschichte noch einmal starten.

»Restart?«, schreibt Amor. »Klar, Restart!« »Aber in der Galerie bitte! Nicht noch so eine Nummer!«

»Ja, ja, ja. Komm erst mal her. Bläul will eine Aktion zu seinen Gewässerkäufen bei uns starten. Sehr cool. Es gibt einen fantastischen norwegischen Meeresfotografen, den er dafür holt. Damit leitet er seine nächste Etappe bei der Renaturierung der Erde ein. Komm und sieh dir die Fotos an!«

»Ich komme ja!« »Wann?« »Morgen. Ich will noch sehen, was Helena macht. Und Sidney und die anderen.« »Gut, aber komm bald!«

»Kaspar?« »Ja?« »Ich dachte, du bist wieder abgehauen!« »Brauche ich nicht, es geht auch so ab. Zum Beispiel mit dem Bit-Bot!«

»Kaspar! Lass den Scheiß!«

»Welchen Scheiß? Komm! Komm schnell. Die Erde kann nicht ewig auf dich warten.«

122

Nach der Zeitumstellung wird es eher dunkel, die Sundowner müssen früh zu ihren Booten, wenn sie noch fliegen wollen. Ein wenig zu früh für normale Bürozeiten, sodass sie heute nur zu dritt sind. John, Manfred und Sven. Mittwochs ist die Praxis von Manfred nachmittags geschlossen, und Sven hat zwar viel zu tun, kann es sich aber einteilen. »Nächstes Jahr ist die WM in Australien, wollen wir da hin? Ich kann den Transport mit einem Frachter klarmachen, wir packen die Kisten in einen Container, können noch andere mitnehmen. Und dann haben wir zwei geile Wochen in Down Under! Oder besser drei!« Sven brennt für seine Pläne, Manfred ist nicht abgeneigt.

John sagt: »Das kann sogar passen. Ich bin den Winter über nicht hier. Aber wenn ihr meine *Motte* mit verschifft, kann ich kommen.« »Geil«, sagt Sven, »dann frage ich auch die anderen. Ich muss klären, wie viele *Motten* wir in einen Container bekommen und lass mir die Kosten geben. Danach sag ich Bescheid.«

»Sehr cool«, sagt Manfred, »lass uns das machen! Wie viele Motten werden bei der WM sein?« »70 oder 80 können es schon werden, vielleicht auch mehr. Ein irres Feld. Stellt euch das vor!«

»Was meint ihr, wo werden wir dabei landen?« »Unter den ersten 25 und John unter den ersten zehn.« »Das warten wir mal ab«, sagt John. »Ich komme dann nicht vom Segeln. Aber ich würde rechtzeitig da sein, um zu trainieren.«

»Wo bist du im Winter?« »Erst Kyoto und dann Vientiane, genauer Muang Sisattanak. Aber ich reise dann noch weiter.« »Wo ist das, was du zuletzt genannt hast?« »Laos.« »Wie kommt man denn auf Laos?« »Ich komme daher.« »Du kommst daher? Ich denke, du bist Ami.« »Ja, ich bin Ami. Aber ich komme aus Vientiane. Ich war schon als Kind dort.« »Bist du dann da am Mekong?« »Ja, das bin ich.« »Dann fühlst du dich ja wie hier am Fluss.« »So ähnlich. Ohne Ebbe und Flut. Die Breite, die wir hier haben, hat der Fluss da auch. Ich gehe aber noch weiter rauf.« »Was macht ein Ami in Laos?« »Mein Vater war bei der Air America, die am Heroinhandel mitverdient hat.« »Was!? Die Amerikaner haben den Heroinhandel unterstützt?« »Klar, das gehörte zur Kriegsstrategie. 1973 zogen sich die USA aus Laos zurück, mein Vater blieb, wenn auch nicht mehr lange. Ich bin 1972 in der Endphase des Krieges auf die Welt gekommen. Meine Mutter ist eine Hmong und wurde von den neuen kommunistischen Machthabern verfolgt, auch wegen der Kollaboration mit den Amerikanern. Sie lebt heute in Kalifornien. Mein Vater ist nach Thailand geflohen, danach habe ich ihn nicht mehr gesehen. Ich bin bei Mönchen aufgewachsen, bis ich in die USA ausgewandert bin. *Eine Familie zu haben bedeutet, glücklich zu sein. Keine zu haben bedeutet, verloren zu sein.* So heißt es bei den Hmong. Ich weiß, was das bedeutet. Von den Lebenden und den Toten gibt es bei den Hmong mehr von Letzteren. Die Mönche haben mein Leben gerettet, ich besuche sie jetzt wieder. Diejenigen von ihnen, die noch leben. Und ich ehre die Toten.«

Manfred und Sven haben sehr aufmerksam zugehört, John neigt nicht dazu, von sich zu berichten. Dies ist ein besonderer Moment. »Danke, John.«

Johns Erzählung verstärkt die Abschiedsstimmung, die ohnehin vorhanden ist. Sven will das durchbrechen: »Wenn wir noch aufs Wasser wollen, müssen wir los!« »Yes«, sagt John. »Lass uns starten«, sagt Manfred.

Während sie die Boote klarmachen, sagt Sven zu John: »Die Söhne von Karl werden das Testament nun doch anfechten, sie wollen die Sache lieber selbst regeln. Ihnen sind zu viele bedacht worden, die nichts mit der Familie zu tun haben. Das wollen sie nicht hinnehmen.« »Und hat das Chancen?« »Klar, immerhin bereitet das ein guter Anwalt vor! Eine der Bedachten ist aktuell ja auch kaum in der Lage, sich aus dem Gefängnis heraus um das Haus zu kümmern … Zumal ihre RAF-Geschichte auch erst jetzt bekannt geworden ist. Hätte Karl das gewusst, hätte er ihr sicher nicht so viel zugedacht, vermutlich gar nichts. Wer weiß, was sie ihm erzählt hat? Irgendeine Münchhausen-Geschichte, um sein Mitleid zu erregen. Wir prüfen das alles.« Sven lacht.

Dann schieben sie ihre *Motten* die gepflasterte Böschung zum Strand hinunter. Das Wasser steht hoch, der Wind gut, aber lange wird es nicht mehr hell sein. Für einen gemeinsamen Dreier-Flug wird es gerade noch reichen. Das kleine Geschwader schwärmt aus.

123

An die Adresse an der Flussterrasse, wo Almut bis vor Kurzem wohnte, kommen Postkarten. Warren hat es übernommen, das Haus zu betreuen, er hat ja noch den Schlüssel. Almut konnte ihm eine Information zukommen lassen.

Vielleicht wissen Sidney und Margret gar nicht, dass Almut

nicht mehr hier wohnt. Oder sie schicken die Karten in der Erwartung, dass sie bald zurückkehrt, was aber nicht passieren wird.

Sidney hat Postkarten aus Rom geschickt, vom Petersdom, von den Deckengemälden. Auf einer Karte steht: *Gott ist sehr hartnäckig. Sidney*

Auf einer Karte von Margret aus Missouri steht: *Die Tränen der Scham und des Schmerzes haben sich in das Lächeln derer verwandelt, die wissen, dass sie geliebt werden.*

Auf einer anderen hat sie nicht weniger als das ganze Vaterunser notiert:

Our Father which art in heaven
Hallowed be thy name.
Thy kingdom come
Thy will be done
in earth, as it is in heaven.
Give us this day our daily bread.
And forgive us our debts, as we forgive our debtors.
And lead us not into temptation,
but deliver us from evil:
For thine is the kingdom, and the power,
and the glory, for ever.
Amen.

124

Der Fluss am frühen Morgen. Auch spät im Jahr kann er noch einmal aussehen wie im Sommer. Über dem Alten Land und weiter im Westen zeigt der Himmel die Reste des Morgenrots, man kann ihm hinterhersehen. Einzelne flache Wolken stehen in der Luft und scheinen sich nicht zu bewegen. Die Kälte des Flusses ist vom Ufer aus nicht zu spüren. Wunderbar schön liegt er da, bedeckt sich mit einer schillernd glatten Oberfläche. Der Lotse fährt COSCO VANCOUVER entgegen und durchbricht die Ruhe der Flussoberfläche. Der Containerfrachter kommt aus der Nacht und fährt dem Lotsen und dem hellen Morgen entgegen.

Epilog

Ein hoher Himmel und unten der Fluss. Seit Jahrtausenden fließt er hier. River. Wir sehen von der Höhe seines Ufers bis zum gegenüberliegenden hohen alten Ufer, vor dem sich nun weites Land erstreckt. Altes Land, das gar nicht so alt ist. Einst war es Flussgrund. Der Fluss war eiskalt, er war Schmelzwasser der großen Gletscherlandschaft, die von hier über den Pol bis auf die andere Seite der Erdkugel reichte. Eine einzige Eislandschaft, im Sommer im Licht, im Winter in der Finsternis. Der Fluss, das waren die eisigen Schmelzwasser, nur im Sommer wenig erwärmt. Seerauch war ein dauerhaftes Phänomen. Das Rinnsal, das heute fließt, verglichen mit dem großen alten Gletscherstrom, ist ein mächtiger Schifffahrtsweg. Die Dinge haben sich verschoben. Die Natur scheint nur noch Vehikel zu sein, wir behaupten, wir hätten sie im Griff. Eigentlich müsste uns der Fluss lehren, dass dem nicht so ist. Ihn aufzuhalten würde uns nur unter größtem Aufwand gelingen. Selbst wenn wir seine Quelle zerstörten, würde das Wasser des Flusses und seiner Nebenströme fließen wollen. Und noch mehr hätten wir zu tun, um das Meer zu bannen, zu dem der Fluss fließt und das täglich in ihn hineinfließt, sich hineinschiebt ins Land. Das sehen die, die es sehen können. Die wissen. Und vielleicht erfühlen können, was es bedeutet, an diesem Fluss zu leben. Geschichte um Geschichte geschieht am Fluss. Jedes Jahr, jeden Tag, jede Stunde und Minute. Gerade liegt er ruhig da, über der tiefen Fahrrinne ist seine Oberfläche grau, über den Watten ist er silbern. Bald treten die Sande hervor, lagern Seehunde darauf. Für den Flug der *Motten* ist dann wenig Platz, der Fluss rinnt zusammen. Erst wenn das Meer zurückkommt, wird er breiter. Bald schon kommt das größte Schiff, das es je gab. Es kann 24.000 Container tragen, gefüllt mit Dingen, von denen wir die wenigsten wirklich brauchen. Aber das Förderband läuft. Länger als das Transportband der vielen Schiffe rund um die Erde werden die Flüsse fließen und wird das Meer an die Ufer der Kontinente schlagen. Gäbe es Gott, könnte er uns sagen, was sein Plan ist, mit dem Fluss und den Lebenden und den Toten. Aber gibt es ihn? Und handelt er nach Plan? Welcher Plan sollte das sein? Das fragen sich die Lebenden, die Toten fragen nicht mehr. Sie sind wieder Staub und Fluss und Meer. Herbert, Leonie und Karl. Ihnen ist dieses Buch gewidmet, den Toten – und den Lebenden. RIVER!

Nennungen und Zitate

S. 5	Procol Harum, Salty Dogs
S. 63	Wolfgang Borchert, Draußen vor der Tür
S. 72	Brüder Grimm, Rumpelstilzchen
S. 73	Lloyd C. Blankfein, Goldman Sachs
S. 74	entlehnt: Robert Gernhardt, Das Dunkel
S. 75	David Bowie, Wild is the wind
S. 81	Matthäus, 6:13
S. 85	Matthäus, 6:9–13
S. 85 unten	Papst Franziskus, Misericordia et misera
S. 85/86	Papst Franziskus, Misericordia et misera
S. 94	alle Manuela Pfrunder, Zeit Online
S. 95	Matthäus, 6:13
S. 99	Isak Dinesen (Karen Blixen), Out of Africa
S. 104	Brief des Petrus, Kapitel 4 (zitiert nach Papst Franziskus, Misericordia et misera)
S. 115/116	alle Wolfgang Borchert, Draußen vor der Tür
S. 152	Mao Zedong zugeschrieben
S. 153	Mao Zedong
S. 160	Paul Bowles
S. 164	1. Korinther 13
S. 171/172	Rote Armee Fraktion, Dem Volk dienen
S. 179	Papst Franziskus, Amoris laetitia
S. 194	vermeintliche Weissagung der Cree-Indianer
S. 196	Ödön von Horvath, Glaube Liebe Hoffnung
S. 196 Mitte	Papst Franziskus, Amoris laetitia
S. 209	Johann Sebastian Bach, Jesus bleibet meine Freude
S. 209	Schwedisches Volkslied, Vem kann segla förutan vind
S. 223	Römerbrief 11:33
S. 223 unten	Römerbrief 11:25
S. 240	Matthäus 6:24
S. 240 unten	Genesis 24:35

S. 240/241	Lloyd C. Blankfein, Goldman Sachs
S. 241 oben 2x	Rolf Schieder, zititiert im Tagesspiegel 20.12.2009
S. 241 oben	Matthäus 6:19
S. 241 Mitte	Karl Marx, Zur Judenfrage
S. 241 unten	Papst Franziskus, Kathechesenreihe zum Vaterunser
S. 242/243	Eminem feat. Ed Sheeran, River (Songwriter: Marshall Mathers / Edward Christopher Sheeran / Emile Haynie / Thomas Bartlett)
S. 243	Papst Franziskus im Gespräch mit Jugendlichen
S. 245	Friedrich Gottlieb Klopstock, Oden. Geistliche Lieder Catherine Winkworth
S. 245/246	Hamburgische und plattdeutsche Version des englischen Shantys
S. 246	Johannes 8:32
S. 247	1. Johannes 4:16
S. 266	Procol Harum, Salty Dogs
S. 267 1	Procol Harum, Salty Dogs
S. 267 3	Bertolt Brecht, Die Moritat von Meckie Messer
S. 267 4	Wolfgang Borchert, Draußen vor der Tür
S. 267 6	Papst Franziskus, Misericordia et misera
S. 267 7	Matthäus 5:3
S. 267 8	Papst Franziskus, zitiert nach Zeit Online
S. 267 9	James Joyce, Ulysses – Zitat gewidmet Wolfram Runkel
S. 282	Epheser 6:10
S. 286	Epheser 6:12
S. 300	James M. Cain, The Postman always rings twice
S. 309 oben	Papst Franziskus, Misericordia et misera

Hörbuch und E-Book

Norbert Klugmann & Klaas Jarchow
RIVER. Die Toten und die Lebenden

Das Hörbuch erscheint zeitgleich mit dem Roman.

Sprecher:

Götz van Ooyen

© Bjoern Hickmann

Antonia Labs

© Niklas Vogt

Hörregie:
Niklaus Helbling

Kompositionen/Aufnahmen/Mastering:
Felix Huber

Produktion:
MASS & FIEBER OST
www.massundfieber.ch

Das E-Book erscheint ebenfalls zeitgleich mit dem Roman.

www.kjm-buchverlag.de

Geld oder Leben
Die Trilogie
River – Sea – Lake

Norbert Klugmann
Klaas Jarchow

RIVER. Die Toten und die Lebenden
Roman
320 Seiten, Hardcover mit Schutzumschlag
20,00 € (D) ISBN 978-3-96194-111-7
August 2020

Norbert Klugmann
Klaas Jarchow

SEA. Die Lebenden
Roman
ca. 320 Seiten, Hardcover mit Schutzumschlag
20,00 € (D) ISBN 978-3-96194-121-6
März 2021

Norbert Klugmann
Klaas Jarchow

LAKE. Die Toten
Roman
ca. 320 Seiten, Hardcover mit Schutzumschlag
20,00 € (D) ISBN 978-3-96194-122-3
September 2021

Norbert Klugmann

Klaas Jarchow

SEA – Die Lebenden

Warren lebt mit seinem Vater auf Grinda, einer Schäre im Archipel von Stockholm. Charles hat zwei große Beratungen übernommen, eine für eine schwedische Großindustriellen-Familie, die andere für einen norwegischen Pensionsfonds. Mehr Finanzvolumen geht kaum! Sidney ist auf einer Art Pilgertour in Spanien in Begleitung eines charismatischen Weisen, wie sie sagt. John befindet sich in Mexiko, u. a. um eine Weltmeisterschaft zu segeln und alte Kontakte aufzufrischen. Charles und Warren haben also gerade ›Sturm‹, können sich aufeinander konzentrieren.

Die Insel ist klein, besitzt ein Wirtshaus, das von einem ehemaligen Sternekoch geführt wird. Ehemals ein Geheimtipp, ist der »Blaue Vogel« inzwischen komplett ausgebucht. Außer der Gastwirtschaft und dem Haus der Liebermann/Fibianskis gibt es nur noch drei verstreute Anwesen. In einem wohnt Gun, eine Dänin, die es ebenfalls hierher verschlagen hat. Sie tradet, geht täglich rein und raus in die börsennotierten Papiere: »Eine langweilige Sache, aber sicher«, sagt sie. Daneben beschäftigt sie sich mit Kryptowährungen, mit Bitcoin, Ether u. a. Das ist schon spannender.

Warren, Charles, Gun und der Koch – vier auf einer Insel. Es ist angerichtet für SEA. Die Lebenden. Wie in RIVER prägt auch in SEA der Ort das Geschehen. Grinda liegt fest eingebettet und geschützt im Schärengarten. Nachts blinken die Fahrwassertonnen und wischen die Strahlen der Leuchttürme über die Insel. Idyllisch und abgelegen. Zugleich liegt die Insel im Ozean des Geldes. Auch hier kann der Wellenschlag ferner Ereignisse spürbar werden. Einige davon reichen – wie in RIVER – weit in die Vergangenheit zurück. Andere weisen einen Weg in die Zukunft.

www.kjm-buchverlag.de